江苏现代小说十三家论

董卉川　著

中国文联出版社

图书在版编目（ＣＩＰ）数据

江苏现代小说十三家论 / 董卉川著. -- 北京 ：中
国文联出版社，2021.11
ISBN 978-7-5190-4693-4

Ⅰ．①江… Ⅱ．①董… Ⅲ．①小说－文学研究－江苏
－当代 Ⅳ．①I207.42

中国版本图书馆 CIP 数据核字（2021）第 230492 号

著　　者　董卉川
责任编辑　刘　旭
责任校对　刘雪娇
装帧设计　中尚图

出版发行　中国文联出版社有限公司
社　　址　北京市朝阳区农展馆南里 10 号　　　邮编　100125
电　　话　010-85923025（发行部）　010-85923091（总编室）
经　　销　全国新华书店等
印　　刷　北京虎彩文化传播有限公司

开　　本　710 毫米 x 1000 毫米　　1/16
印　　张　14
字　　数　196 千字
版　　次　2021 年 11 月第 1 版第 1 次印刷
定　　价　58.00 元

序　言

在整个中国现代文学史的发展历程中，江苏作家做出了独特而卓著的贡献。清末民初的江苏作家深度参与了中国现代小说的发源，"五四"之后的江苏作家更是构成了三十年新文学天空中一个璀璨绚丽的耀眼星群。然而，不少作家的文学遗产直到今天也没有得到充分的挖掘、整理和研究，许多作家的作品往往处于一种被忽视、被低估或者被遮蔽的状态，更甚者，长期成为文学史上的"边缘人"或"失踪者"。董卉川最近几年勤奋于江苏新文学史料的爬梳剔抉，潜心于江苏新文学的重评重估，新著《江苏现代小说十三家论》便是这一工作的重要成果。朱自清、陶晶孙、滕固、谭正璧、顾仲起、陈白尘、陈瘦竹、罗洪、鲍雨、韩北屏、程造之、无名氏、路翎，这十三位作家，要么在以往未受到应有的关注，要么未得到更全面的阐释。有的作家虽然也在文学史上具有重要的地位，但往往以散文家或戏剧家的形象深入人心，其小说创作却被忽视已久。该著着力于江苏"边缘"小说家的打捞与重识，梳理其创作历程，揭示其审美内蕴，总结其思想旨趣，为我们打开了一个文学史的新天地。

一、史料的钩沉辑佚

史料学是近年来研究界越来越重视的一个领域，它既是学科构建和学术研究的坚实基础，也充满了朴素而严谨的科学精神。在现代文学的史料钩沉上，董卉川具有独到的治学经验和优势。就他的重要研究方向并取得一系列厚重成果的中国现代诗剧来说，诗剧史料在研究界一直是极其匮乏的一个领域，只有具备敏锐的史料意识与搜集史料的能力，才有可能深度掘进。数年扎实的史料功夫的训练，为董卉川的治学理路夯实了根基。

本书的前期准备工作并非一蹴而就，著者付出了十分艰辛的劳动。著者十分注重作品资料的"原始态"，上下搜求寻访到了许多第一手资料。该书的成因得益于江苏省重大文化工程"江苏新文学史"的启发。2018年冬，董卉川负笈金陵，以我为合作导师，从事博士后研究工作，其间表现出勤勉恭谨、笃定踏实的学风。三年前，董卉川参与到《江苏新文学史·小说卷》《江苏新文学史资料汇编·小说卷》的编著，他以一贯的严谨与敏锐，于此过程中发现了诸多被文学史遮蔽、被大众忽视的作家作品。在此基础上，整理出了65万字的资料汇编，撰写了35万字的书稿。有了这百万字的基础打底，董卉川对于江苏新文学的发展有了整体感知和深度领悟；而大量第一手材料的搜集，又为他开展本书的工作筑牢了地基。全书以作家作品为主线，从卷帙浩繁的历史资料中钩沉辑佚，整理考辨，重新审视江苏现代小说的创作。

著者通过资料的考掘，打捞出诸多被遗忘的作家作品。程造之、罗洪体量庞大的小说创作，在当时文坛上都具有重要影响，但随着时间的流逝，这些作品逐渐淡出了研究视野。朱自清的小说少有论者关注，文学史上的朱自清多以散文家和文学理论家的面貌出现，然而，他的小说《新年底故事》《别》《笑的历史》《阿河》《飘零》却很少被研究者提及。同样的，陈瘦竹、陈白尘则主要作为戏剧家和戏剧理论家为学界熟知，他们戏剧家的地位遮蔽了小说家的身份，也带来了后世研究的偏向。殊不知，两人各自营构了丰富绚烂的小说世界。学者谭正璧以文学研究闻名，但他同时也是一位创获颇丰的小说家，在历史小说领域形成了鲜明的个人风格，但至今少有研究者关注。董卉川不仅注意到谭正璧在历史小说创作中的独特贡献，同时，还以自己的研究全面展示出谭正璧的创作风貌。

如果说在史料上"应有尽有"主要还是个下苦功夫的问题，那么在如何编排使用这些史料等方面，则尤能显出论者的学识水平与攻关能力。在撰写过程中，著者深受新历史主义思想的启发，关注野史、小历史、小叙事对于传统宏大叙述、正统叙事的颠覆与拆解。例如，对罗洪《孤岛时代》成书的考略，董卉川细致探查了《晨》《魔》《前奔》之间的密切关联，注重揭示作者主观意志与时代客观因素对该书的影响，作者并没有淹没于史料考证的细节之中，而是以此为根基立体透视，进一步考察该书的优劣得失，在此基础上整体审视罗洪的小说，将史料与史识结合，展示出不俗的见地。依托于民国报刊，挖掘散佚文本，关注边缘作家的创作情况，打捞淹没在历史之海的文本，并结合史观进行辩难发覆，不但有助于当前研究材料的拓展、研究范围的拓宽、研究视域的更新，更有助于带来对现代作家乃至整个现代文学史的全新认知。

通过爬梳剔抉，析微查异，打捞被遗忘的作家作品，不仅能够清理历史遗产，重新标定这些作家作品的文学价值和文学史价值，更能尽力还原江苏文学史的面貌，丰富中国现代文学创作的实绩。对于这十三位小说家展开研究，亦能够推进已有学术史的进展。

二、文本的沉潜索解

长期从事文体研究，熟稔于"新批评"理论，董卉川养成了精细的文本解读眼光，他对小说的语言、修辞、形式、文体尤其敏感。瑞恰兹、兰瑟姆、布鲁克斯等人都对文本细读做过精彩论述。所谓文本细读，是要求对文本进行分析性细读，对文学作品中的语言和结构要素做尽可能详尽的分析和揭示，在阐明作品各种因素的冲突和张力的基础上把握作品的有机统一。借助于"新批评"的重要工具，董卉川常常能发前人之所未见。艾伦·退特的"张力"说、艾略特的理性论、赵毅衡的象征论等理论信手拈来，有机融入小说的阐释。他深入文本的毛细血管，发现被人忽略的风格，捕捉作家创作中的潜流，动态展示小说文本的内在张力。

在研读文本的过程中，著者对江苏现代小说有了更为深刻的认识，对不同题材的文学特性、不同作家的写作风格有了更为清晰的把握。得益于广泛挖掘素材，以及认真研读咀嚼，在撰写时思路较为开阔，视角较为多元，对作家的创作特色与思想内涵理解有自己的独到之处。

著者在文本细读中发现作家的创作转型，全面呈现作家风格的流变历程。一般认为，滕固是唯美主义的坚定拥趸，但董卉川却指出，滕固后期创作的《独轮车的遭遇》《长衫班》等作品，具有强烈的现实批判意味，与时代历史紧密相连，语言也变得洗练、质朴，与20世纪20年代的靡丽诗意迥然有别。相似的，董卉川敏锐地觉察到，顾仲起晚期的长篇小说《龙二老爷》同样表现出了全新的创作气象。他不再哀哭个人的悲惨境遇，而是以龙二老爷的一生透视苏北乡村中的变迁，将晚清到20年代的历史有机融入，展现出广阔动荡的时代背景，编织起了一部宏大的时代史诗。不管是结构上、语言上还是人物刻画上，都表现出长足的进步。类似的发现在书中比比皆是。这些发现具有重要的文学史意义，补足了原有研究的偏失，拓展了前人研究的视野，更新了前人研究的内容，足可照见著者对于文本的用心程度。

著者在文本细读中注重作品的文体特征。由于著者是诗剧研究出身，对于文体尤为敏感。因此，在解读江苏现代小说时，也特地观照到顾仲起、无名氏等作家在小说文体形式上的创新。他揭示出顾仲起的诗化小说特征，顾仲起以诗人的激情，抑扬顿挫、跌宕起伏的外在节奏形式谱写诗体小说，反映出现代人自由开放的情绪以及复杂敏感多变的精神世界；剖析《无名书初稿》的诗体小说特征，精美凝练、激情澎湃、意蕴深厚的诗性表述方式，以及暗示性意象的诗性建构，谱写出一曲浪漫的心灵唱诗。

在论述江苏现代小说创作的同时，著者还注意到深入探究与之相关的众多文学理论与文学现象，将其与中国现代社会的历史变迁、文化心理、文学论争、文学体制等层面的相关问题结合起来，深入考察其文学史意义，突出江苏现代小说研究的理论维度。例如，作者在分析陈瘦竹的讽刺风格时，注重20世纪40年代中国文坛的整体状况，将其置于讽刺文学的创作思潮中加以论述，以一种横向比照的视野，凸显出陈瘦竹讽刺风格的独特性及其相应的文学史地位，经由对比昭示陈瘦竹温厚善意的讽刺风格，从而标定其文学特质。

三、启蒙精神的照彻

如果说中国现代文学自诞生之日起就以启蒙精神为根基，以改造国民性为己任，那么江苏现代小说，不仅呈现出现实主义的整体倾向，表现出鲜明的现实关怀，更以其细腻的文风、独到的描写领域、地域色彩浓厚展现出富有个性的思想情怀。作家们以诚挚深沉的人道主义精神，关注现实人生、同情弱势群体，以现实主义的笔端触及严峻的社会问题，体现出启蒙精神的灌注。董卉川在研究中，特别重视启蒙精神的指引，关注作家的启蒙立场，对于民众的启蒙，对于理性的追求，对于国民性的批判，更着力挖掘民众的自我启蒙与觉醒。

董卉川关注到作家们鲜明的现实关怀与批判精神。江苏小说，高举五四启蒙主义的大旗，以深沉的忧思、深切的关怀进行社会批判、人性批判、国民性批判。陈瘦竹、陈白尘、罗洪、程造之、谭正璧、鲍雨、路翎等人的创作，无不是与人生紧密结合、与社会密切相关，他们以超越时代的眼光与视野，透视社会中的种种世相，剖析国民性的幽暗，揭示人性的暗角。对于《罗大斗底一生》的分析，尤其能见出著者浓郁的启蒙情怀。董卉川指出，正是极速变迁的社会关系、畸形的社会环境，导致了罗大斗"人性的异化"，使他成为一个卑劣、邪恶、丑陋的奴才，黄鱼场、云门场上演的种种丑剧更是半殖民地半封建中国的异化人性的展演。路翎对于异化丑恶人性的图绘令人触目惊心，著者更进一步进行灵魂的逼视——"我们能够看到以前、现在、将来的某些人，甚至自己的影子，这让人沉思、惊颤和恐惧"。不难看出，作者的主体意识时刻渗透在论述之中，展露出鲜明的个人气质与个性风格，个人视角的融入，使原本久远的文本变得亲近，这样的论述，让人感受到对于历史的温情与敬意。

出于强烈的启蒙倾向，董卉川对于江苏现代小说中的启蒙者形象、启蒙叙事尤其关注，并通过叙事视角、叙事模式等的寻绎，揭示出作家的启蒙关怀。小说中的启蒙者主要是知识分子，著者通过精细查考，指出《孤岛时代》中的钟成、《活跃在敌人后方》中的耀东，《没有米》中的兆富，《绿草荡畔》中的昌生、《学步》的辛耀中，《临崖》中的"我"，都是启蒙者的典型代表。这些作品无不采用了经典的启蒙模式——男性为启蒙者，女性为被启蒙者；现代知识分子为启蒙者，普通民众（农民）为被启蒙者。显然，这种等级的设定既是对五四文学启蒙书写的承续，同时也是作家在性别、阶层认知上的限度。因此，董卉川更推崇韩北屏在《神媒》《学步》《被称做太太的女同志们》《邻家》等作品中，对于常见启蒙模式的颠覆——乡村老师成为牧师的启蒙者，女性成为男性的启蒙者，这种启蒙权利的翻转，寄寓了小说家殷切的期望。

董卉川还注意到，陈瘦竹、鲍雨、韩北屏等作家并非高高在上的启蒙者，而是关注到民众的自我启蒙和自我觉醒，并呈现这一启蒙过程的艰难、被动与复杂。比如，他通过人物形象分析，指出鲍雨的《卖菜女》《小光蛋》《飞机场》，韩北屏的《狙击手方华田》《花素琴》，程造之的《烽火天涯》，陈瘦竹的《抗争》《入伍前——记一个女战士的经历》《湖上恩仇记》《三人行》《曙光》《春雷》等作品中，注重呈现底层民众觉醒的过程。面对侵略，民众逐步摆脱一盘散沙的状态，爱国意识、民族意识逐步萌发，在社会重重压迫与剥削中，艰难觉醒并勇敢反抗，成长为坚强的革命者。这一发现，准确地锚定了中国现代文学思潮的启蒙转向——由个人启蒙向社会启蒙。

尽管本书在史料钩沉、文本细读、启蒙立场等方面显示出作者的学术素养，但不可否认的是，本书仍然存在不少改进的空间。比如，在对作家的整体创作进行摹写时，应以更宏阔的文学史眼光凸显其审美内蕴、独特价值；而在论述过程中，应当更具学术史视野，适当评述前人研究成果，更能增加本书的学术理性。另外，江苏现代作家的小说如何表现出"江苏风格"，江苏文学对现代文学又产生了怎样的影响，这些都是有待进一步探索深化的地方。

但总体上，《江苏现代小说十三家论》以大文学史为视野，以地方路径为聚焦，以还原历史为旨归，建构起了别具一格的阐释框架与富有学术个性的逻辑结构。我相信，随着该成果的问世，董卉川的学术研究将会迎来一片新天地，进入一个更阔达的境界。

张光芒

2021 年 10 月 15 日

目　录

导　论

引　言

　　作为现代文坛的重镇，江苏现代小说以其突出成就耀目文坛。江苏作家不仅深度参与中国现代小说的发端，还为新文学的发展做出了重要贡献。朱自清、陶晶孙、滕固、谭正璧、顾仲起、陈白尘、陈瘦竹、罗洪、鲍雨、韩北屏、程造之、无名氏、路翎，这十三位作家是其中的突出代表。本书不以文坛贡献罗列十三家，而是以出生年月作为排序标准。

　　之所以选择这十三位作家，有着特殊的考量。一方面，这些作家较为全面地展现了江苏现代小说创作的成果，基本涵盖了 20 世纪 20 年代至 40 年代各个阶段、各种风格、各个流派，立体建构出了江苏现代小说的发展面相。温厚的现实主义书写，如朱自清《新年底故事》《别》《笑的历史》《阿河》《飘零》等短篇小说，是"文学研究会"关注现实人生的突出代表。在革命浪漫主义创作思潮中，顾仲起的《笑与死》《残骸》《生活的血迹》则以其强烈的个人抒情感伤风格饮誉文坛。新浪漫主义健将滕固、陶晶孙，以浮艳华美之笔触，追求爱与美；路翎的《饥饿的郭素娥》《燃烧的荒地》《财主底儿女们》《罗大斗的一生》，无名氏的《无名书初稿》系列，则深入人心，以出色的心理小说揭示复杂的精神图谱与心理状态，呈现现代人的苦闷与追求。抗战的到来，也造成了作家创作的深化。民族危亡的时代风云中，作家们转向十字街头，描写残酷的战争与持久的抗争、人民的觉醒。顾仲起的《龙二老爷》、程造之的《沃野》《烽火天涯》、陈瘦竹的《春雷》、罗洪的《孤岛时代》等，都是批判现实主义的力作，彰显出对人性与社会的深入探索与认知，对战争下社会世相的全面摹写。上述作家的创作，风格多样、特色鲜明，在叙事、语言、主题内蕴上都进行了多样化的探索，为中国现代文学的发展做出了独特贡献。

另一方面，在以往的研究中，上述作家往往处于一种被忽视、被遮蔽、被低估的状态，或成为文学史上的失踪者，或其创作成为了失踪的作品。朱自清的小说少有论者关注，文学史上的朱自清多以散文家和文学理论家的面貌出现，而他的小说，多被淹没在历史长河之中。与之类似，陈瘦竹、陈白尘则主要作为戏剧家和戏剧理论家为学界熟知，他们著名戏剧家的地位遮蔽了小说家的身份，也带来了后世研究的偏向。此外，程造之的皇皇巨著"抗战三部曲"、谭正璧体量庞大的小说创作，在当时文坛上都具有重要影响，但随着时间的流逝，这些作品逐渐淡出了研究视野，被层层遮蔽。由此，通过钩罗爬梳，析微察异，打捞被遗忘的作家作品，不仅能够厘清历史遗产，重新标定这些作家作品的文学价值和文学史价值，更能还原江苏文学史的面貌，丰富中国现代文学创作的实绩。对这十三家展开研究，亦能够推进已有学术史的进展。江苏现代小说十三家的创作主要表现出三大特质，一是多样化风格的寻绎，二是多元化思潮的昭示，三是鲜明地域特色的彰显。

一、多样化风格的寻绎

江苏现代小说十三家的创作，匠心独具、异彩纷呈、风格多样。朱自清质朴温厚的现实主义创作，顾仲起浪漫感伤的革命小说，陈白尘、滕固、陶晶孙的浪漫主义写作，陈瘦竹的"讽刺小说"，路翎、无名氏的"心理小说"，罗洪、程造之、谭正璧、鲍雨、韩北屏的"社会世相小说"……多种风格交相辉映，共同构成了江苏现代小说的创作全貌。

朱自清善于以质朴、凝练、细腻的文字描绘平凡的生活片段，记录平凡的日常生活与现实人生，从而书写知识分子阶层、妇女阶层的"平凡的人生"。在平凡中发掘生活的点滴，在平凡中蕴藉深刻的人生感悟，在平凡中抒发动人的情感，意蕴悠长，发人深省，令人回味。

陈瘦竹的文学创作，体现出了出色的讽刺才华。小说精心塑造人物的性格和语言，具有浓厚的生活气息，从现实取材，描写真实的生活，而不是生搬硬套普罗文学阶级斗争的公式，也没有刻意追求历史的必然道路或生硬套上光明结局，因而小说具有极强的感染力。

中国文学主潮以"大众""进步""民族""国家"等宏大的关键词逐渐取代了"五四"文学对"人"本身的关注，特别是对"人"的内在灵魂与心理世界的探索。路翎、无名氏在很大程度上打破了这种叙事困境。路翎善于书写中国人民的社会精神史，无名氏则以哲人的深刻、诗人的浪漫，撰写富有哲理又浪漫四溢的个人心灵史诗。路翎、无名氏，以其对人类精神世界的独特关注，在 20 世纪 40 年代的文坛中呈现异禀、绽放异彩。

抗战爆发后，民族矛盾、阶级矛盾、社会矛盾空前激化。政治的腐败、官僚汉奸的寡廉鲜耻，使社会原有的丑恶与黑暗不减反增，引起了人民的极度愤慨。改造国民性的历史使命仍未完成，民众依然处于待启蒙的状态。"抗战的现实是光明与黑暗的交错——一方面有血淋淋的英勇的斗争，同时另一方面又有荒淫无耻，自私卑劣。人民大众是目击这种种的，而且又是身受那些荒淫无耻自私卑劣的蹂躏的……因此，文艺作品不能只是反映了半面的'现实'……每一个问题都有它光明的一面以及黑暗的一面。如何而能克服了那黑暗的一面，或者为什么而终于不能克服那黑暗的一面；这才是必须描写出来的焦点。"① 因此，江苏作家与同时代的学人一道，以强烈的历史使命感与社会责任感，创作了一系列社会世相小说。虽多以抗战为时代背景，却绝非单纯描写抗战，而是以此为切入，关注现实人生、关注社会问题、关注人性与国民性。罗洪、程造之、谭正璧、鲍雨等的创作，与人生紧密结合、与社会密切相关，以跨越时代的眼光与视野，去透视、描绘、思考社会中的种种

---

① 茅盾：《论加强批评工作》，《抗战文艺》1938 年第 2 卷第 1 期。

世相，去剖析、暴露、反思人性与国民性。

二、多元化思潮的昭示

以十三家为代表的江苏文坛，在现实主义的主潮下，展现出多元化思潮，丰富了江苏文学的文学生态。

首先是现实主义思潮的深化。陈瘦竹、陈白尘、顾仲起、滕固等众多作家，在 20 世纪 30 年代创作风格均发生了转变，由原来的感伤浪漫趋向于冷峻现实，从关注个体情感转向关注社会世相。不管是语言、题材、人物、叙事上都实现了"移行"。其中，以路翎为代表的"七月派"创作是其中的突出代表。七月派与江苏有着密切的亲缘关系。胡风、阿垅曾在南京求学，路翎出生于南京，丘东平、彭柏山等人则是苏北新四军文学创作的代表人物。七月派以胡风的"主观战斗精神"为核心，挖掘人们的"精神奴役创伤"，展现人民的"原始强力"，形成了"深刻凝重的历史沧桑感与沉郁悲怆的艺术格调。其浓厚的政治意识形态色彩不掩启蒙精神，而其体验的现实主义也掩饰不住地透出浓郁的现代主义气质"①。以《七月》《希望》杂志为平台，七月派集中进行了"主观战斗精神"的诗学建构。在创作实践方面上，以路翎为代表的七月派作家不避讳社会的黑暗与战争的可怖，直面种种罪恶，包括屠杀、奸淫、灾荒、掠夺等，描摹一幅幅可怖、惊异的人间图景，以此凸显人物的艰难觉醒与顽强抗争。路翎凭借着"全心充满着火焰似的热情"②和"人民的原始的强力"③，去书写中国人民的社会精神史，"从社会的人（作为社会关系的总和的人）底内心的矛盾和灵魂的搏斗过程中间，去掘发和展露社会的矛盾和其具体关系"④。路翎对中国社会精神史的有力书写，使其小说"在中国的新

---

① 丁帆、李兴阳：《论"七月派"的乡土小说》，《河南社会科学》，2007 年第 2 期。

② 唐湜：《路翎与他的"求爱"》，《文艺复兴》，1947 年第 4 卷第 2 期。

③ 胡风：《〈饥饿的郭素娥〉序》，见《路翎文集·（第三卷）》，安徽文艺出版社 1995 年版，第 4 页。

④ 邵荃麟：《"饥饿的郭素娥"》，《青年文艺》，1944 年，第 1 卷第 6 期。

现实主义文学中已经放射出一道鲜明的光彩"[1]。

其次是浪漫主义的张扬。20 世纪 20 年代，随着五四运动落潮，家国之忧、时代之思、身世之感，带来了一股感伤主义的风潮，由郁达夫引领的"热情的反抗的间带着感伤主义的调子的浪漫主义的"[2]审美风格吸引了众多年轻创作者。由于推崇"文学作品，都是作家的自叙传"[3]，作家往往将个人情感、个人形象熔铸于作品之中，使作者与小说人物形成了高度互文共振。对个性解放、自我价值的张扬，苦闷的心理与忧郁浪漫的情愫抒发，是滕固、陶晶孙、陈白尘创作的重要标识。郁达夫将其称作"殉情主义"[4]，郑伯奇则称之为"抒情文学"[5]。浪漫主义文学追求审美性，着意于意象的铺排、情感的宣泄、氛围的营造、语言的锤炼。强调抒情性和主观性，追求为"艺术而艺术"，艺术的核心是美的追求，文艺是纯审美的，是超功利的，文学是情绪和情感的结晶，注重探索人的心理世界，表现人的情感、欲望、心理。在叙事上，受到现代派技法的影响，关注情绪的流动而非情节的整全。这些作品多用幻想、梦境的手法，充满怪异情调。"现代短篇小说，已经不需要一个完美的故事，一个有首有尾的结构。而是立脚于现实的基础上，抓住人生的一个断片，革命也好，恋爱也好，爽快的一刀切下去，将所要显示的清晰地显示出来，不含糊，也不容读者有呼吸的余格，在这生活脉搏紧张的社会里，它的任务已经完成了。"[6]作为 20 世纪 20 年代新浪漫主义的余绪，滕固、陶晶孙的作品彰显出了浓厚的抒情性，洋溢着丰沛的诗情，展示出别样的深度。

再次是现代主义的探索。20 世纪 40 年代心理分析小说的繁盛是重要的文学现象，作家注重深入人物的精神世界，挖掘人物痛苦、矛盾的灵魂，描绘人物复杂的心理活动，使作品呈现出一种深邃的精神向度。他们关注个人的

---

[1]　邵荃麟：《"饥饿的郭素娥"》，《青年文艺》，1944 年，第 1 卷第 6 期。

[2]　李何林：《近二十年中国文艺思潮论》，生活·读书·新知三联书店 2012 年版，第 114 页。

[3][4]　郁达夫：《五六年来创作生活的回顾》，《文学周报》，1928 年，第 276-300 期。

[5]　郑伯奇：《〈寒灰集〉批评》，《洪水》，1927 年，第 3 卷第 33 期。

[6]　叶灵凤：《谈现代的短篇小说》，《文艺》，1936 年，第 1 卷第 3 期。

精神世界、心理状态，着墨于个人精神世界的探秘与个人心灵的解剖。其中，心理分析小说的繁盛则是重要的文学现象，路翎、无名氏是其中突出的代表。路翎以理性细密的精神世界剖析与社会关系透视，关注知识分子和底层民众的心灵困境与精神创伤，汇聚成一部厚重的国民社会精神史。迥异于路翎的社会精神史书写，无名氏在自我向度深度掘进。他以诗体小说的形式，进行浪漫的自我宣泄抒唱，展现心灵的痛苦撕扯、意义的自我确认以及深刻的哲理深思，谱写了一部深邃玄远的个人心灵史诗。社会精神史与个人心灵史的辉映，构成了20世纪40年代心理分析小说的双峰。

三、鲜明地域特色的彰显

江苏现代小说十三家的创作，富有鲜明的地域特色，表现出独特的江苏作风与江苏气派、江苏味道。"风土与住民有密切的关系"，"人总是'地之子'，不能离地而生活"[1]，"土气息泥滋味""表现在文字上，这才是真实的思想与文艺"。茅盾对地方色彩同样进行了精当的阐释："我们决不可误会'地方色彩'即某地的风景之谓。风景只可算是造成地方色彩的表面而不重要的一部分。地方色彩是一地方的自然背景与社会背景之'错综相'，不但有特殊的色，并且有特殊的味。"[2]

首先是对江苏风景、风情的细致描绘。程造之以《沃野》回溯了"苏北盐垦史"，呈现了苏北地区的风俗，勾连了百年的苏北盐垦史，揭示出苏北的风情民情，呈现出广阔的社会气象，映射出苏北乡村百年的历史变迁；顾仲起的苏北乡村描摹，陈瘦竹、鲍雨、韩北屏的苏南乡村风景刻画，程造之的南京都市生活剪影……作家们深入生活与人心的观察体悟，流露出作家对于家乡的深厚情感与诚挚热爱，使得作品气韵生动，蕴含着醇厚的乡土风情，

---

[1] 周作人：《地方与文艺》，见《谈龙集》，上海书店1930年版，第15页。

[2] 茅盾：《小说研究ABC》，见《茅盾全集》第19卷，人民文学出版社1991年版，第76页。

展示出江苏独特的风土人情，因而具有浓郁的地方风味与地方色彩。

其次，作家们致力于通俗化、大众化，吸收新鲜活泼的方言土语，从生活中取材，由此语言富有地域色彩，流畅生动，表达力强，一定程度上冲淡了五四时期欧化白话带来的僵化与文艺腔，推进了言文一致的步伐，为语言的民族化、本土化、大众化做出了有益的探索。不管是苏南方言，还是苏北土语，都具有极强的生活气息与艺术感染力。比如顾仲起的《龙二老爷》、程造之的《地下》《沃野》，均以独特的地域色彩形成了独特的语言风格。作家对于苏北地区民俗民风的刻画，对于苏北方言的纯熟运用，对于苏北风情的细致描绘，使《龙二老爷》《地下》《沃野》打上了浓厚的苏北烙印。譬如《龙二老爷》中，南通方言随处可见，如"胯子""结毒""吃大菜""外洋""通声气""夸傲""官事""大赌脚""大出息"……不难看出，顾仲起、程造之致力于通俗化、大众化，吸收新鲜活泼的方言土语，从生活中取材，表现出鲜明的地方色彩。

程造之、谭正璧、罗洪、鲍雨，在描摹社会世相的同时，还善于运用哲学家的眼光观察思考社会、历史、人生、人性、命运等哲理问题，探索世界万物中普遍存在的矛盾性，挖掘世间万象之间变幻莫测的复杂关系，展现了自我复杂、敏感与严肃的内心世界和充满智性的大脑思维。借助理性沉思，关注国人乃至全人类的生存困境、历史传承以及命运前途等问题。

结　语

总体而言，江苏小说十三家的创作，饱含着强烈的民族激情，带有鲜明的地域色彩，洋溢着真挚的人文关怀，散发着浓郁的现代主义气息，积淀着理性的自省与沉思，渗透着深邃奥妙的历史感和哲学感，同时也闪烁着沉郁的社会批判眼光，构成了中国现代文学灿烂天空中明亮而耀眼的存在。

第一章
"平凡小卒"书写"平凡人生"
——朱自清现代小说创作论

引　言

朱自清自谦为"平凡的小卒","我是大时代中一名小卒,是个平凡不过的人"[1]。在文学创作尤其是小说写作中,朱自清善于以质朴、凝练、细腻的文字描绘平凡的生活片段,记录平凡的日常生活与现实人生,从而书写知识分子阶层、妇女阶层的"平凡的人生"。在平凡中发掘生活的点滴,在平凡中蕴藉深刻的人生感悟,在平凡中抒发动人的情感,意蕴悠长,发人深省,令人回味。

朱自清原名自华,字佩弦,号实秋。投考北京大学时,改名自清。笔名有余捷、柏香、佩、清、P.S.、白水、白晖、知白、言、东言、兼言、玄玄、又玄、晖等。1898 年 11 月 22 日生于江苏东海(海州),今东海县,祖籍浙江绍兴,1903 年朱父将全家迁至扬州,朱自清在扬州度过青少年时期,故称"就只有扬州可以算是我的故乡了"[2]。朱自清于 1921 年 4 月加入文学研究会,

---

① 朱自清:《〈背影〉序》,见赵家璧主编,郁达夫编选:《中国新文学大系·第七集·散文二集》,上海良友图书印刷公司 1935 年版,第 379 页。

② 朱自清:《我是扬州人》,《人物》1946 年,第 1 卷第 10 期。

入会号为 59 号。朱自清的文学创作以散文和诗歌见长，小说创作篇幅少，且以短篇为主，"我写过诗，写过小说，写过散文……短篇小说是写过两篇……我觉得小说非常地难写；不用说长篇，就是短篇，那种经济的，严密的结构，我一辈子也学不来！我不知道怎样处置我的材料，使它们各得其所"[①]。

朱自清小说的创作时段主要集中于 20 世纪 20 年代，从 1921 年到 1926 年共计五部短篇小说——《新年底故事》《别》《笑的历史》《阿河》《飘零》。1921 年 1 月 1 日，以佩弦之名在浙江省立第一师范《十日刊》的新年号上，发表了自己的第一部短篇小说《新年底故事》。作品以"我"的童年视角，描写了新年时的几个生活片段——吃肉包子、糖馒头、风糖糕；家里的椅子、桌子披上了红的、花的外衫儿；家里点上了大红的蜡烛、放起了花炮；我穿上了新帽、新衣、新鞋等，展现了一个孩童的新年经历和愉快的童年生活。语言充满童真、童趣，令人莞尔，生活场面描写细腻、平实，充满温馨之感。1921 年 7 月以朱自清之名，在《小说月报》第 12 卷第 7 期上发表了《别》。1923 年 6 月又以朱自清之名，在《小说月报》第 14 卷第 6 期上发表了《笑的历史》。1926 年 1 月则以白晖之名，在《语丝》第 61 期上发表了《阿河》。1926 年 8 月以佩弦之名，在《文学周报》第 236 期上发表了《飘零》。

朱自清以散文家细腻、平实的笔触，以情感的流动、转变结构全文，描写各色人生——妇女、知识分子阶层平凡、真实的生活片段，通过日常的生活片段去展现人生百态与世事艰辛，呈现自我的情感与理念。

一、平凡知识分子阶层的人生书写

在《别》中，朱自清截取、描写的是主人公"他"，一个教书先生与妻——"伊"、儿——"八儿"久别重逢后的日常生活，结构全文的并非情节或矛盾，而是"他"的情感变化，然后配以相应生活片段的摹写。久别相

---

① 朱自清：《〈背影〉序》，见赵家璧主编，郁达夫编选：《中国新文学大系·第七集·散文二集》，上海良友图书印刷公司 1935 年版，第 379 页。

见后，"他"的情感是一种"隐藏的不安"[①]，源于"伊"见到他热情朋友后的"莫生"、与朋友们居住在一起的拥挤环境。这恰恰反映出"他"拮据的生活现状，是"不安"的根由。吵闹、嘈杂打破了夫妻久别重逢后私密的愉悦，直到电灯关闭、朋友们相继睡去后，那不安才暂时"熄灭"。之后几天，他的情绪转变为温馨、安逸与舒适，则源于孩子的吵闹跑跳和"伊"给他烧饭、收拾的悉心照料。但妻子即将生产后的去向问题又瞬间打破了这种情绪。"他"想"伊"留下，却无法筹措与承担自己母亲或"岳家底人"来此照顾妻子的百元费用，只能忍痛让妻儿再次回家，"为一百元底缘故，他俩不得不暂时贱卖那爱底生活了"[②]。朱自清着重将笔墨集中于离别前的生活片段，以平实的描绘，配以"他"与"伊"内心世界细腻的刻画，朴实无华又感人至深，产生了无尽的悲伤之感。这种悲伤虽不是那种生离死别的大悲痛，却是一种绵延不断、沁心入骨的哀伤与幽怨，痛苦与无奈之情甚至尤甚前者，短暂的幸福生成出长久的伤痛。在妻儿离去后，一直没有散去，反而更加浓厚，"他细味他俩最近的几页可爱的历史。想一节伤一回心……他似乎全被伊占领了……寒心的沉默严霜似的裹着他的周围……屋里始终如死地沉默着"[③]。这得益于朱自清对真实人生的深切体味与艺术再现，将生活片段的刻画与人物情感的运动过程相结合，以情感的生成运动来结构全文，由小及大地真实展现了小知识分子阶层拮据、无奈的现实人生。

在《飘零》中，朱自清借助"我"与"P"的交谈，使"我"回想起"W"的几个生活片段。第一个片段是"W"在大学读书时刻苦勤奋，待人真诚热忱，"他心理学的书读得真多；P大学图书馆里所有的，他都读了。文学书他也读得不少……我拿一篇心理学的译文，托一个朋友请他看看。他逐一给我改正了好几十条，不曾放松一个字"[④]。第二个片段则是我俩在杭州的一次相遇，他对待问题有自己的见解和操守，不趋俗随众、人云亦云，"我知道那是有名的杂志。但他说里面往往一年没有一篇好文章，没有什么意思。他

---

①②③　朱自清：《别》，《小说月报》第 12 卷第 7 期，1921 年 7 月。
④　佩弦：《飘零》，《文学周报》第 236 期，1926 年 8 月。

说近来各心理学家在英国开了一个会,有几个人的话有味"①。第三个片段则是"我"在报刊上看到了他的一些文学作品,他虽是学科学的,写的小说却很热情。第四个片段是"P"在美国与"W"在实验室的相遇,"W"治学谨严、一丝不苟、客观理性。第五个片段是"P"提及"W"的恋爱与"W"撰写的爱情小说,反映出"W"是一个传统的君子,对待爱情的态度是"科学恋爱"。第六个片段则是"W"特意从美国回北京大骂向他借钱不还的"K",其实不是为了索要欠款,而是借故回国,对故土充满依恋与不舍。通过上述几个生活片段质朴、细腻的描写,作品同样以小见大地展现了那个时代高级知识分子的现实人生,"他觉得中国没有他做事的地方……他们说他是疯子",被人排挤、歧视,不被理解,报国无门,只能无奈漂泊海外,令人唏嘘。②

二、平凡妇女阶层的人生书写

除了对知识分子阶层人生的摹写,朱自清作为"人生派"的作家,亦将笔触指向了最易被侮辱被损害的人群——妇女阶层。在《笑的历史》中,朱自清以妻子武钟谦为原型,用第一人称"我"(小招)述说了自己在两个旧式家庭中的各种生活片段,展现了"我"由爱大笑到拘束的笑,再到不敢笑、不愿笑,最终到无力笑只有哭的情感历程。人物情感的运动变化过程始终配以相对应的生活片段描写,如幼年时父母的疼爱,养成了"我"爱大笑的习性。母亲去世到初嫁为人妇,"我"依然爱笑,这笑却开始"拘束"。后来公公从差事上交卸,夫家开始衰败,"婆婆""姨娘"拿我出气,娘家也势利的不爱理睬,"我"不敢笑也不愿笑了。生了孩子后的艰辛与孤独,尤其是身体的衰弱,使"我"彻底无力再笑且只有哭了。在《阿河》中,朱自清同样是将主人公"阿河"的各种生活片段,与"我"——叙述者的情感流动相结合,以情感结构全文。"我"对"阿河"的感情由陌生到关心,到喜欢再到同情,

---

① ② 佩弦:《飘零》,《文学周报》第236期,1926年8月。

直至怜惜，这个情感波动是随着日常生活片段的描写，尤其是"阿河"身世的逐渐展开而发生变化的。无论是《笑的历史》还是《阿河》，均没有惊心动魄的情节、生离死别的场面、跌宕起伏的命运，只是在日常那平实、细腻的生活片段描写中，透出刺骨戳心的冰冷。

"我"叙述着恐怖、压抑、孤独、痛苦的日常生活片段，"我家里人待我的情形也渐渐不同了，这叫我最难过的！——谁想自家人也会势力呢……便是郭妈妈和小五等人，也有些看不起我似的……婆婆已经不像从前客气……总防着我爬到她头上去。所以常常和我讲究做媳妇的规矩……她那时常要挑剔我。她虽不明明的骂我，但摆着冷脸子给你看，冷言冷语的讥嘲你，又背地里和用人们议论你……姨娘呢，虽不曾和我怎样，但暗中挑拨着婆婆……公公便指着一件不相干的事，向我大发脾气……他的骂比婆婆那回更是凶恶……四弟、五妹也常说我的坏话了……用人们也呼唤不灵了"[1]。"我"的苦痛跃出纸面，嵌入读者内心。读者身临其境，甚至与"我"合二为一，直面这种情感历程与苦痛人生，"凡能使读者读了血泪迸流的作品，一定是作者血泪的结晶，从受了深刻的创痕底心底深处放射出来的"[2]。一方面得益于第一人称视角的应用，另一方面则主要源自作者对现实人生的深切体味与真实再现，"把许多通常旧式家庭里时时发现的烦琐不堪的事情，很细腻地写了出来"[3]。就好似《阿河》结尾处，"阿齐"的诉说："娘的，齐整起来了。穿起了裙子，做老板娘娘了！据说是自己拣中的；这种年头！"[4]正是旁人这些真实、可怖的话语、看法和行为导致了以"小招"与"阿河"为代表的女性阶层的悲剧人生。因此，造成女性悲剧命运的根源非内因而是外因——封建旧式家庭乃至整个封建社会，对女性的歧视、仇视与迫害——给女性量身定做了一套说话处事的标准，这标准是对人性的束缚、扭曲和摧残，是吃人的，而身处在

---

① 朱自清：《笑的历史》，《小说月报》第 14 卷第 6 期，1923 年 6 月。

② 善行：《朱自清君的〈笑的历史〉》，《小说月报》第 14 卷第 12 期，1923 年 12 月。

③ 渭川：《朱自清君的〈笑的历史〉》，《小说月报》第 14 卷第 8 期，1923 年 8 月。

④ 白晖：《阿河》，《语丝》第 61 期，1926 年 1 月。

这个家庭、社会中的人们自觉不自觉的就成为了凶手或帮凶。

结　语

　　将生活片段的刻画与人物情感的运动过程相结合，是朱自清小说的主要建构方式。朱自清在创作过程中，记录、描写的只是真实、琐碎、常见的日常生活片段，但正是这最平凡的真实，恰恰造就了知识分子窘迫与无奈的人生，造成了旧时代女性的悲剧命运。小说中涉及的诸多问题，在现代社会中依然存在，这就是朱自清"人生派"小说的巨大魅力与价值之所在。在平凡中见远大，在真实中见深刻，发人深省，令人深思。

第二章

灵的觉醒·浪漫的象·理性的
沉思·神秘的运命征

——陶晶孙20世纪20年代新浪漫主义小说创作论

引　言

陶晶孙，1897年12月18日生于江苏无锡。本名陶炽，笔名陶晶孙，也使用过陶炽孙、陶昌孙、陶藏等笔名。陶晶孙在20世纪20年代创作了多部小说，基本收入了1927年由创作社出版部出版发行的《创造社丛书·第十六种·音乐会小曲》之中，"他的创作，大约都收在《音乐会小曲》的一部小说集里面"[①]。需要指出的是，从文体形式上看，该集中的《黑衣人》《尼庵》两部作品，非小说，而是典型的戏剧。小说则为《音乐会小曲》《两情景》《木犀》《剪春萝》《洋娃娃》《水葬》《理学士》《特选留学生》《哈达门的咖啡店》《爱妻的发生》《短篇三章》《Cafe pipeau 的广告》《暑假》《独步》《温泉》《女朋友》《两姑娘》《书后》。在前期创造社的作家群中，高举"新浪漫主义"大旗的为陶晶孙，"一直到底写新罗曼主义作品者为晶孙"[②]。郭沫若的浪漫主

[①]　郑伯奇：《导言》，见赵家璧主编、郑伯奇编选：《中国新文学大系·小说三集》，上海良友图书印刷公司1935年版，第17页。

[②]　陶晶孙：《创造三年》，《牛骨集》，太平书局1944年版，第175页。

义属于"从前底浪漫主义时代","好比二十岁前后生气活泼的青年期,感情热烈"①。郁达夫的浪漫主义则属于"自然主义的时代","受生活压迫的苦痛……希望,理想,信仰,一切消失,沉没在烦闷忧愁底深渊,有百无聊赖的样子"②。而陶晶孙的浪漫主义既没有"沫若仿吾那样的热情"③——"他的初期的创作找不出个人的呻吟和对于社会的反抗"④,也没有"达夫那样的忧郁"⑤——"在初期,他有点艺术至上的倾向。他保持着超然自得的态度。生活的苦闷,至少,在他的学生时代是不会有的"⑥。他的浪漫主义是一种典型新浪漫主义。陶晶孙 20 世纪 20 年代的小说以"灵的觉醒""浪漫的象征""理性的沉思""神秘的运命",践行"新浪漫主义"的创作理念、彰显"新浪漫主义"的艺术特质。

一、"灵的觉醒"

陶晶孙的新浪漫主义首先表现出了一种"灵的觉醒"⑦的显著特质。同时期潘汉年、叶灵凤的爱情小说创作,偏爱肉欲的呈现。前者直接露骨、后者婉转诗化。叶灵凤还尤为注重挖掘呈现女性隐秘的精神世界——情欲心理。陶晶孙的爱情小说,也描写男女爱情,却不见激情的文字、不挖掘人类压抑苦痛的精神世界、不描写性爱的场面,也没有对女性隐秘性心理的剖析。而是平淡自然地描写情感与人生,表现出了一种冷静超然的气质。

在《木犀》中,大学生"素威"偶然间闻到木犀花的香潮后,回想起中学时与自己曾经的小学英文教师"Toshiko"的一段忘年恋情。这种青年男子与成熟年长女性之间的不伦之恋,在前期创造社作家的笔下比比皆是,叶灵凤、潘汉年的创作尤为露骨和前卫。陶晶孙与之相反,未着墨于"素威"和

---

①② 昔尘:《现代文学上底新浪漫主义》,《东方杂志》,1920 年 6 月,第 17 卷第 12 期。

③④⑤⑥ 郑伯奇:《导言》,见赵家璧主编、郑伯奇编选:《中国新文学大系·小说三集》,上海良友图书印刷公司 1935 年版,第 17 页。

⑦ 昔尘:《现代文学上底新浪漫主义》,《东方杂志》,1920 年 6 月,第 17 卷第 12 期。

"Toshiko"肉欲的交媾，未展现二人在伦理道德观下，苦闷、压抑、痛苦的精神世界，而是平淡自然地描写二者之间的交往、情感。"素威"因迟到惧怕外号为"老虎"的老师惩处，"Toshiko"帮他圆谎，"素威"十分感激，二者之间开始产生出异样的情感，"无论在家里或在学校里，只把'Toshiko先生'——这音乐的响亮的单语反复着，想今天见面时该说什么话"①。一日晚上，"素威"进入"Toshiko"的房间，二者相拥，但肉欲的描写戛然而止。二人的话题忽然转向了屋内香气的来源——木犀花的幽香。陶晶孙借木犀花的香气、幽暗的灯光，暗示了二人不伦之恋的高潮。这段不伦之恋后来被周围人所知晓，但相恋的二人没有任何压力也没有任何痛苦之感，依旧泰然处之，情感真挚温婉，不见大起大落、激荡澎湃之势，恰恰印证了"灵的觉醒"的冷静超然的气质。

《剪春萝》中的"叶××"和"绿弟"均是世间的孤独者，他们在寄宿学校中远离家人、没有朋友。"叶××"天生多愁善感，"绿弟"则有父无母。孤苦无依的二人在学校相知相守，年龄较大的"绿弟"成为了"叶××"的守护者。但生性缺乏安全感的"叶××"总是在梦中看到"绿弟"跌入河中，在现实与梦境的交织中，"叶××"终投河自尽，死亡使这段短暂的感情升华为永恒。小说虽然描写了"叶××"和"绿弟"二人断袖分桃之恋，却没有任何龌龊、猎奇的画面，这源于"灵的觉醒"的文本建构思想。因此，全篇不见任何肉欲的渲染，转而以平淡自然的笔调描写二人之间的相处，以贯穿全文的意象"剪春萝"象征二人之间至死不渝的爱恋。在《短篇三章·绝壁》中，孤男寡女的"他"和"她"在人迹罕至的绝壁上游玩，二人畅聊的却非爱情，而是人生和中日两国的风土人情。在游玩和畅聊时，"她"的双手不经意抱住了他的颈部，"女士的气息和脸粉香从他脸上一直流到眼鼻，他的全身，正是被脸粉和气息和蔷薇和体臭和麝香和脸粉和蔷薇和体臭，

---

① 陶晶孙：《木犀》，见《音乐会小曲》，创造社出版部 1927 年版，第 51 页。

像浸在酒精里的一样了"①。暧昧的气氛开始点燃，"他"抱起"她"来，"她"也抱牢了他的颈部。后续却未见任何香艳的场面，"他跌了，绝壁一面有草地，草地斜面上他们在滚下去了。天空，草，松树，松树，草，天空，草，松树，青天，青天，青天，青天，柔的草，青的天，松树梢；还有——是，他，和她的白的足。"②陶晶孙以三种物象——"天空""草""松树"的不停反复、不停重复，实现语言节奏的诗化，代替暗示了二人之间灵与肉的交融，极富音乐感和画面感，氛围雅致诗意，丝毫没有下流低级之感。

陶晶孙20世纪20年代的新浪漫主义小说，以"灵的觉醒"建构文本，或以象征性意象来暗示象征爱情，或以物象来指代情爱。文字清新淡雅、气质超然脱俗，寓情于景、情景交融，音乐感、画面感极强，从而使他的小说更近似于田园牧歌式的散文、诗歌，而非激情四溢的浪漫化写作，也非晦涩隐秘的精神分析之作。激情被作者刻意消解，苦痛与压抑也只是转瞬即逝，最后都归于平淡自然，超然的气质跃然纸上，由此彰显新浪漫主义的特质。

二、"浪漫的象征"

"象征"是指"任何一种抽象的观念、情感与看不见的事物，不直接予以指明，而由于理性的关联、社会的约定，从而透过某种意象的媒介，间接加以陈述的表达方式"③。陶晶孙的新浪漫主义丝毫不见"欲的弥漫"，而是以象征性意象，"势不能不用神秘象征底笔法"④，来配合"灵的觉醒"的呈现。"浪漫底象征"的应用和布局，使文本建构、语言表述、情节描写、情绪抒发均显得委婉含蓄，幽婉折绕，由此抑制了感性情绪的倾泻，进一步提升了新浪

---

① 陶晶孙：《短篇三章·绝壁》，见《音乐会小曲》，创造社出版部1927年版，第137-138页。

② 陶晶孙：《短篇三章·绝壁》，见《音乐会小曲》，创造社出版部1927年版，第138页。

③ 黄庆萱：《修辞学》，三民书局股份有限公司1975年版，第337页。

④ 昔尘：《现代文学上底新浪漫主义》，《东方杂志》，1920年6月，第17卷第12期。

漫主义创作冷静、超然的气质。

在《两姑娘》中，主人公名为"晶孙"，是一个喜欢弹钢琴的留学日本的江南人，无不印证了该作是陶晶孙的"自叙传"。"晶孙"在夜间偶遇了一位多年不见的日本同学，他由惊恐变得平静再到适意，这种适意是二人接触后由这位日本姑娘的体香引发的。"女人的体香"是贯穿于全文的意象，是性与欲的暗示象征。小说伊始，"晶孙"感受到的是浙江姑娘的体香，"她的肤香使他从胸到腹感到了一种极古怪的感觉"[①]。遇到日本姑娘后，则发现她的体香更令他感到舒适，"她全身发着温暖的香气，那必定是全身的腺里发出来的，那是和那浙江姑娘全然不同的"[②]。此外，他在三等车厢里、电车里、日本姑娘的房间里等种种不同地点还多次闻到了"女人的体香"，感觉各不相同。"女人的体香"是现实社会中可嗅、可感的一种具体物象，在文中则成为主人公"晶孙"思想情感（"意"）——情欲的客观对应物，从而使物象"女人的体香"升华为意象"女人的体香"，来暗示象征暧昧和情欲。陶晶孙对男女情爱的描写极为幽婉和克制，以象征性意象"女人的体香"将激情消解，使文本的情感趋于平淡自然。《木犀》则以象征性意象"木樨花"暗示象征了"素威"和"Toshiko"纯洁、美好的不伦之恋。浪漫的象征性意象"木樨花"贯穿全文，"木犀的香潮"令"素威"回想起自己与"Toshiko"的爱恋；二人单独相处时，"木犀花香得异常"[③]；当二人在"Toshiko"的房间相拥之时，"木犀花香得异常……房里都漩着香潮——木犀的香潮"[④]。全文未见任何淫邪、色情之处，仅以木樨花香来暗示象征二人相恋的点滴，使二人的爱情升华、情感提纯。

在《两情景》中，"他"进入一家面店后遇到一个中年妇人"她"，二人发生了简单的对话。由于天热，"她"拉了一下衣服的高襟，右手执袖往胸前一挥，"她"的动作使"他"的内心不再安定。"襟脚"即为性与爱的象征，

---

① 陶晶孙:《两姑娘》，见《音乐会小曲》，创造社出版部1927年版，第183页。
② 陶晶孙:《两姑娘》，见《音乐会小曲》，创造社出版部1927年版，第188页。
③ 陶晶孙:《木犀》，见《音乐会小曲》，创造社出版部1927年版，第54页。
④ 陶晶孙:《木犀》，见《音乐会小曲》，创造社出版部1927年版，第54-56页。

"拉她的日本衣服的高襟，开她胸，右手执长袖向胸一挥。她这时候的襟脚的美……这极美丽的襟脚的美，倒深深刻在他的印象里"[①]。象征性意象"襟脚"神秘又富有暗示性，增强了幽婉、冷静、超然的气质。《洋娃娃》中的女主人公"C姑娘"深爱着自己的钢琴先生，但全篇丝毫不见浪漫奔放的情感抒发或言语表述，这源自"浪漫底象征"的应用。贯穿全文的象征性意象为"洋娃娃"和"蔷薇花"，前者是私设象征，后者是公设象征。公设象征又被称为公共象征，私设象征又被称为个体象征，"公共象征就是在某种文化传统中约定俗成的，读者都明白何所指的象征，而私设象征是作者在作品中靠一定方法建立的象征"[②]。具体来说，公共象征就是在民族圈或文化圈内约定俗成的、读者看到后就能够迅速理解其所指的象征意义，它的象征意义是由该民族圈或文化圈中的众多文学作品积累形成的，作家在创作时可以直接拿来使用并且不需要重新进行解释论述。《洋娃娃》中的"蔷薇花"就是一个典型的公共象征，"蔷薇花"自古以来就是爱情的象征。而"洋娃娃"则是一个私设象征，是《洋娃娃》这部作品中的特定象征符号，具有特别的意义指向。通过阅读上下文，可以得知物象"洋娃娃"是钢琴先生家中的摆件，"C姑娘"十分羡慕甚至嫉妒它能够随时陪伴在钢琴先生的左右。她也想变成一个"洋娃娃"，与钢琴先生长相厮守。由此，客观物象"洋娃娃"被注入了主观的情感，成为"C姑娘"思想情感（"意"）——爱情的客观对应物，由物象升华为意象。"洋娃娃"与"蔷薇花"一样，也是爱情的象征。但不同于"蔷薇花"，"洋娃娃"的暗示象征之义只显现在《洋娃娃》此部作品之中，脱离了特定文本之后，它的"所指"和"内涵"就会发生改变。借助"浪漫底象征"，尤其是私设象征"洋娃娃"，陶晶孙故意制造出一种审美距离，给读者以新奇的审美感受。读者需要仔细阅读与欣赏整部剧作的情节、理解和领悟作者的创作意图、实现与作者的真正共鸣之后，才能挖掘和体味其背后所蕴含的复杂深刻的意义。同时，也使语言表述更富暗示性与折绕感。

[①] 陶晶孙：《两情景》，见《音乐会小曲》，创造社出版部1927年版，第24页。

[②] 赵毅衡：《重访新批评》，四川文艺出版社2013年版，第122页。

"浪漫底象征"是新浪漫主义文学的标志性笔法，它的运用使陶晶孙的小说表现出了一种典型的"非个人化"气质，作者将自我的情感熔铸于象征性意象之中，由此消解了浪漫奔放的感性情绪。在陶晶孙20世纪20年代的小说中不见激情的语言表述，情感的表达极其幽婉，为理性因子的注入提供了契机，由此呈现作者冷静、睿智、深刻的理性沉思。

三、"理性的沉思"

新浪漫主义与旧浪漫主义相比，具有浓郁的理性沉思气质。理性因子的注入，使感性抒情的成分由此减弱甚至被抑制，这是新浪漫主义的典型特质，"新浪漫主义，所以和旧浪漫主义不同，就是因为含有现实感和科学的观察底分子"①。

《暑假》中的主人公"他"，善于弹奏钢琴、喜欢研读"Krehl"的作曲书、是一个留学日本的中国学生——这些身份背景再次印证了作品"自叙传"的性质。小说讲述仰慕"他"的中学女生"爱丽"邀请"他"暑假到亲戚"南夫人"家做客。赴约后，"爱丽"的亲戚"南夫人"也被"他"英俊的面貌、优雅的气质、超凡的才华所吸引。"他"亦对两位女士十分钟情，但发乎情、止于礼，"他"既没有与"南夫人"发生禁忌之恋，也没有对"爱丽"有任何越轨的举动。原始的感性情绪——性欲，被自我的理性情感所克制。在浪漫暧昧的环境中，"他"——陶晶孙，反而进行了深刻而又现实的理性思考，"他有些寄心在爱丽，不过他很晓得，他是支那人，他恋爱了而破灭是不愿，有许多中国人也走进过日本的上流人家受他们的优待，只是大都也不过他们一时弄弄中国人，试试优待，试试中日亲善罢了。而今他仿佛中世的游历者，在这儿得她们真心的优待，是很快活的事体"②。在文章末尾，"爱丽"与"他"离开逗子，回到东京，"他"依然克制着自己的情感，反而是"爱丽"主动捉

① 昔尘：《现代文学上底新浪漫主义》，《东方杂志》第17卷第12期，1920年6月。
② 陶晶孙：《暑假》，见《音乐会小曲》，创造社出版部1927年版，第162-163页。

住"他"的手，并亲吻了"他"。但"他"面对"爱丽"热情的示爱，依然没有任何回应，源自"他"对现实人生特别是自己与"爱丽"国籍身份差异的清醒认知。《暑假》依然以男女之间的爱情为线索展开叙述，甚至还有乱伦之恋的情节安排，但理性因子的注入，不仅使全篇罕见性欲、情爱以及不伦之恋的描摹，更平添了作品智性沉思的气质，现实深刻之感跃然纸上。

《两姑娘》描写了主人公"他"与两个姑娘之间的情感纠葛，第一个姑娘是与"他"订了婚约、同在日本求学的浙江姑娘"丽叶"，第二个姑娘则是"他"在夜间偶遇的日本中学同学。全篇不仅充满了浪漫奇幻的色彩，"我想，如小说，如戏剧等就是一种幻想的慌语……不过人都会梦，有时那梦倒含有些风味的，用笔纸来抄它出来，那梦幻有时也会变为一个创造"[1]。更富有理性沉思的气质，这源自主人公"晶孙"与日本姑娘相恋后，对自我爱情——与家乡那位浙江姑娘婚恋缘由的清醒认知，"她是一位大家的姑娘，从前做过省长的前妻的姑娘，很敏捷的姑娘，像我这乡下人确是赶不上她的，昨天我回到东京，早已告诉她火车到站的钟点，她会不来——；他们都以为我家里也有钱，其实事实正是反对的……'我也随便，我对于结婚素来不感到多大的兴味。''你会信她的贞操吗？''会——不过"会"以上也没有什么。''为什么？''她的男朋友太多了，他们都因她是省长的姑娘，所以都去讨好她。'"[2] "他"与日本中学同学的对话（理性认知）极富哲理意味，揭示了作者本人对于现实人情社会、传统恋爱婚姻观的清醒认知与深刻反思，在浪漫与现实的交织中，将人生经验提纯。作品中人生哲理的灌注、对现实的科学认知，充分体现了陶晶孙20世纪20年代小说新浪漫主义"理性的沉思"的特质。

陶晶孙在创作小说时化身哲学家、社会学家，以智性思维建构文本，以现实眼光审视社会世相，以理性沉思取代感性情绪的抒发倾泻，为感性的洪

---

① 陶晶孙:《书后·一·代替序文》，见《音乐会小曲》，创造社出版部1927年版，第197页。

② 陶晶孙:《两姑娘》，见《音乐会小曲》，创造社出版部1927年版，第194-195页。

水加上了一道理性的阀门。由此实现了新浪漫主义小说感性与理性的融合统一，在此过程中也激发出了作品强烈的艺术张力和艺术感染力。

四、"神秘的运命"

在陶晶孙20世纪20年代的小说中，"运命"是被时常提及的二字，这也是新浪漫主义文学的特质之一，具有"神秘的倾向"[①]——神秘性、超自然性。男女主人公的相恋、别离多与命运相关，而非社会时代、伦理道德或个人个性因素。

《音乐会小曲》全篇分"春""秋""冬"三章，作品散发着一种迷离、缥缈、神秘的色彩。在"春"之章中，"他"在音乐会上演奏比牙琴，注视到了观众席中的"她"——宛若自己三年前的女友。"他"在演出结束后便跟随着"她"，逐渐回想起了往事，回忆起了与前女友因神秘命运的操纵而未能长相厮守的爱情故事——小学升中学后，前女友读了女校，导致二人分离，后来女友全家又搬离了本地，最后，日本大地震又使二人阴阳永隔。对此，"他"却十分淡然，丝毫不见爱情小说中男主人公的痛苦、忧郁，因为"他"深知这是命运的安排，"他也晓得一个女朋友的死，总不过是一个运命之戏"[②]。"秋"之章中，"H"与女音乐家"A女士"以及"A女士"的侄女相谈甚欢，引起了"Muff夫人"的强烈妒忌。而"Muff夫人"的醋意与愤懑被她自己——作者本人归结为"命运"的作祟，"我寄去的票子反弄到他们一同坐，真可算倒了运了……唉，这真倒运"[③]。命运操纵着男女之间的情感纠葛，这就是新浪漫主义"神秘的运命"的典型特性。在"冬"之章中，一位同"他"学比牙琴的女学生请求"他"送自己回家，"他"中意"她"许久，本想借此机会进行表白，在归家途中，却得知"她"已有了心上人。"他"口中虽祝福

---

① 昔尘:《现代文学上底新浪漫主义》,《东方杂志》,1920年6月,第17卷第12期。

② 陶晶孙:《音乐会小曲》,见《音乐会小曲》,创造社出版部1927年版,第6-7页。

③ 陶晶孙:《音乐会小曲》,见《音乐会小曲》,创造社出版部1927年版,第11页。

"请你作幸福人的梦罢"①，心中却仿佛坠入了寒冬，无奈成为那不幸之人。

在《音乐会小曲》中，三种季节分别对应了三段感情，这三段感情的无疾而终，恰恰是命运的安排与捉弄。命运让"春"之章中的"她"上了女校、搬离此地、又遇上地震，无法与"他"长相厮守，甚至阴阳永隔。命运安排"秋"之章中的"H"与许久未见的"A"坐在一起，二人好似旧情复燃，让本想利用音乐会与"H"约会的"Muff 夫人"算盘落空。命运使"冬"之章中的"他"错过了"她"。《两姑娘》中，"他"与日本姑娘的偶遇、相恋，也颇具浪漫神秘的色彩，源自命运的安排。"他"在等待"丽叶"的过程中百无聊赖，便在夜间独逛"银座街"，偶然听到一个女子在叫自己，也没有理会，继续行走，那个女性突然握住了"他"的手。在这寂静无人的深夜，"他"着实被吓到了，出乎意料的是，这个女子竟是自己的中学同学，正是命运的巧遇令两个心灵相通的人再次走到了一起。《木犀》文末"Toshiko"的病逝、与"素威"的分离，均被"Toshiko"称作命运的轮回，"Toshiko"给"素威"的信中还嘱咐其要相信"命运"的安排，"请你相信运命呢"②。因此，"素威"虽保存着"Toshiko"的遗物和两人相恋的回忆，却毫无痛苦之感，而是"活在与自己太相悬隔的社会之中"③，心态十分淡然。《洋娃娃》中的女主人公"C姑娘"深爱着自己的钢琴先生，钢琴先生却因自我的命运无法与"C 姑娘"相恋，"我要就我的运命而行"④。"C 姑娘"也是一个坚信命运的悲观主义者，深知"人太过分学运命的支配"⑤，对自己与钢琴先生的关系也似乎早有预见，"人是不晓得什么时候会被有力的手处分的"⑥。因此，"C 姑娘"与钢琴先生的爱恋早已注定会无疾而终。

在陶晶孙 20 世纪 20 年代的新浪漫主义小说中，主导爱情的不是外部的

---

① 陶晶孙：《音乐会小曲》，见《音乐会小曲》，创造社出版部 1927 年版，第 20 页。
② 陶晶孙：《木犀》，见《音乐会小曲》，创造社出版部 1927 年版，第 57 页。
③ 陶晶孙：《木犀》，见《音乐会小曲》，创造社出版部 1927 年版，第 59 页。
④ 陶晶孙：《洋娃娃》，见《音乐会小曲》，创造社出版部 1927 年版，第 78 页。
⑤ 陶晶孙：《洋娃娃》，见《音乐会小曲》，创造社出版部 1927 年版，第 73 页。
⑥ 陶晶孙：《洋娃娃》，见《音乐会小曲》，创造社出版部 1927 年版，第 75 页。

社会制度、伦理道德，也非内在的个性，而是虚幻莫测的"运命"，由此使作品萦绕着缥缈、梦幻的神秘气息，也凸显出新浪漫主义冷静超然的气质。

结　语

陶晶孙的文学创作植根于日本这片异国土壤之中，"的确创造社的新罗曼主义是产生在日本，移植到中国"[①]，这与他的人生经历有着密切的关系，"陶晶孙在日本住得最长久。小学就是在日本读的。他用日本文写作恐怕比用中国文字还要方便些。他的第一部创作《木犀》，就是用日文写的……他自小离开了中国，他的言语表现颇富于异国的风趣。他的作品，因此颇带上了一种特独的香气"[②]。这种"独特的香气"即为异域化的语境——小说的背景、地点、人物乃至表述方式，大多是日本化的。因此，他20世纪20年代的小说创作也多是以自己在日本的亲身经历改编而成——自叙传小说，有的小说主人公甚至直接以"晶孙"命名。在前期创造社的作家群中，陶晶孙执着地进行着新浪漫主义的创作实验，在创作过程中，秉承着"性不是人生的全体，要爱才是人生的根本义。我们由纯洁的爱求个近于美，近于真，便是人生的目的"[③]的写作原则，不仅温婉自然地描写男女之爱，还以真切至诚的笔触去描绘亲情之爱，如《水葬》中的母爱、《特选留学生》中的父爱。陶晶孙的创作并未逃避现实，躲进自我的象牙塔之中，"罗曼主义是国家意识昂扬时代的国民的热情之反映，所以罗曼主义者惯以飞跃的精神，走着向上之路，也不忘自我之意识。罗曼主义者对于永久和无限，有非功利的憧憬，有综合全体的欲求。他们不举空洞的理想，他们立在现实，但也知道现实之苛酷，因此

---

① 陶晶孙:《创造社还有几个人》，见《牛骨集》，太平书局1944年版，第166页。

② 郑伯奇:《导言》，见赵家璧主编，郑伯奇编选:《中国新文学大系·小说三集》，上海良友图书印刷公司1935年版，第17页。

③ 陶晶孙:《尼庵》，见《音乐会小曲》，创造社出版部1927年版，第102-103页。

作自己的架空，虽在逃避于架空之中，但也切实供给自己以出路"①，而是关注现实人生，注重反思并呈现社会世相、世俗人情、人生百态。陶晶孙以新浪漫主义的文学创作在浪漫抒情派的众多作家中独占一席之地。

① 陶晶孙：《记创造社》，见《牛骨集》，太平书局 1944 年版，第 154 页。

第三章
欲望·灵魂·人生
——滕固小说创作综论

引 言

滕固，原名滕成，字若渠，1901 年 10 月出生于江苏省宝山县月浦镇（今属上海市宝山区月浦镇）。滕固爱好英国文学，"我本身不是一个英国文学的专攻者，只是一个起码的爱好者"[①]，在林林总总的英国文学中，滕固尤为倾心英国的唯美主义文学，被其谓之"夙昔的爱好"[②]，曾于 1927 年由光华书局出版《唯美派的文学》一书。滕固的小说，具有典型的唯美主义特质，但他并不是一位单纯的唯美主义作家，他的唯美主义既不同于新浪漫主义，又区别于纯粹的唯美主义，是现代主义、象征主义、浪漫主义的杂糅。同时，还渗透着强烈的人道主义情怀，这种人道主义情怀在其小说创作末期则逐渐衍变为真诚质朴的现实主义。在小说创作过程中，滕固以"夙昔的爱好"建构作品，善于提炼、表现个体——男性的欲望世界，由于个体性格的缺陷，导致个体的欲望总处于破灭的状态。通过对欲望的揭示，进而对个体的精神世界——性格、人性进行细致、精练的描绘和剖析，尤为注重暴露男性赤裸的

---

①② 滕固：《自记》，见《唯美派的文学》，光华书局 1927 年版，第 2 页。

丑恶灵魂，描写和呈现病态颓废的人生。

一、破灭的个体欲望

滕固在创作小说时，化身心理学家，将人类（男性）的欲望归纳为——性欲——"黄金性欲""名誉性欲""妇人性欲"，"世界上最宝贵的东西……就是黄金、名誉、妇人。这三种东西，芸芸众生，镇日的忙碌，就是求他们……总括一句：可称他性欲，人生一切的要求，再没有比了求性欲厉害的了。今人求黄金，把黄金性欲化了；求名誉，把名誉性欲化了；求妇人更不必说"[①]。滕固小说中的男性主人公有着强烈的个人欲望，但由于个体性格的缺陷，导致这欲望如镜花水月，难以实现。

《壁画》的男主人公"崔太始"的欲望是"妇人性欲"，在"妇人性欲"的驱使下他疯狂追逐各类女性，被朋友们笑称为"急色鬼"，印证了他那难以抑制的强烈性欲。小石川教堂门外分发传单的一群女学生，对每一位经过的路人都极其热情，唯独"崔太始"路过时，却没有一个女学生去理睬他。"崔太始"国内母校教授的长女"殷南白"赴日举办画展，同"崔太始"的友人"L君"相识，她回国后，二人开始互通书信，逐渐熟络暧昧起来，却对"崔太始"不理不睬。"崔太始"曾分别向"L君"和"S君"雇用的两位日本女Model发出看电影的邀约，被二女无情拒绝。其中一位女子却与刚到日本、口语生疏的"L君"手牵手逛起了银座。他失败的根源在于偏激、自作多情的古怪性格，"太始的脾气莫名其妙"[②]。女性同他多讲几句话、多看他几眼，他就误认为对方喜欢自己。《石像的复活》的男主人公"宗老"在日本N大学主修神学期间，放弃了一切功名、富贵、妇人，专心研究道学，厉行禁欲主义，遂被大家称为"宗老"。他去美术展览会买过一张裸体雕刻的影片后，内心最原始的欲望——"妇人性欲"被激发出来，导致他性情大变，对之前的

---

① 滕固：《迷宫》，光华书局 1929 年版，第 270-271 页。

② 滕固：《壁画》，见《壁画》，国华书局 1924 年版，第 25 页。

自我进行了全面的否定，"总觉得将这些宝贵的光阴，消耗在虚空的、无谓的研究……听牧师说的信仰生活。他也觉得有点不自然，有点被束缚……又觉得是武断，专制的，愚弄人们的……翻看神学的书籍，也是无味极了"①。三年前，对钟爱自己的"中村夫人"的殷勤表现，十分憎恶，现在则渴望寻回这份真爱，"我要鼓起我的勇力，举起一双僵了的手，在这坟墓里挖一个空洞，逃出来……我要见见太阳光，我要找我的爱人"②。"中村夫人"却早已搬走不见踪影，"宗老"相思成疾，被关入了疯人院。欲望的觉醒、性格的缺陷，导致"宗老"最终陷入了万劫不复的境地。

《乡愁》的男主人公"秦舟"的欲望亦是"妇人性欲"，但与"崔太始""宗老"相比，他的性欲却颇为高尚，只是期望挚爱之人"L夫人"（"瑞姐"）能够幸福，"为瑞姐前途打算，我深望她与L兄成了好事。我横竖废弃的了！不要因了我，使瑞姐狐疑不决，总要使瑞姐置我于度外才好；这是很紧要的事，我天天在打量那最好的方法"③。由于悲观主义的厌世颓废性格，导致他无法面对和承担自己与"瑞姐"的前途，只能将照顾"瑞姐"的重任交给了"L先生"。"秦舟"伪造和散布自己死于日本的假消息，放弃了自己与爱人的感情。性格的缺陷导致了这出爱情悲歌的发生。

在《二人之间》中，童年时期的"吴明"对"王彦"进行过霸凌与欺辱，成年后的二人竟在上海再次相遇，神奇的"运命"使二人的身份地位发生了翻转，"王彦"成了"吴明"的新上司。成年"吴明"的欲望是求得一份安稳体面的工作——"名誉性欲"。"王彦"的出现尤其是他对自己的真诚帮助，却令"吴明"感到自我欲望的难以实现，最终"毅然"决定辞职远走。这无奈的结局同样是由"吴明"的性格缺陷——以怨报德、心胸狭窄，被迫害妄想症所导致的。滕固在上述作品中，通过窥探男性欲望，实则揭示了现代人性格缺陷的问题。个体性格的缺陷造成了人与人之间的距离和隔膜，造成了

---

① 滕固：《石像的复活》，见《壁画》，国华书局1924年版，第33页。
② 滕固：《石像的复活》，见《壁画》，国华书局1924年版，第37页。
③ 滕固：《乡愁》，见《壁画》，国华书局1924年版，第72页。

个体欲望的破灭，"隐隐地觉得有一层不透明的物体，介在他们二人之间"①。《水汪汪的眼》的男主人公"何本"的欲望是对"毛大"肉体和情感的双重渴望，尤其是那无可抑制的情感欲望。当他误以为"毛大"去世后，内心充满伤痛与懊悔，这"不幸"的造成、欲望的破灭，恰恰源自"何本"的性格缺陷——懦弱、犹疑、放浪。他进行了深刻的自省，"我恨不得把十年来的无聊，放浪，尽情的告诉你们……你死了，我才觉得有许多对不起你的地方；我在这里对你忏悔罢"②。"何本"自省的品质是其他作品中的男主人公所不具备的。

《银杏之果》是滕固的自叙传，"篇中我所虚拟的主人公秦舟，啊！我究竟不是秦舟……我虽然不是秦舟然而我不知为了什么缘故，没有勇气去想象秦舟所体验的。我怀着这种心情，这篇作品怕永远不成就的了"③。主人公"秦舟"庶出于书香门第、求学上海、留学东京的人生经历，与滕固毫无二致。滕固自幼受家庭影响，研习古诗文，对中国古典文学修养颇深。1918年从上海图画美术学校毕业，1919年赴日留学，1920年考入日本东京帝国大学。"秦舟"漂泊的经历、苦闷的心绪，"不要使我回想到从前；从前的我死了，现在的我是另外一个了"④，与滕固的自我感触何其相似，"故国，异国，他乡，故乡；人生的旅路无尽长！归来——沿途呕血，他留下些幽沉的叹息。他看见灼热的油锅中，煎熬着行尸走肉；银河的水，洗不尽腥臭；他留下凄惘的叹息"⑤。在作品中，滕固展现了"秦舟"破灭的人生欲望。他的人生欲望是寻求恋爱的自由，却屡次被封建家长破坏。与"H小姐"的自由恋爱被嫡母破坏，与"Y小姐"的自由恋爱被"Y小姐"的父母破坏，"秦舟"带着一身伤痕，只身赴日留学。"秦舟"人生欲望的破灭既有外部封建势力的阻挠与破坏，又

---

① 滕固：《二人之间》，见《壁画》，国华书局1924年版，第96页。

② 滕固：《水汪汪的眼》，见《壁画》，国华书局1924年版，第114-118页。

③ 滕固：《序》，见《银杏之果》，上海群众图书公司1928年版，第2页。

④ 滕固：《银杏之果》，上海群众图书公司1928年版，第65页。

⑤ 滕固：《献本之诗》，见《死人之叹息》，光华书局1925年版，第2-3页。

有自身的因素——作品中数次提及"秦舟"的性格弱点——意志薄弱,"他意志薄弱的生性"①,主要是由于自身因素造成了欲望的破灭和人生的悲剧。

滕固借"崔太始""宗老""吴明""何本""秦舟"欲望的破灭,描绘了他们的性格特征,揭示了他们性格的缺陷,由此呈现并揭示了现代都市男性的性格特质。其中的"秦舟""何本",对于自身的性格缺陷具有一定的自省能力,"求神不如求己"②。但他们的自省仅限于"思"而未付之于"行",从而导致了个人欲望的破灭。

二、赤裸的丑恶灵魂

滕固创作小说时,以社会学家的敏锐和哲人的深刻,以人类特有的"本质属性"③——人性为切入,对人类的丑恶灵魂进行了大胆的暴露、无情的鞭挞,由此呈现并反思种种社会问题与人生世相。一方面为唯美浪漫的感性小说注入了理性沉思的特质,另一方面则对民众尤其是被侮辱被损害的群体给予了深切的人道主义同情和关注。

《古董的自杀》将笔端指向了社会底层妇女——"古董"——"B君"朋友"老李"口中那些从乡下到东京做侍女的女性群体。女主人公"青枝"就是一个从乡下到都市谋生的卑微侍女,她的悲剧人生恰恰源自人类丑恶灵魂的作祟。男主人公"B君"的欲望首先为"名誉性欲"——通过考试,其次是"妇人性欲"——调戏"青枝"。因此,在小说伊始,面对同伴"老李"撮合自己与"青枝"的提议,"B君"并不反感,反而觉得有趣,他开始有意无意地撩拨"青枝",这让"青枝"逐渐爱上了自己。考试的压力使"B君"对"青枝"的态度由"有趣"变为"厌恶","B君"为此搬离了"青枝"做侍女的公寓,开始专心学习。"青枝"对"B君"难以忘怀,不停给"B君"写情

① 滕固:《银杏之果》,上海群众图书公司1928年版,第54页。
② 滕固:《银杏之果》,上海群众图书公司1928年版,第57页。
③ 高建国:《人性心理学》,中国经济出版社2013年版,第17页。

书，"B君"对"青枝"的死缠烂打厌恶至极，一封信都没有回给她，最终导致万念俱灰的"青枝"自尽身亡。"老李"去看"B君"时，在报纸上读到了"青枝"自杀的新闻。"青枝"死后，"老李"与"B君"的言行，暴露了人类丑恶的灵魂。"老李"的人性是赤裸裸的恶——自私、冷酷，"我们没有罪孽，我们没有去引诱她，开开玩笑，是平常的事！这是她自己的野心"[①]。"B君"虽然不似"老李"那般无耻冷酷，也只是忧虑警察查到线索后会牵累自己的前途。后来感到恐惧，通过心理活动、梦境的描写，揭示他的"恐惧"和"楚痛"，更多的是惧怕"青枝"鬼魂的报复，而非对自己行为的忏悔。

在《为小小者》中，妻子离家出走后，"我"被迫照看孩子，尽管略有父爱的流露，人性的自私却使"我"对孩子充满了厌烦与抱怨之感，"假如不生这孩子，何等爽快……这小小者，讨厌……无异一个赘瘤，弄得全身有联带的不安"[②]。在《做寿》中，"李守德"和"李守中"两兄弟在自私、阴暗的灵魂驱使下，为了收回人情钱，把乡下的老父亲接来做六十大寿，为了面子竟将自己的父亲称作乡下的远房亲戚。席间看着众人像耍猴般戏弄自己的父亲，如"刑场上待绞的罪犯"[③]，赤裸的丑恶灵魂跃然纸上，仿佛一面镜子，映射出部分现代都市人的所作所为。

《百足虫》和《牺牲》是剧情相连的两部作品，讲述了二男——"纪恺""谈甘"与一女——"迈贞"之间的情感纠葛。在《百足虫》中，人性的自私不仅使有家室的"纪恺"难以自拔地爱上了"迈贞"，更促使他为了不让其他男性得到"迈贞"，便无耻地极力撮合挚友"谈甘"和"迈贞"相爱，这样作为二者共同好友的自己，就能常常与梦中情人"迈贞"会面。当看着"谈甘"和"迈贞"逐渐相爱、这段感情还得到了"迈贞"家人的认可与祝福后，"纪恺"人性阴鸷的一面逐渐暴露，"不由得心里起了抱恨他们，怀怨他

---

① 滕固:《古董的自杀》，见《迷宫》，光华书局1929年版，第158页。
② 滕固:《为小小者》，《一般》，1928年，第4卷第1期。
③ 滕固:《做寿》，《金屋月刊》，1930年，第1卷第9/10期。

们，厌恶他们"①。"纪恺"屡施阴谋毒计破坏"谈甘"和"迈贞"的相恋。《牺牲》是一部日记体小说，通过"谈甘"的日记，揭示了"纪恺"的种种毒计以及自己悲惨的人生。"谈甘"赴日后，"迈贞"转而与"纪恺"交往。"谈甘"回国后，看着好友"纪恺"与自己曾经的恋人"迈贞"成双成对，内心痛苦万分，最终忧郁成疾。面对"谈甘"悲惨苦痛的现状，"纪恺"自私、阴鸷的人性再次暴露，"我横竖先前介绍给你的，只是你去后，她的感情的全部到我这里来了。究竟不是圣人不是木石，我的初意于此消失了"②。"纪恺"曾自比是"迈贞"的"百足虫"——"百足之虫，死而不僵"，"纪恺"在《百足虫》中为爱"死"去，在《牺牲》中为爱"不僵"，他自私阴鸷的人性不仅使"谈甘""迈贞"的爱情横生波澜、无疾而终，并间接导致了"谈甘"的病入膏肓和悲剧命运。

《壁画》的男主人公"崔太始"被国内母校教授"殷老"的长女"殷南白"的美貌、活力、才情深深吸引。在丑恶灵魂的驱使下，到早稻田大学找他的同乡法科学生"陈君"，无耻地咨询如何同国内妻子离婚。此时的他早有了一个女儿，为了寻求自己所谓的幸福，竟要抛弃妻女。小说中各式女性拒绝了他的求爱后，"崔太始"抛出了"女子最贱"③的龌龊论调，滕固将其丑恶的灵魂、根深蒂固的封建思想赤裸裸地呈现出来，表现出了强烈的问题意识。《丽琳》中，兄长对寄居在自己家中的"丽琳"百般刁难、恶语相向。"丽琳"去上海投身革命，革命事业的蓬勃发展令兄长羡慕不已，无耻地投靠"丽琳"，要做"革命的同路人"。革命失势后，兄长便不见踪影。为了生计，"丽琳"到南京去做佣人，不料却遇见兄嫂一家，她羞愧难当，夺路而逃。兄长丑恶、自私、无耻的人性造成了"丽琳"坎坷、悲惨的命运，"丽琳"的命运如一个缩影象征了那个时代女性不幸的人生。滕固的小说多暴露男性的丑恶人性，如"老李""B君""纪恺""崔太始""李守德""李守中"以及"丽

---

① 滕固:《百足虫》，见《壁画》，国华书局1924年版，第160页。
② 滕固:《牺牲》，见《壁画》，国华书局1924年版，第176页。
③ 滕固:《壁画》，见《壁画》，国华书局1924年版，第23页。

琳"兄长，揭示男性的丑恶灵魂是造成种种社会问题尤其是女性悲剧命运的根源。

滕固借暴露赤裸的丑恶灵魂，呈现和反思了种种社会问题。幼童、老人、女性，均是社会上的弱势群体，而正值壮年的男性则是社会的主宰者。"青枝"被"老李""B君"肆意玩弄，"崔太始"的妻女任由他随意抛弃，"李守德"和"李守中"的父亲是兄弟二人敛财的工具，"我"的幼子和"丽琳"则被成年男性视为累赘，正是男性的丑恶灵魂造成了社会弱势群体的悲剧人生。

三、颓废的病态人生

滕固将唯美主义定义为："远之是完成浪漫派的精神；近之是承应大陆象征派的呼响。"[①] 由此来看，唯美主义与新浪漫主义确实有着异曲同工之妙——浪漫、神秘、颓废、象征，"神秘的金锤……与大陆尤其法国的象征主义（Symbolism）相结婚"[②]。滕固的小说以颓废的意象、病态的心灵、神秘的命运，配之阴森怪诞变态的情节、奔放纵情诗意的言语，书写颓废病态的人生，由此呈现出象征主义、现代主义、浪漫主义相杂糅的特质。

滕固或以凄冷的、充满末世情调的意象，如"霜空""凄异的月亮""崎岖的道路""古昔的亡灵"，谱就个人的现代情感——孤独，凄凉，忧患，寂寥，颓废，"南门外的一片霜空，月亮凄异地吊在中天，崎岖的道路上，似有无数的古昔的亡灵跳跃在一贯和丽琳的脚踵之旁"[③]。或以贯穿全文的意象"银杏之果""石像的复活""古董的自杀""睡莲"等暗示主人公的悲剧命运、病态人生。"银杏之果"暗示、隐喻了人的欲望和人生的悲剧——对幸福的追求、幸福的转瞬即逝，"银杏树的开花，不使人间眼见的；常常在黎明时开的。开的时候也不见花，只见一闪银光，刹那间就灭了。如果人们偶然看见

① 滕固：《小引》，见《唯美派的文学》，光华书局 1927 年版，第 3 页。
② 滕固：《小引》，见《唯美派的文学》，光华书局 1927 年版，第 2-3 页。
③ 若渠：《丽琳》，《小说月报》，1930 年，第 21 卷第 1 期。

一闪银光，手里拿的东西都会变成金子的"①。"石像的复活"暗示了"宗老"由"禁欲"到"欲望的解放"的人生历程，但这人生历程的终点却是"宗老"神经错乱，被关入疯人院。"古董的自杀"既暗示了以"青枝"为代表的"古董"——底层妇女被欺侮被玩弄的悲剧人生，也暗示了"青枝"死亡的命运。"睡莲"暗示了"交际花"的病态人生，"用以比喻交际花入浴时娇嫩的肉体，小说以之为题，带有世纪末'肉感主义'的味道"②。"交际花"周旋于知识青年和富家少爷之间，金钱利益是她唯一看重的东西，当她病态的人生追求破灭后，只剩颓废、哀痛，在幻想与现实的交错中走向自我堕落与毁灭。

《摩托车的鬼》描写"子英"被情人"章女士"抛弃后，开始游戏人生，成为了好友"石青"口中"疯魔的色鬼"。建立起病态放荡的人生观，"我为了孝敬那些少年的处女，吃了多少亏，久想报复，所以有中年的弃妇来孝敬我"③，以及颓废厌世的人生观，"我觉得做人，一点没有意义！曾几次找寻自杀的路；我走到河边，就想跳下水去；走到火场，就想钻进火去；走到马路上，想睡下去，闭着眼儿，等待来往的车辆来碾死我；走到铁道上，想睡上去，静着心儿，等候来去的火车来轧死我。这许多方法，我想试一下子"④。在小说结尾，"子英"神志错乱，在幻想中看到"章女士"和一位少年在摩托车上飞驰而过，把自己撞死变成了"摩托车的鬼"。于幻想和现实的交错中，呈现阴森的鬼气、颓废的情调、病态的人生，末世情调浸透全篇。《诀别》以诗意华美的笔调，描写了一位离家出走的厌世者哀怨颓废的病态人生。在这"温香丰美像黄金一般璀璨得异乎寻常"⑤的城市里，"我"却痛苦万分。社会给"我"太多的压迫，"我"又将这种压迫转嫁给家庭，让妻儿饱尝"人情的苦味"。这种颓废、病态的人生状态和痛苦、矛盾的精神世界，让懦弱的

① 滕固：《银杏之果》，上海群众图书公司 1928 年版，第 10 页。
② 杨义：《中国现代小说史（第一卷）》，人民文学出版社 1998 年版，第 635 页。
③ 滕固：《摩托车的鬼》，见《迷宫》，光华书局 1929 年版，第 198 页。
④ 滕固：《摩托车的鬼》，见《迷宫》，光华书局 1929 年版，第 213-214 页。
⑤ 滕固：《诀别》，《金屋月刊》，1929 年，第 1 卷第 4 期。

"我"无力承担，软弱无能的"我"只能抛妻弃子、无声告别。甚至无耻地幻想妻子"旋风一般的发狂，英雄一般的自杀！这何等崇高的难以描摹的一出啊"①。这种自我放纵、逃避责任、渴望毁灭的纠葛心理和生活状态，是部分颓废病态的现代小资产阶级知识分子人生的缩影。

　　滕固对于男女的情爱，也并不着墨于甜蜜、欢愉与美满，反而集中描写外遇、乱伦、畸恋，揭示悲情的神秘命运，呈现颓废病态的人生。《Post Obit》聚焦于"顽石一般的家庭"②中的乱伦之恋。"四娘"同丈夫的叔叔"秀丁"偷情，被发现后，为了保住"秀丁"，她独揽罪名，被逐出家门。尽管"秀丁"得以自保，但他的灵魂始终处于煎熬之中，日渐忧郁消瘦。当"四娘"的死讯传来时，"秀丁"也含恨离世，还了此生的孽债。全篇布满宿命、颓废的气息，展现了病态的人生。《逐客》以回忆的方式，徐徐道来"我"的不伦之恋。"我"虽是有妇之夫，却为了追逐浪漫同美丽年轻的女郎相恋，世俗的道德和宗教的戒律都无法阻止"我"的情感。反而是时代的重任使"我"在这缠绵颓废的情爱中惊醒退缩，在命运的驱使下"我"抛去了"狂欢的尖锐性"③，只愿做你"甜味之梦里的逐客"④。《外遇》中，自诩为道德家的"宇靖"在日本发生了一次看似甜美的外遇，外遇对象"幸子"有着甘露般柔情的湿润，"宇靖"在温味的陶醉中与"幸子"结合。最后却发现爱人搜罗走了自己所有的财物。《期待》铺陈着颓靡的意象，将街道房屋比作"墓圹中的瓦砾和湿菌一类的败物"⑤，暗示着主人公颓废病态的人生。寡居十年的"邢璧"爱上了革命党人"汤沸"，再次燃烧起生命的热望，大胆清扫旧生活的"腥恶的痕迹"⑥。革命的失败使"邢璧"的爱情之梦蒙上了巨大的阴影。最终爱人被捕，重燃的希望彻底破灭，她再次落入颓废窒息病态的命运巨轮之中。

　　《鹅蛋脸》记录了冰冷的、牛角尖里的学者"法桢"失败的性爱萌动和

---

① 滕固：《诀别》，《金屋月刊》，1929 年，第 1 卷第 4 期。
② 滕固：《Post Obit》，《狮吼》，1928 年，复刊第 1 期。
③④ 滕固：《逐客》，《狮吼》，1928 年，复刊第 9 期。
⑤⑥ 滕固：《期待》，《大江月刊》，1928 年，第 12 期。

病态人生。原本有厌女症的"法桢"本身即处于病态的人生之中，后来在春日中萌动了性欲。饭店里"下颔紧俏丰润无匹的鹅蛋脸"①的女侍，勾起了他深藏心底的欲望。同样有着鹅蛋脸的乳母的女儿"阿贵"，让"法桢"难以自拔，在澎湃爱意的驱使下，竟半夜闯入"阿贵"的房间，病态地想要占有她，却因热病倒下，醒来后发现"阿贵"早已消失无影。在《奇南香》中。"利冰"受邀参加昔日恋人"晴珊"的婚礼，途中回忆往事，怀念三年前两人的缠绵悱恻，心痛不已。三年前，"利冰"因病在"晴珊"家中治疗。作为父亲助手的"晴珊"，以耐心与温柔照料"利冰"，令他融化在温香软玉之中。后来"晴珊"患了气塞病，"利冰"买来了堪比金价的奇南香，焚香让"晴珊"吸入。奇特浓烈的香气也催化了两人的爱情，"奇异的宝贵的香气，揽酿得连帐顶几乎要爆裂的样子。他被麻醉到不可思议地灵魂的死灭"②。三年后却物是人非，命运让相爱的人自此分离。当他再次倾囊购买奇南香准备当贺礼送给昔日爱人时，却意外错过了"晴珊"的婚礼，纠结无奈与苦痛彷徨之情布满心头。全篇展现了主人公从身体的病态到心灵的病态的人生轨迹，充满了妖冶迷醉的宿命颓废气息。

滕固的小说渗透着浓烈的颓废、病态之美，这源自他个人的身世，以及本人对唯美主义的独特认知与竭力推崇。在唯美主义的艺术框架下——象征主义、现代主义、浪漫主义的杂糅，滕固深入都市人隐秘的精神世界，呈现其颓废、孤独、矛盾、痛苦、病态的现代心灵。以诗化的言语、忧郁的情调，描写都市人的病态人生与悲情命运。

结　语

20 世纪 20 年代末，滕固的小说开始实现一定的现实转向，"他的思想

---

① 滕固:《鹅蛋脸》,《金屋月刊》,1930 年，第 1 卷第 8 期。
② 滕固:《奇南香》,《狮吼》,1928 年，复刊第 8 期。

和文字已起了绝大的变化"[1]，削弱了唯美主义气息，呈现出现实主义的风格，"滕固也有比较写实的作风"[2]。《独轮车的遭遇》《长衫班》等作品，具有强烈的现实批判意味，与时代历史紧密相连，语言也变得洗练、质朴，与20世纪20年代的靡丽诗意迥然有别。反映大动荡大变革的时代背景下，如现代化进程、革命运动给底层民众带来的巨大冲击。从颓废唯美到末期的现实质朴，滕固的创作风格发生了鲜明的变化。但由于弃文从政以及其他各种因素的作用，导致滕固的小说创作和文学转向戛然而止。现在来看，与其说20世纪30年代，滕固从文坛的淡出是一种被迫的选择，倒不如说是他主动采取了一种退居的策略。滕固通过寄情于学术，使其能够以一种更为冷静的态度看待"五四"退潮之后的中国文坛。然而终究由于生命如流星般的流逝，还没来得及再次拿起耕耘文坛的笔，便溘然长逝，这是文坛的不幸。

---

① 《平凡的死》广告，《金屋月刊》，1930年6月，第9/10期。

② 郑伯奇:《导言》，见赵家璧主编，郑伯奇编选:《中国新文学大系·小说三集》，上海良友图书印刷公司1935年版，第18页。

第四章
感性与理性的碰撞、现实与浪漫的交织
——谭正璧现代小说创作风格论

引 言

谭正璧，1901 年 11 月出生于上海南市大东门外里马路生义码头亮泰西烟号的外祖父家中，祖籍江苏省嘉定县（今上海市嘉定区）。曾用笔名"正璧""谭雯""湘客""文绩""泪人""钱家熙""仲圭""仲玉""佩冰""谭仲玉""璧厂""志雄""谭筼""筼""白荻""赵璧""赵碧""白苇""梧群""赵易""慕惠""徐易""易璧""天怨"等。谭正璧是最为多产的江苏——上海籍现代作家之一，尤以历史小说的创作闻名于世，"20 世纪 40 年代后半期还有别的一些作家也写作历史小说，但无论作品数量还是在艺术质量上，他们都逊色于谭正璧"①。实际也有大量的现实书写，却被学界所忽略。无论谈古还是论今，谭正璧的现代小说既浸染着个人浓厚的感性情绪，又渗透着自我对社会世相、人生命运、伦理人性的深刻理性沉思。在感性与理性的交融中，呈现出多样化的创作风格。

谭正璧 20 世纪 20 年代的小说主要有以"谭雯"为笔名发表于 1920 年

---

① 陈青生：《年轮——四十年代后半期的上海文学（摘录）》，见谭篪：《谭正璧传》，北京出版社 2016 年版，第 295 页。

6月6日《民国日报·觉悟》第6卷第16期的短篇小说《农民的血泪》；以
"湘客"为笔名连载于1920年7月16、17日《民国日报·觉悟》第7卷第
16、17期的短篇小说《好学生底救星》；以"钱家熙"为笔名发表于1921年
5月12日《民国日报·觉悟》第5卷第12期的短篇小说《蚕丝》；以"正璧"
为笔名连载于1922年《晚霞》第1期至第6期的中篇小说《芭蕉底心》（未
完），《晚霞》第1期连载时称其为"长篇小说"，最终成书篇幅则为中篇小
说，1923年8月上海民智书局出版《芭蕉底心》单行本；以"正璧"为笔名
发表于1922年2月9日《民国日报·觉悟》第2卷第9期的短篇小说《悲哀
的梦》；以"正璧"为笔名发表于1922年2月14日《民国日报·觉悟》第2
卷第14期的短篇小说《雷雨之夕》；以"正璧"为笔名发表于1922年2月23
日《民国日报·觉悟》第2卷第23期的短篇小说《异乡》；以"正璧"为笔
名发表于1922年3月3日《民国日报·觉悟》第3卷第3期的短篇小说《儿
童的悲哀》；以"正璧"为笔名发表于1922年3月13日《民国日报·觉悟》
第3卷第13期的短篇小说《时间的一段》；以"正璧"为笔名连载于1922年
4月6、7日《民国日报·觉悟》第4卷第6、7期的短篇小说《病中》；以"正
璧"为笔名发表于1922年《人》第20期的《人生底悲哀》；以"正璧"为笔
名发表于1922年7月9日《民国日报·觉悟》第7卷第9期的短篇小说《邂
逅——一封寄给朋友们的信》①；以"正璧"为笔名发表于1923年《晓光》第
1卷第1期的短篇小说《生命史上的一断片》；以"正璧"为笔名发表于1923
年《晓光》第1卷第2期的短篇小说《失母之孩》；以"正璧"为笔名发表
于1923年《晓光》第1卷第2期的长篇小说《血痕泪迹》（未完）；1926年
5月上海光华书局出版散文与小说合集《邂逅》，收短篇小说《落叶》《异乡》
《邂逅——一封寄给上海朋友们的信》《医生》《诱惑》《奇怪的哥哥》《童时》
《舟中》。

　　谭正璧20世纪40年代的短篇小说创作主要有以"谭正璧"之名发表

---

　　①　在收入光华书局1926年5月出版的《邂逅》中后，被更名为《邂逅——一封寄给
上海朋友们的信》。

的《拜月庭——根据关汉卿杂剧〈拜月庭〉改作》，刊载于1941年《万象》第1卷第6期；以"谭正璧"之名发表的《杨妃怨》，刊载于1941年《文艺春秋》第2期；以"谭正璧"之名发表的《父子俩》，刊载于1941年《文苑》第1卷第3期；以"谭正璧"之名发表的《陷阱》，刊载于1941年《文综》第2卷第3期；以"谭正璧"之名发表的《寒冬三部曲》，刊载于1941年《上海生活》第5卷第12期；以"谭正璧"之名发表的《百花亭——戏剧的故事之一》[1]，刊载于1941年《小说月报》第14期；以"谭正璧"之名发表的《桃色的复仇》，刊载于1942年《小说月报》第25期；以"谭正璧"之名发表的《华山畿》，刊载于1942年《小说月报》第27期；以笔名"谭仲玉"发表的《第一篇创作》，刊载于1942年《太平洋周报》第1卷第43期；以笔名"谭仲玉"发表的《百丑图》，连载于1942年《太平洋周报》第1卷第44-45期；以笔名"仲玉"发表的《湖上的喜剧》，刊载于1942年《太平洋周报》第1卷第48期；以"谭正璧"之名发表的《春光好》，连载于1943年《国报周刊》第1-2期；以笔名"谭雯"发表的《残渣》，刊载于1943年《新流》第1卷第5期；以"谭正璧"之名发表的《月夜》，刊载于1943年《大众》第5期；以"谭正璧"之名发表的《美丽的海波》，刊载于1943年《大众》第12期；以"谭正璧"之名发表的《再生缘》，刊载于1943年《大众》第13期；以"谭正璧"之名发表的《文蠹》，刊载于1943年《小说月报》第28期；以"谭正璧"之名发表的《坠楼》[2]，刊载于1943年《小说月报》第29期；以"谭正璧"之名发表的《长恨歌》，刊载于1943年《小说月报》第30期；以"谭正璧"之名发表的《莎乐美》，刊载于1943年《小说月报》第31期；以"谭正璧"之名发表的《红珠姑娘》，连载于1943年《小说月报》第33-35期；以"谭正璧"之名发表的《无题诗》，刊载于1943年《小说月报》第36期；以"谭正璧"之名发表的《舍身堂》，刊载于1943年《小说月报》第37期；以"谭正璧"之名发表的《医生的秘密》，刊载于1943年《小说月

---

[1] 收入1945年2月杂志社出版的短篇小说集《长恨歌》时，更名为《百花亭》。
[2] 收入1945年2月杂志社出版的短篇小说集《长恨歌》时，更名为《坠楼记》。

报》第 38 期；以笔名"谭雯"发表的《走》，刊载于 1943 年《太平洋周报》第 1 卷第 74 期；以笔名"谭雯"发表的《雷雨之夕》①，连载于 1943 年《太平洋周报》第 1 卷第 82-83 期；以"谭正璧"之名发表的《被侮辱的》，刊载于 1943 年《太平洋周报》第 1 卷第 86 期；以"谭正璧"之名发表的《沪读垒》，连载于 1943 年《大上海》第 3-5 期；以"谭正璧"之名发表的《鱼筌》，刊载于 1943 年《大众》第 3 期；以"谭正璧"之名发表的《楚炬》，刊载于 1943 年《大众》第 7 期；以"谭正璧"之名发表的《一个意外想到的故事》，刊载于 1943 年《大众》第 11 期；以"谭正璧"之名发表的《绿肥红瘦》，刊载于 1943 年《文友》第 1 卷第 11 期；以"谭正璧"之名发表的《月的梦》，刊载于 1943 年《风雨谈》第 7 期；以笔名"谭雯"发表的《太平血》，连载于 1943 年《自由评论》第 5-6 期；以"谭正璧"之名发表的《琵琶弦》，刊载于 1943 年《春秋》第 1 卷第 1 期；以笔名"谭筠"发表的《永远的乡愁》，刊载于 1943 年《春秋》第 1 卷第 4 期；以"谭正璧"之名发表的《意外的悲喜剧》，刊载于 1943 年《万岁》第 5 期；以"谭正璧"之名发表的《滕王阁》，刊载于 1943 年《万岁》第 6 期；以笔名"谭雯"发表的《客星严子陵》，刊载于 1943 年《杂志》第 10 卷第 4 期；以"谭正璧"之名发表的《枯杨与朝山者》，刊载于 1943 年《杂志》第 11 卷第 5 期；以"谭正璧"之名发表的《女国的毁灭》，刊载于 1943 年《杂志》第 11 卷第 6 期；以"谭正璧"之名发表的《慈爱的凯歌》，刊载于 1943 年《杂志》第 12 卷第 1 期；以"谭正璧"之名发表的《三都赋》，刊载于 1943 年《万象》第 2 卷第 8 期；以"谭正璧"之名发表的《李师师的绮梦》，刊载于 1943 年《万象》第 2 卷第 11 期。

以笔名"谭筠"发表的《媚霞记》，刊载于 1944 年《光化》第 1 卷第 2 期；以笔名"璧厂"发表的《茧》，刊载于 1944 年《小说月报》第 42 期；以笔名"白荻"发表的《流水落花》，刊载于 1944 年《乾坤》第 1 卷第 1 期；

① 与发表于《民国日报·觉悟》1922 年第 2 卷第 14 期的《雷雨之夕》同名，但内容完全不同。

以笔名“白荻”发表的《乾隆的秘密》，刊载于1944年《乾坤》第1卷第2期；以笔名“谭筠”发表的《反串》，刊载于1944年《文友》第2卷第8期；以笔名“谭筠”发表的《轮回》，刊载于1944年《文友》第2卷第12期；以笔名“佩冰”发表的《落叶哀蝉》，刊载于1944年《杂志》第12卷第5期；以笔名“谭筠”发表的《帽子的风波》，刊载于1944年《大众》第15期；以笔名“谭筠”发表的《清溪小姑曲》，刊载于1944年《大众》第16期；以笔名“谭筠”发表的《桃花源》，刊载于1944年《大众》第17期；以笔名“谭筠”发表的《赵未明》，刊载于1944年《大众》第18期；以笔名“仲玉”发表的《黄袍与柱斧》，刊载于1945年《申报月刊》复刊第3期；以“谭正璧”之名发表的《新巡按》，刊载于1945年《六艺》第1卷第2期；以笔名“白荻”发表的《摩登伽女》，刊载于1945年《春秋》第2卷第7期；以“谭正璧”之名发表的《妫夫人》，刊载于1945年《新闻月报》第1卷第3期；以“谭正璧”之名发表的《还乡记》，刊载于1945年《文友》第4卷第8期；以“谭正璧”之名发表的《借刀记》，刊载于1945年《大众》第28期；以笔名“赵璧”发表的《十年》，刊载于1946年《茶话》第2期；以笔名“璧厂”发表的《归去来》，刊载于1946年《茶话》第3期；以笔名“赵璧”发表的《鸿飞记》，刊载于1946年《茶话》第3期；以笔名“白荻”发表的《仙媒记》，刊载于1946年《茶话》第3期；以笔名“白荻”发表的《天女酬孝记》，刊载于1946年《茶话》第4期；以笔名“白荻”发表的《仙山寻母记——天女酬孝记续篇》，刊载于1946年《茶话》第4期；以笔名“赵璧”发表的《情蠹》，刊载于1946年《茶话》第4期；以笔名“白荻”发表的《龙耦》，刊载于1946年《茶话》第5期；以笔名“赵璧”发表的《残蚀》，刊载于1946年《茶话》第5期；以笔名“白苇”发表的《回乡》，刊载于1946年《茶话》第6期；以笔名“赵璧”发表的《翻云覆雨》，刊载于1946年《茶话》第6期；以笔名“璧厂”发表的《冰山泪》，刊载于1946年《茶话》第7期；以笔名“易璧”发表的《东山折屐》，刊载于1946年《茶话》第7期；以“谭正璧”之名发表的《迎“王师”》，刊载于1946年《永安月刊》第 80 期；以笔名"赵璧"发表的《父亲的心》，刊载于 1946 年《七日谈》第 30 期；以笔名"赵璧"发表的《绵山怨》，连载于 1946 年《海风》第 22-24 期；以笔名"赵璧"发表的《重圆记》，连载于 1946 年《海风》第 25-27 期；以笔名"赵璧"发表的《凝碧池》，连载于 1946 年《海风》第 28-31 期；以笔名"赵璧"发表的《血贩子》，连载于 1946 年《海风》第 32-34 期；以笔名"赵璧"发表的《天问》，连载于 1946 年《海风》第 34-36 期；以笔名"慕惠"发表的《悬崖》，刊载于 1947 年《茶话》第 8 期；以笔名"赵璧"发表的《茫茫的长途》，刊载于 1947 年《茶话》第 9 期；以笔名"徐易"发表的《疯狂的故事》，刊载于 1947 年《茶话》第 10 期；以笔名"易璧"发表的《葬金钗》，刊载于 1947 年《茶话》第 10 期；以笔名"赵璧"发表的《戢兵记》，刊载于 1947 年《茶话》第 10 期；以笔名"赵易"发表的《狭路行》，刊载于 1947 年《茶话》第 11 期；以笔名"赵璧"发表的《幻灭》，刊载于 1947 年《茶话》第 12 期；以笔名"赵璧"发表的《烹狗记》，刊载于 1947 年《茶话》第 15 期；以笔名"白荻"发表的《乡校里的风波》，刊载于 1947 年《茶话》第 16 期；以"谭正璧"之名发表的《苍梧谣》，刊载于 1947 年《茶话》第 17 期；以"谭正璧"之名发表的《珠玉词》，刊载于 1948 年《茶话》第 24 期；以"谭正璧"之名发表的《朝露》，刊载于 1948 年《茶话》第 25 期。

1945 年 2 月由杂志社出版短篇小说集《长恨歌》，收短篇小说《奔月之夜》《女国的毁灭》《沪渎垒》《华山畿》《舍身堂》《采桑娘》《楚炬》《落叶哀蝉》《清溪小姑曲》《百花亭》《坠楼记》《滕王阁》《流水落花》《金凤钿》《长恨歌》。中篇小说主要有北新书局出版的"历史演义丛书"系列，《苏武牧羊》《木兰从军》《乱世佳人》《精忠报国》《梁红玉》《秦良玉》《绝代佳人》《明末遗恨》《海国英雄》《忠王殉国》。现存的五部历史演义丛书为《木兰从军》，北新书局 1941 年 7 月出版；《梁红玉》，北新书局 1941 年 8 月出版；《苏武牧羊》，北新书局 1941 年 8 月出版；《忠王殉国》，北新书局 1944 年 12 月出版；《绝代佳人》，北新书局 1947 年 5 月出版。另有中篇小说《章台柳》《狐美人》，中央书局 1946 年出版；《艺林风雨》，广益书局 1947 年出版。长篇小说主要有以笔名"谭筠"发表的《魑魅》（长篇未完），连载于 1944 年《文友》第 3 卷第 1–4 期；以笔名"赵碧"发表的《夜明珠》（长篇未完），刊载于 1944 年《乾坤》第 1 卷第 2 期；以笔名"天怨"发表的《飘鹣零鲽记》（《夜明珠》续篇，长篇未完），刊载于 1947 年《茶话》第 8 期；以笔名"赵璧"发表的《残蠹》（长篇未完），刊载于 1946 年《七日谈》第 33 期；以"谭正璧"之名发表的《梅花梦》，广益书局 1946 年 9 月出版。

一、苦痛人生的悲哀自叙传

谭正璧善于将自我的现实人生与个人情绪熔铸于作品之中，践行着"文学作品，都是作家的自叙传"[1]的写作理念，使作者与小说主人公形成高度的互文共振。在创作中，着墨于自我悲哀人生的描摹与刻画、自我悲哀心灵的探秘与解剖，使作品深深烙印着"沉郁的悲哀，咏叹的声调，旧事的留恋，与宿命的嗟怨"[2]的个人痕迹。此种悲哀心灵的生成源自青年时的意气难抒、中年后的积郁苦闷，是其悲哀人生的真实写照。

被学校无故退学使青年谭正璧意气难抒[3]，《悲哀的梦》和《好学生底救星》以此为背景写作而成。

《悲哀的梦》呈现了"我"——谭正璧被学校开除后悲哀的个人情绪，以"我"的个人情绪结构全文，因此全篇几乎没有任何情节，只有"我"反复发出的悲哀吟唱与痛苦呼号，"自被开除以后，已是一年多了……只有我是悲哀者罢……我现在是悲哀了，是人生最惨切的悲哀了……尽我所有悲哀痛苦哭

---

① 郁达夫：《五六年来创作生活的回顾》，《文学周报》，1928 年，第 276-300 期。

② 郁达夫：《文学概论》，见《郁达夫全集》第 10 卷，浙江大学出版社 2007 年版，第 330 页。

③ 1920 年《民国日报》刊载了署名为"世衡"的一篇小说《一个觉悟的青年》，作品主角恰好与谭正璧的同班同学同名同姓，学校误以为此作为谭正璧所写，无端横加指责，谭正璧据理力争后引起一场轩然大波，最后被江苏省立第二师范学校开除。

着……我这样一个最痛苦最悲哀的人在那里哭呀……我在那里尽我所有的悲哀和痛苦哭着"①。《好学生底救星》则将自己被退学的经历进行了艺术化的加工。自幼丧父、家境贫寒的主人公"田仲圻"(谭正璧)历经艰辛考入师范学校,因"不自由毋庸死"的信念被学校视为异端开除。贫困的家庭环境和母亲殷切的成才期望令他无法面对现实,准备投河自杀,幸被一位老人救下。老人之前还救过一位与"田仲圻"经历相似的女孩,堪称"好学生底救星"。谭正璧赋予了作品一个光明温馨的结尾,"那时月色退了、灯光也亮了;这屋子里、变做很是光明、像是已死过的人、忽然有了生气"②。既是对现实困境中自我的激励,也是对万千在黑暗社会中曾遭受不公待遇的学子们的鼓舞。

　　妻子病重、幼子夭折、世俗的偏见、独自背负家庭的重担,使中年谭正璧积郁苦闷。《疯狂的故事》《雷雨之夕》《无题诗》《美丽的海波》《悬崖》《朝山者与枯杨》,则以此为背景写作而成。

　　《疯狂的故事》中"我"的妻子"倍冰"、《无题诗》中"范叔文"的妻子、《雷雨之夕》中"周乐民"的妻子"菊子",都患有严重的精神疾病,三位丈夫为了照顾妻子和家庭牺牲了自我,"我"辞去大学教职;"叔文"辞去中学教职,过度疲劳还使他患了严重的眼疾;身为医院院长的"乐民",为了稳定妻子的病情,抛弃尊严,时常扮小丑逗妻子开心。还要忍受妻子心腹"阿梅"在家庭和医院里的飞扬跋扈、中饱私囊。这是谭正璧人生的真实写照,"谭正璧在震旦大学任课教文学、法学、医学3个班级的国文,后因妻子发病又不得已退出"③。痛苦与悲哀浸透了上述丈夫们——谭正璧的神经和生命,终日置身于"地狱般的惨苦生活中"④。

　　在苦痛悲哀中,"我"和"叔文"幸得曾经的学生"白静梅""吕海云"

---

① 正璧:《悲哀的梦》,《民国日报·觉悟》第2卷第9期,1922年2月9日。
② 湘客:《好学生底救星(续)》,《民国日报·觉悟》第7卷第17期,1920年7月17日。
③ 谭麓:《谭正璧传》,北京出版社2016年版,第101页。
④ 谭正璧:《无题诗》,《小说月报》,1943年第36期。

的安慰帮助。"海云"安慰照顾"叔文"的情节，完全是谭正璧自我人生的再现，"曾由我的一个学生的介绍，到一家著名的眼科医院经过许多医师的检视……替我介绍了一种针药，又由她的情面，介绍一位女护士一天隔一天地替我打针。她又怕我舍不得服补药，又买好了补药劝我服……她从来不厌烦我向她诉苦，她叫我有苦尽管向她诉；她最关心着我的健康，所以她给我在医治这多病的身体时以无限的帮助"[①]。她们像《朝山者与枯杨》中的"安琪儿"一样走进"枯杨"（谭正璧）的人生，用天真的眼泪湿润"垂杨树"干涩的叶子、用同情的血液滋补"垂杨树"枯裂的枝干、用圣洁诚挚的灵魂唤醒"垂杨树"半生不死的灵魂，为他苦痛悲哀的人生带来了一丝希望与光明。

谭正璧在撰写小说时，将他与这位女学生的亲密关系进行了各种艺术化的加工，使文学创作成为名副其实的自叙传。

《无题诗》基本还原了这段现实关系。《美丽的海波》《悬崖》则将这段友情升华为爱情，分别讲述了"她"与文学前辈的"我"、"瑜"与曾经的大学老师"柳学毅"之间暧昧的关系。对待这份忘年情感，"学毅""叔文"担忧世俗的偏见与世人恶毒的谣言，《疯狂的故事》印证了此种忧虑。"我"与"静梅"的正常往来，引得"我"那好事且善妒的岳母以及居所的二房东媳妇在背后暗施冷箭。人性的恶、庸众的无知，导致"倍冰"病情加重，更增添了"我"人生的悲哀与苦痛。谭正璧在《朝山者与枯杨》中，把这丑恶的人性比作"魔鬼"。鉴于此，"学毅"最终主动离开上海，结束了这段朦胧、纯洁的情感，却令彼此陷入无尽的苦痛悲哀之中。《美丽的海波》中，"我"与"她"则无视世俗的偏见，"我们毫不愧怯。在这牛鬼蛇神到处都是的低阶社会里，有谁会衷心地了解我们中间神圣的关系呢？她大胆，我也从她那里熏染得并不懦怯。只要这颗心是纯洁，真挚的，一切可怕的人言在我们都仅仅看作是专门破坏美丽的人间的魔鬼的恶笑。我们是不怕这种恶笑的"[②]，这恰是谭正璧内心的呐喊。

---

① 谭正璧：《悼一个无知的灵魂》，《杂志》，1943 年第 11 卷第 3 期。
② 谭正璧：《美丽的海波》，《大众》，1943 年第 12 期。

以《悲哀的梦》《无题诗》等为代表的创作，虽涉及一些社会问题如教育界的黑幕，虽暴露批判了人性的丑恶，却属于典型的个人化写作。这些作品不着墨于时代环境的刻画，而以忧郁伤感的诗化表述，专心书写个人现实生活的不幸，挖掘个人心灵的悲哀苦痛，带有鲜明的浪漫感伤的风格与情调，演绎了一幕幕悲哀人生的感伤自叙传。

二、浪漫感伤的命运悲歌

谭正璧撰写了大量爱情题材的现代小说，呈现出浓郁的缠绵悱恻、迷惘寂寥的悲剧风格。爱情悲剧的生成源自时乖命蹇、世事无常、造化弄人的神秘"命运"。呈现出"神秘的倾向"[1]与"沉郁的悲哀"[2]杂糅——宿命论的新浪漫主义与悲哀苦痛的感伤主义相混合的气质。

《蚕丝》《奇怪的哥哥》中的"楚文""哥哥"在痛苦的单恋中难以自拔，终日悲哀迷惘、憔悴不堪，"加倍悲伤……没有神气……垂头丧气……四个多月不笑了"[3]"愁魔侵占了他的全身体，面容一天憔悴一天"[4]。《鱼筌》中的"陈逸夫"求爱失败后，虽未失魂落魄，却也陷入了孤寂感伤之中。以《鱼筌》为代表的20世纪40年代爱情题材的创作同20世纪20年代相比，感性抒情成分减少，理性沉思内容增多。因此，在展现"逸夫"的命运悲剧时，还思考了"代沟"这个社会问题，"仿佛都隔着一个时代，逸夫所谈还是六七年前甚至十年前的情况，而曼玲所谈却是近来的，目前的情况。在瞬息千变的新世纪里，时间虽是相隔没有多少年，而情况却已大不相同了"[5]，具有跨越时代的问题意识。

《生命史上的一断片》揭示了"人世间最伟大而且最神秘的不易得的爱的

---

① 昔尘：《现代文学上底新浪漫主义》，《东方杂志》，1920 年第 17 卷第 12 期。
② 郑伯奇：《〈寒灰集〉批评》，《洪水》，1927 年第 3 卷第 33 期。
③ 钱家熙：《蚕丝》，《民国日报·觉悟》第 5 卷第 12 期，1921 年 5 月 12 日。
④ 谭正璧：《奇怪的哥哥》，见《邂逅》，光华书局 1926 年版，第 50 页。
⑤ 谭正璧：《鱼筌》，《大众》，1943 年第 3 期。

滋味"①，终究无法抵挡命运的暗流——"我"去了上海，"青妹"去了 C.S. 女子中学，自此天各一方，这段感情只是"我"悲哀人生的一个断片。《诱惑》中，命运迫使相爱的"梦月""翠霞"分离，再见面时"翠霞"早已嫁为人妇。在《芭蕉底心》②中，谭正璧正式向读者宣告了他爱情小说的创作理念，"崇拜我国古代'物极必反'底哲理……美满到了极步，便受摧残。这是势所必然的，而我又深信不疑的。本书的大旨，全根据在这里"③。没有任何社会时代因素、缺陷性格的阻挠干扰，一切向着最美满的方向发展。无奈世事无常、造化弄人，伊人意外患病早逝。见证了"孟侠""莉珠"感情的芭蕉树也随之枯萎陨落，"这时窗外芭蕉底心真的碎了，叶子都萎了！因为伊心里包满着的美，爱，一切都成了梦幻，泡影了"④。小说以贯穿全文的意象"芭蕉"象征爱情、隐喻命运，这是新浪漫主义的典型技法："势不能不用神秘象征底笔法。"⑤《月夜》则以贯穿全文的意象"月夜"，见证"金城""张芜"私订终身，又见证二人因命运的捉弄而阴阳永隔，隐喻宿命。

谭正璧爱情题材的历史小说善于描写才子佳人、帝王妃嫔的爱情悲剧，与现实题材的爱情书写类似，呈现了一出出缠绵悱恻、悲哀寂寥的命运悲歌。

《长恨歌》《金凤钿》中的女主人公均因相思成疾以致香消玉殒。《清溪小姑曲》寓情于景，情景交融地描绘"赵文韶""王盈盈"悲哀、孤独、凄苦的精神世界，"凄苦的情调，更增加了溪上夜深时分孤寂的气氛，连月色也黯淡，溪声也呜咽起来了……月白，花香，溪流，风动，叶落，露沉……现在是秋天了，西风凄厉地吹着，柳下，桥头，溪上……借以遗除在白昼所受的萧索的悲哀"⑥。二人如梦似幻的一夜云雨、"王盈盈"以神像欺瞒"赵文韶"，

---

① 正璧：《生命史上的一断片》，《晓光》，1923 年第 1 卷第 1 期。

② 《芭蕉底心》1922 年在《晚霞》第一期连载时被称为"长篇小说"，但从篇幅上看实属一部中篇小说。

③ 谭正璧：《序》，见《芭蕉底心》，民智书局 1923 年版，第 1-2 页。

④ 谭正璧：《芭蕉底心》，民智书局 1923 年版，第 61-62 页。

⑤ 昔尘：《现代文学上底新浪漫主义》，《东方杂志》第 17 卷第 12 期，1920 年 6 月。

⑥ 谭筠：《清溪小姑曲》，《大众》，1944 年第 16 期。

又增添了几分神秘感伤的色彩。《华山畿》是一部类似于《梁祝》的爱情悲剧，小说结尾，书生与店家女儿幻化为鸟，"坟墓筑成了，不知什么地方飞来的一对什么鸟儿，对着三峰不住地哀叫。附近居民们听得讨厌了，跑上去把他们驱散。可是驱散了再来。听说直到现在，这对鸟儿还在那里日夜不断地哀叫哩"①，氛围凄冷哀怨。

《流水落花》《落叶哀蝉》《李师师的绮梦》着重描写失去爱人后人类悲哀痛苦的精神状态与内心世界。"李后主"的爱妃"英"被"赵匡胤"强掳入宫后，他极度苦痛悲哀，"后主的心在往下冷，眼泪像雨一样地由织细而似潮涌地从颊上流下来……他的郁积着的悲哀这时都已倾泄的没有了，脑子里空洞洞地好像一无所有"②。爱妃"李夫人"身染重病香消玉殒后，"汉武帝"痛心不已、一蹶不振。小说通过描写"汉武帝"痛失爱人后悲哀苦痛的心境和梦境，新编重塑了一个为爱痴狂的深情帝王形象。"李师师"失去爱人"道君皇帝"后，陷入茫然若失、凄楚悲哀的精神困境，"天堂的梦早已完了，地狱的梦正在继续之中，不知要到什么时候才得解脱"③。《珠玉词》《梅花梦》分别呈现了"晏殊"与侍女"珠儿"、"彭玉麟"与"梅仙"的命运悲歌，"只有一夜之隔，事情已经梦幻到这么地步，可见人世真是无常"④。

《意外的悲喜剧》《十年》《再生缘》《百花亭——戏剧的故事之一》《拜月庭——根据关汉卿杂剧〈拜月庭〉改作》等爱情之作虽以喜剧收场，依然以宿命论的"神秘的倾向"布局全篇。"命运"是谭正璧爱情小说的永恒命题，"悲哀"则是其爱情小说的情感选择。男女主人公爱情悲剧的生成与社会时代无关，而是由神秘的命运所主导，苦痛之感渗透进作品的每一个角落，弥漫着沉郁、悲怆、凄凉的气息。

---

① 谭正璧：《华山畿》，见《长恨歌》，杂志社 1945 年版，第 57 页。
② 白荻：《流水落花》，《乾坤》，1944 年第 1 卷第 1 期。
③ 谭正璧：《李师师的绮梦》，《万象》，1943 年第 2 卷第 11 期。
④ 谭正璧：《珠玉词》，《茶话》，1948 年第 24 期。

三、社会问题的深度透视与力度摹写

在强烈的社会责任感和文学使命感的驱使下，谭正璧以严肃深刻的现实主义笔端描摹"他人之悲哀"——呈现黑暗世相、批判腐败统治、暴露丑恶人性，对被侮辱被损害者表达真切的同情，"对当时的社会黑暗与邪恶，给予一定的揭露和谴责，对受侮辱、受迫害者给予真切的同情"[①]。

"他人之悲哀"主要表现为反映儿童、妇女群体的生存发展问题。首先将视角集中于最易被侮辱被损害的社会群体——儿童——失母、失姐之孩。

《儿童的悲哀》《病中》《失母之孩》《人生底悲哀》分别描写了失母之孩"秋玉""佩华""芷儿"、失姐之孩"伊"的悲哀人生。在描写失母之孩悲哀人生的同时，思考其源头，"这不平唯一的缘由，都是为了有没有母亲的缘故"[②]。这种思考贯穿于谭正璧的创作之中，"世界上没有母亲和姊姊的儿童，是世界上生命之中唯一的悲哀者……唯有没有母亲和姊姊的儿童的悲哀，是永久的"[③]。"伊"终日渴盼出嫁的姐姐返家，当发现姐姐永远不会回来的事实后，谭正璧化身"伊"，对恋爱婚姻问题进行了深刻的思考与愤怒的拷问，"人们为什么要出嫁呢？倘说这是上帝所驱使的；那么上帝为什么要驱使你和一个不相识的男子哥哥厮守着，而远离——永久远离你唯一的应该'互相牵连'的自己的妹妹呢？"[④]不同于"个人的悲哀"，谭正璧小说中的"他人的悲哀"完全是由时代环境所造成的，是一种社会悲剧而非性格悲剧或命运悲剧。

其次则将视角集中于被侮辱被损害的另一社会群体——女性。

《被侮辱的》《走》《红珠姑娘》分别展现了不同阶层和身份的女性的悲哀人生。"萍"是纱厂工人，先被粗鄙的工头"王之林"霸占，后被花花公子"春"玩弄。"叶玲"是知识女性，嫁给了自己的大学老师"张杰士"，为他生

---

① 陈青生：《年轮——四十年代后半期的上海文学（摘录）》，见谭篪：《谭正璧传》，北京出版社2016年版，第294页。

② 正璧：《病中》，《民国日报·觉悟》第4卷第6期，1922年4月6日。

③ 正璧：《儿童的悲哀》，《民国日报·觉悟》第3卷第3期，1922年3月3日。

④ 正璧：《人生底悲哀》，《人》，1922年第20期。

下一个女儿。婚后，"张杰士"撕下伪善的面具，露出暴虐自私、冷酷无耻的真面目，对"叶玲"母女非打即骂，歧视女性，"养女孩子最没意思，尤其是给她受教育更是傻瓜干的事"[①]。"红珠"曾是一个妓女，幼时天真地以为出卖肉体是女性的唯一出路。后在恩客"闻人屠"的资助下，通过求学实现了自我启蒙。被亲人将财产挥霍一空后，又走上了被包养的旧路。上述女性虽最终实现了自我启蒙与觉醒，这个过程却是无比艰辛、坎坷与苦痛的。"王之林""春""张杰士"象征了罪恶的社会与黑暗的时代，"大都会到底总是个杀害良善的人的屠场"[②]，扼杀了无数女性的生命与灵魂。

在历史小说中，谭正璧也新编了诸多被侮辱被损害的女性形象，以古喻今，借其悲哀人生反思当下、透视社会问题。

《杨妃怨》借"杨玉环"的"夫子自道"[③]，揭示了杨妃悲哀人生的根源。《绝代佳人》描写了作为男性附庸与玩物的"陈圆圆"凄美悲哀的一生。《幻灭》解构了"马前泼水"的典故，描写"朱买臣"之妻"刘氏"在丈夫逃难后独自苟活于世，待夫君荣归故里后，却惨遭抛弃，羞愤自尽。《永远的乡愁》描写了"李清照"悲哀苦痛的一生。战乱让其颠沛流离，更让其心爱的藏品毁于一旦，"倾泻出她满腔的哀愁……从此她是永远的孤侣了！有谁的笔能够描出她这时的悲哀呢"[④]。此刻，谭正璧与"李清照"实现了情感共鸣，"战事已开始，家里的书籍当然是完了，一念到多年搜集的不易，又念到某书和某杂志现在虽出了重价也已买不到，不禁悲从中来……经过这样不幸的三迁之后，半生心血所聚，终于付之流水。每一念及，痛彻心扉"[⑤]。

"杨玉环""陈圆圆""刘氏"的悲惨命运同"萍""叶玲""红珠"一样，源自以"玄宗皇帝""田畹""吴三桂""朱买臣"这些男性为代表的封建势力

---

① 谭雯:《走》,《太平洋周报》,1943 年第 1 卷第 74 期。
② 谭正璧:《被侮辱的》,《太平洋周报》,1943 年第 1 卷第 86 期。
③ 郭沫若:《创造十年》,见《郭沫若全集·文学编·第十二卷》,人民文学出版社 1992 年版,第 79 页。
④ 谭筠:《永远的乡愁》,《春秋》,1943 年第 1 卷第 4 期。
⑤ 谭正璧:《三迁》,《小说月报》,1941 年第 13 期。

的无情压榨与残忍迫害。同"李清照"一道，在乱世中似浮萍般孤苦无依、任人欺凌。女性的悲惨命运还源自庸众的冷漠与人性的丑恶，"一般愚庸的百姓在饥寒交迫时自己不论做出了什么歹事来，却坚认为出于万不得已而可以原谅，可是等到灾荒一过，自己衣暖食饱了，对于别人比他或她更万不得已的行为，却又要摆出卫道者的面孔，多嘴地横加不准确的批评，是真的批评还可，但竟加起污蔑来了"①。这些麻木愚昧、冷漠自私的庸众，似无形的匕首在千百年来荼毒着中国女性。谭正璧的历史新编是为他的现实主义创作所服务，对国民性的暴露剖析、对社会问题的反映揭示，具有跨越时空、历史的现实意义。

小知识分子的生存困境，也是谭正璧描摹与透视社会问题的重要方向。

《反串》《赵未明》描写了小知识分子家庭一天琐碎、繁杂的生活状态。《寒冬三部曲》揭示了"这个黑暗的时代"②，小知识分子苟延残喘的悲哀人生。"仲文"拼命上课、努力卖文也难以维持生计，时代、战争毁灭了他原本的安定生活和物质财富，尤其是被他视若珍宝的书籍，"仲文"的遭遇恰是谭正璧自我生活的写照。《回乡》通过"赵玄君"在抗战胜利后回乡的所见所闻，展现了乡村的黑暗世相特别是小知识分子群体的生存状态。小学校长"陈爱全"凭借手段势力在家乡一手遮天，克扣教师薪金、拿政府的拨款放高利贷。老师们或为了生计敢怒不敢言，或得了好处视若无睹，或与其狼狈为奸，谁也挣脱不出"这个黑暗不平等的圈子"③，这是时代的缩影。

谭正璧以现实主义的笔端摹写、透视、思考"他人之悲哀"，尤为关注儿童、妇女、小知识分子的生存状态。同时，在国民性与人性的勘探上也显示出空前的深度。承继与发扬了五四学人高度的社会责任感与文学使命感，彰显出文学的社会启蒙功用。

---

① 赵璧:《幻灭》,《茶话》,1947 年第 12 期。

② 谭正璧:《寒冬三部曲》,《上海生活》,1941 年第 5 卷第 12 期。

③ 白苇:《回乡》,《茶话》,1946 年第 6 期。

四、解构的反讽与喜剧的讽刺

20 世纪 40 年代，讽刺文学空前繁荣，讽刺小说、讽刺诗歌、讽刺戏剧
蓬勃发展。谭正璧早在 20 世纪 20 年代就涉猎了讽刺小说的创作，20 世纪 40
年代又进一步撰写了大量的讽刺小说。既有历史讽刺又有现实讽刺、既有政
治讽刺又有社会讽刺。或以解构的反讽、或以喜剧的讽刺，塑造人物形象、
暴露社会问题、呈现社会世相、剖析人性与国民性。

《医生》中"徐医生"治病的方式为跪求仙方，"专心诚意地一径到关庙
去……大殿上烛台前的玻璃上红色的'诚则灵'三字，显耀进他视觉里时，
他的神态更严肃了……在神龛前恭恭敬敬地磕了四个头"①。他的大夫身份与
其所作所为形成了强烈的对峙与冲突，为典型的反讽，"嘴所说的和意志所指
的正好相反……现象不是本质，而是和本质相反"②。反讽不同于讽刺，它的
表意层（医生治病）与内蕴层（求乞仙方）是对立冲突的，讽刺的表意层与
内蕴层的意义指向则是完全一致的。以此批判"庸医"群体的无耻虚伪，与
鲁迅笔下的"名医陈莲河"形成了呼应。谭正璧擅以反讽的技法塑造人物形
象，《文蠹》中"沈子才"本以卖文为生，受尽刊物编辑的压榨，后与人合办
刊物，赚得盆满钵满，却克扣起撰稿人的稿费来。"沈子才"身份和态度的转
换冲突即为典型的反讽，由此讽刺文坛世相，揭示文人悲哀无奈的现实人生。
《残蚀》中"庄为我"自私阴险、无耻贪婪，所作所为都是为己谋利，不愧
"为我"之名。谋利时又总以大公无私的面目伪装，其"外表"与"内心"形
成了强烈的冲突，为典型的反讽。

《新巡按》描写了被免职官员"陈来河"行骗的喜剧，"这种喜剧，我们
称作讽刺喜剧……讽刺的笑表示鄙视和憎恶的感情"③，由此揭示官场众生相、

① 谭正璧：《医生》，见《邂逅》，光华书局 1926 年版，第 14-16 页。
② ［丹麦］索伦·奥碧·克尔凯郭尔著，汤晨溪译：《论反讽概念：以苏格拉底为主
线》，见克尔凯郭尔文集编委会编：《克尔凯郭尔文集 1》，中国社会科学出版社 2005 年版，
第 212 页。
③ 陈瘦竹、沈蔚德：《论悲剧与喜剧》，上海文艺出版社 1983 年版，第 73 页。

讽刺官场世相。《冰山泪》描写了"张老连"给"陈老板"投了门生帖子后，在家乡演出的狐假虎威的人生闹剧。以讽刺的喜剧暴露与反思国民劣根性，"张老连"得势后，以"阿狗"为代表的村民们，尽是羡慕与巴结，"在世界上，势力就是公理……临近各村的人，没有一个敢不来奉承他了"[①]。《湖上的喜剧》以喜剧的方式描写"沈亦钧"的离奇遭遇。因被"何厅长"误认为情敌，惨遭非人待遇。"湖上的喜剧"为典型的反讽，实乃社会悲剧。以夸张、幽默的笔调，论述"沈亦钧"的"趣闻轶事"，实则以喜论悲，揭示黑暗时代普通民众的悲惨命运。在谭正璧的小说中，无论历史新编还是现实书写，女性均为人性美的象征。在《绿肥红瘦》中，却以幽默、诙谐的笔调，讽刺批判了"秋生"的妻子、"施太太"以及"莉玉"。她们对丈夫和情人冷酷无情、欺骗玩弄，呈现了人性之恶。

谭正璧创作了大量以古讽今的历史小说，"其中不乏借古喻今、含沙射影的作品，宣扬爱国思想和民族意识，抨击、遣责日伪统治……无不针对国民党政权……并明确表示了对这些作为的不满和嘲讽"[②]。这些历史小说以反讽的技法解构历史人物，映照当下、服务现实。

《迎"王师"》中"姬发"军队所行之事，与《还乡记》中刘邦军队所为，印证了"赵大户"——谭正璧，对于"王者之师"和"绿林豪杰"关系的清醒认知，"历史上的什么'王者之师'和'绿林豪杰'根本没有什么分别"[③]。表意层的"王者之师"和内蕴层的"绿林豪杰"形成了强烈的冲突，为典型的反讽。由此讽刺和控诉了"王师"对民众的冷血侵害。《东山折屐》以反讽解构了谢安的历史形象，面对前秦军队的大举进攻，"谢安"打着忠君爱国的旗号，实则积极准备外逃，影射和讽刺了抗战时期两面三刀、表里不一的无耻官僚。《采桑娘》以反讽解构了孔子、子路的历史形象，讽刺了现实中的一

---

① 璧厂:《冰山泪》,《茶话》, 1946 年第 7 期。

② 陈青生:《年轮——四十年代后半期的上海文学（摘录）》, 见谭簏:《谭正璧传》, 北京出版社 2016 年版, 第 292-294 页。

③ 谭正璧:《还乡记》,《文友》, 1945 年第 4 卷第 8 期。

类人群与世相，"成功了是你们自己的功劳，失败了是别人的不是，这是你们一贯的处世哲学"[①]。《翻云覆雨》以反讽解构了"张仪"的历史形象，将其塑造为阴险狡诈、卑劣猥琐之徒，其谋略尽用在牟取私利之上。《苍梧谣》以反讽解构了"伯禹""虞舜"的历史形象。"伯禹"城府颇深、隐忍不发，辛劳治水是为了自己的政治前途。"虞舜"更是虚伪阴毒、假仁假义，为博得"禅位给贤人的名誉"[②]，被迫禅位于"伯禹"。由此讽刺暴露"政治黑幕"[③]。

《琵琶弦》中，"秦努才"的"努才"音同"奴才"，当他得知儿子"秦小努"被他的北齐主子打死后，发出感慨，"这都是……向人……谄媚……的结果"[④]。小说还呈现了恬不知耻的奴才群像，"鲜卑人他们只管和自己同族人谈话；中国人却都不愿意和自己同族人谈话，拼命向鲜卑人搭讪"[⑤]，由此揭示国民劣根性。《朝露》中"贾似道"的所作所为让读者联想到国民政府一系列的经济政策，联想到物价飞涨、钱如废纸的黑暗世相，以古讽今、暴露当下。《春光好》借"李煜"对"陶毂"卑躬屈膝的态度，讽刺了汪伪政权与侵略者的主仆关系，批判伪政权的奴才嘴脸、侵略者的目使颐令。《滕王阁》中，"吴子章"资质愚钝，文章都要他人代笔，只因做了都督"阎伯屿"的乘龙快婿，就被文坛的评论家无限吹捧，竟与"王勃"齐名，可笑至极。《三都赋》中，"石崇"借"左思"的《三都赋》大发横财，造成万人空巷、洛阳纸贵的奇葩场面。两部小说以幽默、诙谐的笔端——喜剧讽刺，批判暴露了当下的文坛乱象、社会世相。

在现实和历史的双重讽刺中，在解构的反讽和喜剧的讽刺的交织下，谭正璧纵情暴露社会问题、批判丑恶世相、剖析人性国民性。严肃深刻与幽默诙谐并存，深刻中渗透理性、诙谐中带有暴露、幽默中蕴含批判，与张天翼、沙汀、钱钟书、师陀、张恨水等学人一道，推动了讽刺文学——讽刺小说的蓬勃发展。

---

① 谭正璧：《采桑娘》，见《长恨歌》，杂志社1945年版，第72-73页。
②③ 谭正璧：《苍梧谣》，《茶话》，1947年第17期。
④⑤ 谭正璧：《琵琶弦》，《春秋》，1943年第1卷第1期。

五、雄浑悲壮的民族呐喊

战争的硝烟燃遍大地,民族的危亡触动着作家的神经,受时代风潮的影响,谭正璧在这一时期创作了一系列为民族国家独立而呐喊呼号的小说,塑造了一系列精忠报国、忠肝义胆、英勇抗暴、舍生取义的人物形象,以历史题材为主,风格雄伟奔放、豪迈悲壮,动人心魄。

《父子俩》中,"阿桂"与儿子"伯章"在得知日军即将偷袭本镇的消息后,并不像其他乡人那样只顾逃命,而是第一时间赶去通知镇上的驻军,"这件事情比了我们家里的事来得重要"[①],"伯章"壮烈牺牲。小说歌颂了普通民众不惧牺牲、英勇抗战、为国捐躯的无畏精神。除《父子俩》的现实书写外,谭正璧还创作了大量描写忠臣义士的历史小说。

《忠王殉国》中,"李秀成"面对清兵的围剿本有机会逃脱,却以死殉国,"那时他还有部众数十万……定还能与清兵作持久战……又加之天王已死,无人为之牵制,他可以指挥如意……他不愿再苦百姓,决定从此以死殉国了"[②]。一方面歌颂了"李秀成"杀身成仁的牺牲精神,另一方面揭示了殉国的悲剧源于统治阶层的腐败、丑恶的政治倾轧。《沪渎垒》中,太守"袁崧"并非完人,却在大是大非面前和国破家亡之际,果断抛弃自我的爱好,勇于献出自己的生命,对现实人生极富启示和教育意义。《太平血》塑造了率领军民抵御外敌的官员"刘松严"的历史形象。《苏武牧羊》再现了忍辱负重、忠贞不屈、刚毅坚定的"苏武"的历史形象,他的行为和精神为抗战时代的世人树立了榜样。

"李秀成""苏武""袁崧""刘松严",气节高远、忠贞不贰。再现这些历史人物、描绘其人生事迹,对艰苦抗战时代的读者和民众有着极大的激励鼓舞之用。此外,谭正璧在其历史小说中还乐于塑造忠于国家、视死如归、勇于抗暴的巾帼英雄、女中豪杰、刚强女性的艺术形象。

---

① 谭正璧:《父子俩》,《文苑》,1941年第1卷第3期。
② 谭正璧:《忠王殉国》,北新书局1944年版,第50-51页。

《太平血》还描写了"刘松严"之妻的形象与事迹,"像这样一位为国捐躯的女英雄……真使人具无限的感慨啊"①。《妫夫人》中,谭正璧着墨于"妫夫人"痛斥楚王"熊赀"后与"息侯"慷慨赴死的惨烈画面。颂扬她的忍辱负重、坚毅刚烈、忠贞不渝、视死如归。也揭示了春秋乱世,弱国被强国肆意凌辱吞并的可悲现实,以古推今,令人深思、发人警醒。《坠楼》歌颂了"绿珠"不畏强权、誓死如归的抗暴精神。《葬金钗》着力刻画了侠肝义胆、知恩图报的女中豪杰"如姬"。她深得魏王宠爱,享尽荣华富贵。却为了报答"魏无忌"的恩情,亲手葬送了安乐舒适的人生,义无反顾地偷取虎符,为了不牵连他人,最后慷慨赴死。她的所作所为可谓巾帼不让须眉,令人动容钦佩。

《木兰从军》中,"木兰"男扮女装、代父从军,是对全民抗战的完美诠释。"木兰"英勇作战、杀敌建功则对民众尤其是军人具有极大的鼓舞作用。军中破谍、锄奸的情节安排,也与汉奸横行的现实相呼应。谭正璧在文中借"辛平"之口指明了汉奸的下场,"出卖祖国,罪不容诛……决不轻恕……——斩首,以儆效尤"②。《梁红玉》塑造了深明大义、英勇无畏、足智多谋、忠贞坚毅的巾帼英雄"梁红玉"的艺术形象。在作品中,谭正璧对世相、官场、政治的描述极具现实意义,是对社会现实的艺术化、全景化再现,以古喻今,暴露当下。

谭正璧抗战时代的历史小说,涵盖了中国历史上的仁人志士、英雄忠臣、巾帼英雄,通过对他们事迹的再现新编,意在鼓舞振奋当下民众的精神意志,意在树立全民族的抗战信心。因此,风格雄浑悲壮、慷慨激昂,即使以女性为主人公的创作,亦饱含阳刚崇高之气、豪迈磅礴之势。

---

① 谭雯:《太平血》,《自由评论》,1943 年第 6 期。
② 谭正璧:《木兰从军》,北新书局 1941 年版,第 41 页。

六、辩证深刻的理性沉思

艾伦·退特提出的艺术张力论，实为探讨文学创作（诗歌）中感性与理性的交融问题。富有艺术张力的文学作品特别是小说，需要作家跳出感性的旋涡，以理性建构作品。谭正璧的诸多现代小说借助抽象、深刻、客观的理性思考，将理性因子注入作品之中，使其小说具有了一种辩证深刻的理性沉思风格。

《邂逅——一封寄给朋友们的信》《舟中》均描写了"我"与不同身份、阶层人的邂逅。"我"——谭正璧用哲学家的眼光观察思考社会、历史、人生、命运、人性等形而上的问题，挖掘世间万象之间变幻莫测、千丝万缕的复杂关系。形而上的哲理深思消散了剧情冲突、冲淡了感性情绪，"忘了悲哀，也忘了痛苦"[①]。《时间的一段》中，谭正璧再次化身旁观者与思考者"我"，"我"看到学生们高兴活泼的神态与无忧无虑的生活后，陷入沉思。通过人生思考，"我"发现自己更加愁闷了，"使我悲哀的人生观念，又演进了一层"[②]。哲理深思触动了内心的情绪，感性情绪伴随理性沉思涌动，二者相互交织融合。《慈爱的凯歌》通过描写"惠芬"在爱情与家庭之间的艰难抉择，反思了爱情、婚姻、家庭等现实问题。同时，对人类孤独的生存本质也进行了深刻的哲理思考，"让人们都忘了我，我也忘了一切的人"[③]。《轮回》通过一对文人富有玄学意味的"轮回"经历，思考了人生、命运等哲理问题。

哲理沉思也是谭正璧历史小说的创作主旨之一。

《归去来》展现了"陶渊明"（谭正璧）历尽生活苦难后深刻自省，"过去对人，有时不免也过于矫情，此后当斟酌情理，略事变通，否则将一世孤独，在人世上委实没有容身之地了"[④]。《女国的毁灭》通过描写女国的毁灭，对社

---

① 谭正璧：《舟中》，见《邂逅》，光华书局 1926 年版，第 65 页。
② 正璧：《时间的一段》，《民国日报·觉悟》第 3 卷第 13 期，1922 年 3 月 13 日。
③ 谭正璧：《慈爱的凯歌》，《杂志》，1943 年第 12 卷第 1 期。
④ 璧厂：《归去来》，《茶话》，1946 年第 3 期。

会发展、人类情感进行了哲理深思。《舍身堂》通过对"舍身堂"来历的描写，对人类社会的繁衍发展进行了深刻的理性思考，"他们和她们的结合，是要完成神圣的使命，所以并不感到这是狎昵，也不觉得什么猥亵。在使命完成后，她们便毫不留恋地辞别他们，再到另外一处没有男子的地方"①。《摩登伽女》是谭正璧根据"'楞严经'戏作"②。全篇充溢着不受迷惑、不入岔道、潜心修行的佛教宗旨，以及因果报应、明心见性的佛教思想，发人深省。《莎乐美》塑造了中国版的"莎乐美"形象——"妲己"。将西方的象征性意象"莎乐美"进行了本土化的再创造，渗透着对人性、欲望、爱情、命运的深刻哲理思考。

《医生的秘密》借"麻希佗"以杀人来救人的恐怖方式，思考杀人与救人的辩证关系。《客星严子陵》中，借"严子陵"明智之心与超然之情，"刘秀，他虽然是我从小在一起的好朋友，可是他现在已做了皇帝，世上不会有和皇帝平等的朋友……我们的思想简直距离得太远了。那不如我们永远不相接触，倒可把过去的友谊永远留在心上，免得因话不投机反而使他幻灭"③，呈现谭正璧对人性、人情的深刻理性思考。《狭路行》中，王安石对新政的反思，亦是谭正璧本人对现实政治与社会政策的理性沉思，"任何好的政策，如果和习俗相距入远，百姓们便都不易接受奉行……否则政策纵好，反被奉行的人利用来自私自肥，那么愚民无知就要归怨于政策本身的不好而连创定这个政策的人受罪了"④。在当下仍具有重要的启示意义，发人深省。

谭正璧用哲学家的眼光观察思考社会、历史、人生、人性、命运等哲理问题，探索世界万物中普遍存在的矛盾性，挖掘世间万象之间变幻莫测的复杂关系。展现了自我复杂、敏感与严肃的内心世界和充满智性的大脑思维。借助理性沉思，关注国人乃至人类的生存困境、历史传承以及命运前途等问题。

---

① 谭正璧:《舍身堂》,《小说月报》, 1943 年第 37 期。
② 白荻:《摩登伽女》,《春秋》, 1945 年第 2 卷第 7 期。
③ 谭雯:《客星严子陵》,《杂志》, 1943 年第 10 卷第 4 期。
④ 赵易:《狭路行》,《茶话》, 1947 年第 11 期。

结　语

　　谭正璧的现代小说的研究成果较为欠缺，多年来在这一领域虽然发表、出版了部分研究成果，但相对于谭正璧现代小说的整体创作而言，这些研究成果无论在数量还是质量上都不成比例。由此来看，谭正璧的现代小说研究有待进一步拓展深化。谭正璧现代小说数量众多、立意深刻、题材广泛、风格多样、技艺奇巧，实属有待开掘的一座文学富矿。通过对谭正璧现代小说创作风格的论述阐释，一方面能够使谭正璧的现代小说重新回归学界与大众的视野，另一方面则能够建构谭正璧文学创作的完整风貌，使学界重新审视谭正璧现代小说创作的重要实绩，重新界定其在新文学史上的历史地位。

第五章
诗化叙述・苦闷自传・现实转向
——顾仲起小说创作综论

引 言

顾仲起，原名顾自谨，号仲起。1903 年生于江苏省如皋县白蒲镇西乡顾家垛（今林梓镇顾垛村）。1918 年，顾仲起考入张謇创办的江苏省代用师范学校（通州师范）。1926 年在武汉参加了茅盾、孙伏园、郭绍虞、傅东华等人组织发起的文学团体"上游社"。1928 年又在上海参加了蒋光慈、钱杏邨、孟超组织发起的革命文学团体"太阳社"。1929 年 1 月，顾仲起以自杀的方式结束了自己年轻的生命。顾仲起在短暂的人生旅程中创作了大量的小说，有长篇小说《龙二老爷》《残骸》，中篇小说《坟的供状》《爱的病狂者》《葬》，以及数目众多的短篇小说。作为一个多产而又短命的作家，顾仲起以其独特的小说风格在中国现代小说史上留下了鲜明的个人印记，但长期以来，顾仲起的现代小说创作并没有得到学界的充分重视，他成为了文学史上的"失踪者"。罕有论著或论文提及顾仲起，本文即试图全面打捞、回溯顾仲起的小说写作，还原呈现顾仲起被遮蔽的创作风貌。

一、诗化的叙述

顾仲起 1927 年的小说创作呈现出一种典型的"诗化叙述"的特质,"他本质上就是一个诗人,一个热情澎湃、诗情激荡的诗人。他所有的作品,都流淌着诗的激情,语言上也有着深深的诗的烙印"[①]。借助诗化的叙述,抒发生命的哀叹,呈现人生的沉思。

《最后的一封信》《归来》的主人公"KL",因命运的不幸、生活的不公,以浪漫抒情的诗化语言——重复、排比、感叹、反复,在文中恣意挥洒自我对生命的哀叹。语言的节奏形式参差错落、跌宕起伏,"漂泊的我呀!孤独的我呀!可怜的我呀!在这死灰色的道上进行的我呀!是失败了!是无望了!我的确是一个梦想的青年了"[②]。"KL"将自我的生命比喻为在浩浩大水中随波逐流的小舟、比喻为残落了的花瓣上的血丝,悲哀四处充溢。"KL"给"W"的这封信,成为了"KL"的"最后一封信",在信中,他表明了要结束自我生命的心迹。源自时代的黑暗加之个人的孱弱无力、无出路、苦闷压抑、不自由感。浓郁的感伤主义抒情风格、夸张的姿态,引起了郑振铎以及诸多读者的关注。两部作品之后,编辑郑振铎均做了"西谛附记",在《最后的一封信》文后,郑振铎对顾仲起流露出了莫大的同情与悲悯:"他竟是自杀了么?竟是自杀了么?唉!眼望着一个人跑上井栏往下跳去,我竟不能救他么?哎!"[③]在《归来》中,郑振铎向读者宣告顾仲起并未自尽,"现在仲起君又有这封信来了,他并没有自杀"[④]。褚保时、昌英、翰苓等人均对《最后的一封信》发表了热烈的评论,"希望他对于这紧迫的生活无抵抗的忍受着罢"[⑤];昌英则直言自己读完这篇小说后"血泪也涸了","从他这封缠绵凄恻的信里,

---

① 钦鸿:《太阳社作家顾仲起的传奇人生》,《钟山风雨》,2009 年第 4 期。
② 仲起:《最后的一封信》,《小说月报》,1923 年 8 月,第 14 卷第 8 期。
③ 郑振铎:《最后的一封信》西谛附记,《小说月报》,1923 年 9 月,第 14 卷第 9 期。
④ 郑振铎:《归来》西谛附记,《小说月报》,1923 年 9 月,第 14 卷第 9 期。
⑤ 褚保时:《顾仲起君的〈最后的一封信〉》,《小说月报》,1923 年 9 月,第 14 卷第 9 期。

便可以看出现今一切被经济压迫青年的呼声，和被人们以讪笑无情地对待的羞怒，奋烈激昂，痛哭流涕，一腔被压迫的怨气，从他一息尚存的心坎里，悲慨迸出"[1]。翰苓更是以更加煽情的文字表现自己读完这篇小说后的"深长的叹息""悲泣""心弦紧张得几乎欲崩断了"[2]，顾仲起这篇充满了"滴滴的泪"和"丝丝的血底痕迹"的小说，让他对世界、社会、人生发出最强烈的诅咒……而此后，也有不少题名为《最后的一封信》的小说仿作，足见顾仲起这篇声泪俱下的诗化小说所具有的影响力。

在《风波之一片》中，"嗣父"屡次出在"仲起"的梦中，向"仲起"发出诗化的生命哀叹："日呀！你是光明的，你能照澈我的心的……我愿他中途而止吗？……不过我的力量确是难呀！……日呀！你是光明的，你能照澈我的心的……我的这种家庭，是我愿意的吗？我愿在这种家庭里过活吗？我何尝不要早早地到黄泉之下去呢！"[3]顾仲起的生父顾乐亭和伯父均为清末秀才，由于伯父没有子嗣，顾仲起从小便过继给伯父。后来由于伯父娶妾生子，待他渐薄，未能给他足够的学费，他因此无法交纳读书的各项费用，有几次几乎被迫停学，因而对伯父颇为不满。满怀希望企图求得生父援助，然而，生父也没有提供实质性的帮助，败兴而归，陷于困窘之境。后来，"仲起"——顾仲起，逐渐理解了"嗣父"——伯父的难处与苦衷，尤其是伯父的两位妻子对伯父精神的虐待，以及伯父平素对自己的关心与照顾。在小说最后，"仲起"——顾仲起以大段的抒情独白向"嗣父"——伯父表明了自我的心迹，"唉！嗣父呀，我的嗣父呀！我亲爱的嗣父呀！现在我醒悟了！我也不诅咒你了！我也知道了你确是爱我，和你飘摇于风波里的悲剧了！嗣父呀，我的嗣父呀！我亲爱的嗣父呀！你果真死了吗？如果我的梦是准确的，那么，嗣

---

① 昌英：《顾仲起君的〈最后的一封信〉》，《小说月报》，1923年9月，第14卷第9期。

② 翰苓：《顾仲起君的〈最后的一封信〉》，《小说月报》，1923年9月，第14卷第10期。

③④ 仲起：《风波之一片》，《小说月报》，1923年12月，第14卷第12期。

父呀！我将用着我忏悔的泪，洗刷着我的心，把我赤裸裸的心放着你的灵前，使你知道我现在确是醒悟了而饶恕我从前的冤枉你"④，对伯父的原谅，恰恰是顾仲起人生沉思后的判断与抉择。

《离开我的爸爸》通篇均以"爸爸！"作为每段开头，感情不加节制地倾泻，由此塑造了一个饱含情绪、追求自由独立的抒情主体形象。"爸爸！我爱你，同时我又恨你，憎你，怨你！爸爸！我离开了你，我将永远地离开了你！——资本主义的社会不崩溃，我是没有回归的时候！"①这些来自灵魂深处的激烈呼号，反映了"五四"一代从父权制挣脱出来寻求独立人格和自由意志的强烈诉求。《碧海青天》描写了青年学生"肯波"与故乡一位不幸沦落风尘的青年女子"云娥"之间的爱情悲剧。通过"云娥"的悲惨人生，控诉了黑暗的社会与丑恶的人性。"云娥"的悲剧命运源自前爱人"M"的始乱终弃和偶遇的同寓之人的嗜血贩卖，他们将"云娥"掷入了恐怖的地狱之中。小说最后，以"肯波"的诗化独白抒发了对生命的哀叹，"故乡呀！故乡呀！罪恶的故乡呀！我不愿再来我的故乡了！可是我今天又回了我的故乡来了"②。《游浪的孤灵》全篇没有任何情节，完全是一首自我抒唱自我情感的诗作——充溢全篇的大段大段抒情独白、随处可见的一首首分行排列的诗体，"诗灵彩蝶呀！/你是我爱人之魂；你说我爱人悲凄音乐之声。/我送你到广寒宫里，/葬你在嫦娥姐姐的后门。/嫦娥姐姐的后门。/下有长流汩汩的水声，/上有蓊深郁郁的树林。/每在风露之晨，/嫦娥姐姐们——/在水中送出歌曲的乐音，/在树林凭吊你之影。/月儿清明，/满天繁星。/广寒宫已快临。/呀！前进……"③从而使该作与严格意义上的小说文体相去甚远，从外延到内核均呈现出一种抒情的特质与诗意的特性。与爱人的分离，令"我"变成了"游浪的孤灵"，"我"的人生只剩下生命的哀叹与苦痛的呻吟——诗情。

顾仲起以内在情绪的流转，建构全篇，配之以外在节奏的变化，通过长

---

① 顾仲起:《离开我的爸爸》,《太阳月刊》,1928 年 4 月, 第 4 期。

② 顾仲起:《碧海青天》,《小说月报》,1924 年 1 月, 第 15 卷第 1 期。

③ 顾仲起:《游浪的孤灵》, 见《笑与死》, 泰东图书局 1929 年版, 第 117-118 页。

短句、停顿、空行、断句以及复沓、排比、对称、反复、并列等手法，使外在节奏形式参差错落、跌宕起伏。甚至直接以自我的心灵感受和情感反应取代了情节叙述，呈现出典型的诗化小说气质。顾仲起以诗人的激情，以抑扬顿挫、跌宕起伏的外在节奏形式揭示了现代人自由开放的情绪以及复杂敏感多变的精神世界。

二、苦闷的自传

顾仲起虽然先祖显赫，族祖顾延卿也与南通张謇、范当世交游，但到顾仲起父亲这一辈时，家里也只剩下十来亩田，勉强维持生计。父亲顾乐亭是清末秀才，生有四子，顾仲起从小过继给伯父。1918 年考入江苏省代用师范学校，于是离开养父一家，到南通住校就读。随着顾仲起考取江苏省代用师范，厄运却降临了。他的养父娶妾生子，渐渐断了他的经济来源；他转而求助其生父，结果也是空手而归。有一年夏天，为了筹措学费他不惜挑着西瓜在烈日下叫卖。这一充满艰辛的生活经历，在他日后的小说如《风波之一片》《游浪的孤灵》《老妇人的三儿子》《残骸》等作中不断复现，足见这一经历给他带来了持久的灵魂创伤。

就读江苏省代用师范时，顾仲起积极参加学生运动，发表反帝反封建为主题的白话文。后在郑振铎、茅盾的帮助和指引下，连续在具有全国影响的《小说月报》《学灯》等报刊发表作品，迅速登上中国现代文坛。但顾仲起的"左倾"倾向引起了学校的不满，终将他开除了。回到家里，父母的一番埋怨和责备使他负气离家到了上海，典当了身上的马褂、长衫、棉袍后到码头上卖起苦力，拉货车、卖小报，甚至做乞丐，尝尽了生活的辛酸。因此，顾仲起自称是"为家庭所摈弃，为亲戚所痛恨，为朋友所咒骂，而仍然坚决的抛弃了一切封建关系的人们"[1]。"面孔瘦削而黝黑"的穷青年是他给自己的自画

---

① 顾仲起：《哭泣——〈笑与死〉的序》，《文学周报》，1929 年，第 326-350 期。

像，现代社会生活中苦苦挣扎的痕迹则成了他最偏爱的题材。对于革命的热烈憧憬，以及性格的激烈敏感，都使得顾仲起笔下的革命者显得十分独特。

《笨家伙》中的"笨家伙"是一个革命青年，有着"愚鲁的面孔，和终天含着泪水现着怯懦与迟钝的眼睛，以及和人讲起话来好像生硬不能运动的那张嘴"①。他受到革命的蛊惑，从优渥的家中跑出，立志要反抗这不公的世界。以热血洒在自由之花，以头颅创辟自己的世界，消灭社会阶级，实现世界大同。然而现实却是，四处受到排挤，在上海穷困不堪，最终冻毙在寒冷的冰雪中。同"笨家伙"一样，《自杀》中的革命青年"景印子"因为思想和行动陷入激烈的矛盾而自杀。小说为日记体形式——"景印子"的自杀日记，袒露了一个在革命中苦痛彷徨挣扎的灵魂。"景印子"是向往革命的，他却没有完成革命的试炼，浪漫的行为，矛盾的思想，薄弱的意志，这些小资产阶级的心理始终操纵着他。过于强烈的个性，过于浓厚的主观色彩，以及牺牲精神的缺乏，经济的迫压，使青年"景印子"成了一个机会主义者。他远离革命回到家乡，被捕入狱，出狱后贫困无依，又不愿意投入反革命的阵线，最终在极度矛盾下痛苦自杀。"我悲哀着我的前途，悲哀着在迷茫之中彳亍而行的我，生活的魔王，又来张开了可怕的大口，猛凶的爪牙桎梏了我的生命！"②

《爱的病狂者》的主人公"时铁民"身上有着浓厚的"于质夫"的影子，是一个颓废堕落、伤感抑郁、浪漫敏感的零余人。二十四岁的"铁民"，遭受着强烈的性的苦闷与经济的苦闷，导致他人格扭曲，精神变态。在性的狂热的驱使下，他常去 F 公园，或是去紧贴女人的肉体，以此获得性的短暂满足；或是企图吊膀子，获得丽君夫人的青睐；也曾发狂召妓……而当他准备好一切勾引"丽君太太"的行头时，妻子从 H 县过来。"铁民"却因精神的扭曲，感受不到曾经对妻子的爱，冰冷地尽着丈夫的义务。灵肉失和加剧了他的变态，耽溺于激怒、愤恨、自暴自弃等，只是利用妻子来发泄压抑的狂暴

---

① 顾仲起：《笨家伙》，见《生活的血迹》，现代书局 1928 年版，第 92 页。

② 顾仲起：《自杀》，见《生活的血迹》，现代书局 1928 年版，第 72 页。

的性欲。在这种扭曲人格的作用下，他变得愈发暴躁嫉妒多疑，甚至怀疑妻子和好友有私情，自认为是"爱情过渡者"①，因而更加虐待妻子，显示出其残惨可怕的灵魂。《坟的供状》中"我"是"人类的零余者"②，时代的烦闷，失业，幻灭，爱情的无望，经济的压力都使"我"扭曲堕落。"我对着火光也曾去怅望，我对着血响也会去欢畅，可是我是落伍在沉沦的歧路，我是新时代的叛徒，我终于回到我荒凉的冢上。"③在多重外力的绞杀下，"我"在酒醉之中杀死了一个女人。酒醒后"我"意识到自己的罪孽和堕落，决定要奔向新生，回到火与血的战垒中，制造着打毁资本主义社会的大炮。《创伤》中的"张股长"性情古怪，敏感，个性强烈，意志坚决，刚毅果决，但主观色彩很重、又有浪漫精神，投奔革命后，却受到新同事的怀疑和排斥、孤立、戕害。伴着他的只有工作，"生命上，灵魂上，给人们刻划了深深的伤痕"④。

　　《箱子》的主人公"科君"来上海一月有余，早已身无分文，投稿被拒，房租又付不起，无奈之下向同房"进君"兜售自己的皮箱，却受到对方傲慢的讽刺侮辱。当拿到六元稿费后，"科君"决定维护自己可怜的尊严，再也不卖箱子。现实生活中的顾仲起因参加进步的学生运动而被学校开除，加之父母的责备，令他无比悲哀与恼怒，自此离家出走，来到上海，典当完一切随身物品后，只能靠出卖劳力谋生，通过劳动换取金钱，这段人生经历亦与《箱子》中"科君"的遭遇如出一辙。"科君"以此为经历创作起了小说，决心走上文学之路，"拿出了稿纸，动手做文章，开头就写着'箱子'两个大字"⑤。而在现实生活中，顾仲起也始终未放弃对文学的热爱、对缪斯女神的追逐，他以自己的亲身经历为情感来源、题材来源，创作了诸多的"苦闷自叙传"。《残骸》中充满了"血泪的漫画，骸骨的雕刻，追求光明奔流疲倦的尸

---

① 顾仲起:《爱的病狂者》，现代书局1928年版，第105页。
② 顾仲起:《坟的供状》，远东图书公司1929年版，第4页。
③ 顾仲起:《诗序》，见《坟的供状》，远东图书公司1929年版，第2页。
④ 顾仲起:《创伤》，见《笑与死》，泰东图书局1929年版，第84页。
⑤ 顾仲起:《箱子》，《小说月报》，1927年11月，第18卷第11期。

身，对于这社会最后的叹息"①。小说刻画了忧郁苦闷的青年"叶子"脱离家庭参加革命的成长轨迹，揭示了一代人的生命历程。"叶子"受到启蒙思想的浸染，一心要"冲破这封建潜力的墙围，而创造新的火花"②，但同时又处在极度苦闷之中，家庭的黑暗、亲情的淡漠、事业的不顺，都增加了他的忧郁，"抑郁的，苦闷的，悲寂的；他由家庭认识了由欺诈，黑暗，剥削，所堆成了的社会罪恶。"③叶子全心投入到革命中，参加五卅运动，参加北伐，极力挣脱"时代的囚"④的境地，然而终究是失败了。

在顾仲起的文化人格结构里，暗藏着非常浓厚的虚无主义思想，他对于革命是狂热的，因而在受到现实的打击时又容易自我放弃。他笔下的主人公，大多是他的精神自传。小说大多采取流浪——挣扎——归来的结构，患有革命狂热症的青年，从黑暗的家庭中冲出，一心热望革命，但在社会中屡屡碰壁，饱经创伤，而最后即使回到故乡仍然充满痛苦，最后结局也往往是自杀。从《最后的一封信》开始，就充溢着这种悲观与绝望的人格底色。《笨家伙》中的笨家伙，《自杀》中的景印子，《笑与死》中的尘……这些被时代车轮碾压的可怜人与青年革命者，正是顾仲起矛盾苦痛的精神写照。

三、现实的转向

顾仲起初登文坛的作品均是充满浪漫与感伤的个人书写，1928年后，顾仲起实现了革命文学的转向，风格也由原来的凄美抒情向现实主义转变。他呼吁，"要站在十字街头来描写我们的文艺""在现代矛盾的社会中穷困的我们，好似深夜中莽原中的孤旅者，生活上都含着血的痕迹"⑤。顾仲起对于"革命文学"的转型有着清醒的认知。他指出，"由主观的到客观的，由自我的到

---

① 顾仲起：《几句可怜的话》，见《残骸》，新宇宙书店1929年版，第3页。
② 顾仲起：《诗序》，见《残骸》，新宇宙书店1929年版，第6页。
③④ 顾仲起：《诗序》，见《残骸》，新宇宙书店1929年版，第8页。
⑤ 顾仲起：《告读者：〈生活的血迹〉自序》，《文学周报》，1928年，第301-325期。

社会的，由浪漫的到写实的，从唯心的到科学的"[①]，是文艺的科学的新趋势。在他看来，主观的自我的唯心的浪漫的文艺创作，容易形成偏见，个人主义，不忠实，非现实的弊病，这也是他过去的作品的典型特征。他决心要从"黄金之宫"转移到"十字街头"，着力于"科学的""客观的""写实的"作品。同时要进一步高张无产阶级文艺的大旗，"我们不应当再在那里唱愉快美丽醉梦的歌声，我们应当要凶恶着我们的面孔，到那边去——打毁资产阶级的艺术之宫"[②]。在这种创作思想的指导下，顾仲起创作后期的小说，发生了由浪漫到现实的转向。

在人物刻画上，顾仲起不再一味沉溺于个人苦闷的抒发，而开始着重坚毅、勇敢的革命者形象的塑造。早期小说中潦倒无依的青年被付诸坚决行动的实干家代替。《镜子》中女主人公"镜子"的原型是顾仲起的女友潘封镜，她温柔、聪慧、诚恳，是一个坚定的革命者，抱定了为正义和真理去奋斗的目标，做一个时代的牺牲者，为革命不惜牺牲一切。受到她的感召，顾仲起写作了《镜子》来赞颂女友的坚毅性格与超人智慧。然而潘封镜却不幸在长沙暴动中被杀害，女友牺牲后，顾仲起受到莫大的刺激，实现了由革命思想到革命行动的转变，决心要"为直接革命的斗争而死"。"文字生活这算得什么？现在已经是剧烈的斗争的时代，我们不需要文字，工厂中需要我们呀！农村中需要我们呀！"[③]"镜子"原本是一个家境优渥、浪漫美丽的艺术家，布尔乔亚的生活方式，美食华服，众星捧月，使她逐渐走向空虚，她倾心于艺术的象牙之塔，在她看来"艺术的幽灵非常的清高与伟大，艺术中含着了人生的歌音，与盈藏着人生的生命，而且是一回非常荣耀与尊贵的事件"[④]。在偶然间，她读到了"秋田"所作的《时代之牺牲者》，受到了革命的启蒙与感召，"开始反对礼教，反对家教，反对法律……并且牺牲了家庭，爱人，集中

---

① ② 顾仲起：《告读者：〈生活的血迹〉自序》，《文学周报》，1928 年，第 301-325 期。
③ 顾仲起：《哭泣——〈笑与死〉的序》，《文学周报》，1929 年，第 326-350 期。
④ 顾仲起：《镜子》，见《生活的血迹》，现代书局 1928 年版，第 25 页。

了精力去反对现代资本主义的社会制度……"①"镜子"果决地抛弃了那些小资的精神食粮,专心于革命理论与革命书籍,并为此消瘦。"一个人可以不要幸福,但是不能不要意志和思想"②,"人生应当为着他所信仰的事业去奋斗"③。"秋田"被捕后,镜子并没有因此消沉,反而变成了"一个果决、刚毅,努力于被压迫阶级之解放的革命的女郎"④,"只有未来的事业与伊的生命在那里决斗着"⑤。

《笑与死》中的"吟女士"与"镜子"一样,亦是坚定的革命者,并由此与小资产阶级"尘"发生了激烈的理念冲突。"尘"的脆弱动摇,浮浪不定,缺乏勇气,都是"吟"所反对的。而当"尘"要去上海过文字生活时,两人的感情也发生了裂痕。"吟"觉得无产阶级者没有恋爱,并写了文章要开除"尘"的党籍,导致了"尘"的自杀。但"吟"却觉得,"这种矛盾的死是无意义的"⑥。可见,对于幻灭动摇的小知识分子,顾仲起在前后期已经有了不同的叙事伦理与叙事旨归。如果说早期小说中,忧郁动摇、敏感纤细的尘是被赞美的对象,那么在创作后期,以尘为代表的小知识分子是被批判被改造被拯救的对象。冷静果决刚毅、牺牲一切、不断奋斗的革命者形象,才是值得赞颂的。顾仲起1928年以后的作品,显示出深厚的现实关怀,以及奔向"十字街头"的奋勇努力与挣扎。描写革命者的凄苦的流浪生活,革命的苦闷,性的苦闷,经济的苦闷是顾仲起早期小说的一大特色,而在转型之后,顾仲起对于广阔的社会生活开始给予了冷静理性的观照,在创作主旨、审美风格、艺术技法等方面明显呈现出与之前创作相异的特质,由浪漫感伤的个人心灵探秘转向了对严峻社会问题的力度透视和剖析。他不再陶醉于个人伤感的抒发,而是以诚挚深沉的人道主义精神,关注现实人生、同情弱势群体,以温

---

① 顾仲起:《镜子》,见《生活的血迹》,现代书局 1928 年版,第 32 页。
② 顾仲起:《镜子》,见《生活的血迹》,现代书局 1928 年版,第 41 页。
③ 顾仲起:《镜子》,见《生活的血迹》,现代书局 1928 年版,第 43 页。
④ 顾仲起:《镜子》,见《生活的血迹》,现代书局 1928 年版,第 54 页。
⑤ 顾仲起:《镜子》,见《生活的血迹》,现代书局 1928 年版,第 56 页。
⑥ 顾仲起:《笑与死》,泰东图书局 1929 年版,第 27 页。

润理性现实主义的笔端透视严峻的社会问题。不管是在题材的深度还是广度上，都实现了重要突破，也带来了创作的新变。

顾仲起饱蘸人道主义情感，以充满温情的现实主义笔触描摹底层人民的艰难生存境况。《老妇人的三儿子》里，老妇人家里富有，充满了慈爱的母性，一生为丈夫子女操劳，做牛做马，为了家人而生活。儿女们把母亲当作佣人，丈夫也是一个贪婪吝啬的乡下商人。三儿子过继给伯父后，受到虐待，回家来要学费，遭到丈夫的冷酷拒绝。老妇人爱莫能助，为三儿子忧心不已。三儿子最后去了江南，杳无音讯，老妇人凄然憔悴。《大阿与小阿》通过陈老爷家里的仆人大阿和宠物狗小阿的命运对比，表达了"穷人的命不如富人的一条狗"[1]的强烈愤慨。"大阿"因为一辈子做奴隶而蠢笨呆滞，恐怖悲哀，常常遭受老爷家里的拳头、手杖、茶水。还要大阿学狗叫，仿狗爬。"小阿"丢失后，"大阿"被痛打，终于爆发了一句反抗的话语："我坐在牢狱里的生活也不过这样"[2]，然而却被浇热水。"小阿"被重金悬赏找回来，"大阿"却一命呜呼。《雪夜》模拟工人的口吻，对资本主义社会制度发出了诅咒。雪中的上海是灰白色的世界。工厂异化的劳动下，磨碎了他们的灵魂，销蚀了他们的生命，让人变得凶蛮、残暴。但他们仍然存有反抗的意识。顾仲起注目于广阔的社会，对种种社会问题进行了细致描写、深刻剖析与批判，流露出强烈的人文关怀。顾仲起对于底层人民存有深厚的悲悯与同情，体恤被侮辱被损害的人群的艰辛与劳瘁，以不忍之心叙写他们的悲剧。

《龙二老爷》同样表现出了全新的创作气象。顾仲起不再哀哭个人的悲惨境遇，而是以龙二老爷的一生透视苏北乡村中的变迁，展现出广阔动荡的时代背景。不管是结构上、语言上还是人物刻画上，顾仲起都表现出长足的进步。小说以独特的地域色彩形成了顾仲起后期创作的鲜明风格。对于苏北地区民俗民风的刻画，对于苏北方言的纯熟运用，对于南通风情的细致描绘，都使《龙二老爷》打上了浓厚的苏北烙印。"风土与住民有密切的关系"，"人

---

① 顾仲起:《大阿与小阿》，见《笑与死》，泰东图书局1929年版，第109页。

② 顾仲起:《大阿与小阿》，见《笑与死》，泰东图书局1929年版，第107页。

总是'地之子'，不能离地而生活"，"表现在文字上，这才是真实的思想与文艺"①。小说中，南通方言随处可见，如"胯子""结毒""吃大菜""外洋""通声气""夸傲""官事""大赌脚""大出息"……不难看出，致力于通俗化、大众化，吸收新鲜活泼的方言土语，从生活中取材，由此语言富有地域色彩，流畅生动，表达力强，一定程度上冲淡了五四时期欧化白话带来的僵化与文艺腔，推进了言文一致的步伐，为语言的民族化、本土化、大众化做出了有益的探索。"龙二老爷近来感着很寂寞，只是抽鸦片，往老爷学堂跑，也渐渐觉得乏了味。打牌呢？近来的眼睛又不大好，有些眯晞，说不定几块大洋要给猪猡赢了去。因了这，龙二老爷苦闷的很。"②这一段描写简洁洗练，语言干净地道，不事铺陈，白描为主的叙述方式，使小说具有了一种客观理性的风格。在结构上，小说以龙二老爷的一生透视苏北乡村中的变迁，具有广阔的社会含量，以个人史透视大历史的变迁。龙二老爷由穷小子考中秀才举人，成为当地士绅，管理当地事务，并以剥削的手段迅速聚集财产。辛亥革命后，因为马三瞎子被打伤致死，农民暴动，龙二老爷被打。之后，龙二老爷办洋学堂来抬高声望，找半雇农种田，但因为剥削过于严重，又引发了农民暴动。

《龙二老爷》将晚清到20世纪20年代的历史有机融入，编织起了一部宏大的时代史诗。"龙二老爷"从起势到失势的过程，正是中国社会剧烈变革的鲜明写照，它意味着，乡土中国的宗法结构最终将被革命彻底打破。尽管小说并没有进行革命理论的宣传，但正是在这种不动声色的克制冷静书写中，举重若轻地透视时代的巨大变革，显示出革命的必然趋势，也极力印证了顾仲起的创作转向。

结　语

顾仲起生性敏感，心思细腻，成长中的磨难给他脆弱心灵中带来了恒久

---

① 周作人：《地方与文艺》，见《谈龙集》，上海书店1930年版，第15页。
② 顾仲起：《龙二老爷》，江南书店1929年版，第70页。

的创伤，因此他的小说中充满了个人经历的倒影。他的小说，彰显出诗化叙述、苦闷自传、现实转向的多元化特质，而转向后的小说，也表现出一种新的格局与气象。然而，顾仲起终究是脆弱的，他并没有完全跳出心灵自造的囚室，在政治苦闷、经济苦闷、爱情苦闷的多重压力下[①]，他放弃了奋力的挣扎，于 1929 年自沉黄浦江，匆匆结束了年仅 27 岁的青春年华，给中国现代文坛留下了一声深长而无奈的叹息。由于种种原因，长期以来，顾仲起的现代小说一直被学界所忽视。顾仲起为中国现代文学尤其是江苏文学的发展做出了重要贡献，他的创作实属一座有待开掘的文学富矿。通过对顾仲起小说创作的综合阐释，不仅能还原他的文学创作风貌，重审他的文学史地位，对于中国现代文学来说，顾仲起的重新"发现"，亦是一种有益的补充。

---

① 阿英:《阿英全集》第 1 卷，安徽教育出版社 2003 年版，第 247 页。

第六章
爱情悲剧·浪漫抒情·心理分析
——陈白尘 20 世纪 20 年代小说创作论

引　言

　　陈白尘 (1908—1994)，原名陈征鸿，又名陈斐，江苏淮阴人，著名戏剧家，一生创作了五十余部戏剧。他的文学活动与文学之都南京也有着紧密联系，人生的最后十六年（1978—1994）均是在南京大学度过的，晚年在南京进行了大量的文学创作，对戏剧以至整个文艺事业有着卓越的影响和贡献。陈白尘以戏剧创作和戏剧理论研究驰名学界，但其实他在诸多文体上都有建树，"在小说、散文和电影文学等方面都奉献出了一批佳作"[①]，其文学生涯以撰写小说而滥觞。不过，研究界对陈白尘的小说创作罕有关注[②]。陈白尘的小说创作主要分为两个阶段——20 世纪 20 年代与 20 世纪 30 年代，两个阶段呈现出完全相异的艺术特质与审美风格。陈白尘 20 世纪 20 年代的短篇小说包括以陈增鸿之名发表于 1925 年 3 月《小说世界》第 9 卷第 12 期的《另一世界》、以陈征鸿之名发

[①]　胡文谦:《陈白尘及其文学创作新论》,《江苏社会科学》2016 年第 1 期。

[②]　参见高国藩:《陈白尘二十年代长篇小说创作》,《信阳师范学院学报》1982 年第 2 期；陆炜、董健:《论陈白尘的小说创作》,见胡星亮、胡文谦编《陈白尘研究资料》,人民文学出版社 2016 年版, 第 208-228 页。

表于 1927 年 9 月《小说世界》第 16 卷第 13 期的《林间》、以黄叶之名发表于 1928 年 6 月《小说世界》第 17 卷第 2 期的《微笑》。1929 年 4 月在大东书局以陈白尘之名出版了短篇小说集《风雨之夜》，内收《默》《报仇》《援救》《一夜》《真的自杀》《风雨之夜》《孤寂的楼上》七篇作品。中篇小说有 1929 年 5 月在芳草书店出版的《歧路》，长篇小说包括 1928 年 10 月在金屋书店出版的《漩涡》、1929 年 1 月在芳草书店出版的《一个狂浪的女子》、1929 年 4 月在芳草书店出版的《罪恶的花》、1929 年 11 月在泰东书局出版的《归来》。

第一部小说《另一世界》是模仿《镜花缘》创作而成，"我在 1924 年写的第一篇习作《另一世界》明明白白是模仿的《镜花缘》……其中确实既无鸳鸯，也无蝴蝶的"[①]。陈白尘通过描写主人公凌云生来到"另一世界"——"双言国""别署国""奇冤国""立而国""君子国"的奇遇，以讽刺、反语的技法，对现实社会中的种种问题、世相进行了讽喻和批判。陈白尘 20 世纪 20 年代的其他小说，均是围绕青年男女的恋爱、婚姻问题展开叙述，以浪漫主义的笔调描绘了现实世界中青年男女的一幕幕爱情悲剧和青年女性的种种悲惨命运，从而揭示了纯美的爱情、柔弱的女性终将被污浊、黑暗的社会所吞噬的创作主旨。通过描写青年男女的爱情悲剧、青年女性的悲惨命运，呈现与暴露了丑恶的人性与黑暗的世相。在创作过程中，陈白尘尤为注重心理描写与梦境呈现，深入人物的内心世界，挖掘现代人痛苦、矛盾、悲哀的精神状态。陈白尘 20 世纪 20 年代的小说，既具有问题小说的风范，又富有浪漫抒情的气质，还表现出心理小说的特性。

一、爱情悲剧的谱写

陈白尘 20 世纪 20 年代的小说围绕青年男女的恋爱、婚姻问题展开叙述。《林间》是陈白尘恋爱、婚姻小说的起步，彼时的陈白尘还在探索其爱情小说

---

① 陈白尘：《〈陈白尘选集·小说选〉编后记》，见胡星亮、胡文谦编《陈白尘研究资料》，人民文学出版社 2016 年版，第 434-435 页。

的写作方向。《林间》以"由最纯洁最真挚的爱情所结合，是彻底了解爱情真谛而结合"[①]的青年男女程紫波和董眠柳的离婚开篇，逐步揭示男女主人公只是不愿受世俗无形牢笼的枷锁，希冀追求"自然的真爱"[②]的真相，呈现出陈白尘对青年男女恋爱、婚姻问题的深刻哲理思考。在《林间》后，陈白尘20世纪20年代的小说就确立了以"悲剧"为内核建构文本的写作模式，谱写了青年男女的一幕幕爱情悲剧。在谱写爱情悲剧的过程中，呈现了青年女性的种种悲惨命运、暴露了丑恶的人性、批判了黑暗的社会世相。

《漩涡》描写了男女主人公黎梦梅与龚梅村的爱情悲剧，展现了龚梅村悲惨的一生。龚梅村的初恋柳永筹是一个有妇之夫，父母竭力反对二人相恋，梅村却被他骗去了贞操，只能委身于他。婚后，柳永筹的妻子对梅村百般刁难、非打即骂，梅村打算逃回家乡。在返乡途中，却被军阀唐遵孝强掳为姨太太。逃离唐的魔掌后来到上海，在胡芝瑛的帮助下进了大学，与黎梦梅相恋，引起了胡芝瑛的嫉妒。胡芝瑛与梦梅发生冲突，梦梅与梅村只得退学，艰难度日。胡芝瑛为了得到梅村，勾结唐遵孝，心狠手辣的唐遵孝则要置二人于死地。最终，梦梅与梅村在逃亡中坠海而亡。短篇小说《风雨之夜》则是长篇小说《漩涡》的一部分，截取了梅村和梦梅退学后的一个片段——在某个风雨之夜的窘迫生活展开叙述。陈白尘十分注重展现青年男女在相恋或结合后窘迫的生活状态，《孤寂的楼上》描写了男主人公雪结识失足女子素霞后，将她救出魔窟，却因此与父母断绝了关系。二人只能靠典当、变卖素霞的衣物、首饰度日。素霞为了不再连累雪，在雪外出变卖衣物时，悄然离去，上演了一出凄惨的爱情悲剧。在黑暗的社会中，即使梦梅和梅村摆脱掉了胡芝瑛、唐遵孝的追杀，他们最终的命运也极有可能同雪和素霞那样，窘迫压抑的生活状态、或分离或死亡的结局成为了青年男女的命运写照。雪和素霞、梦梅与梅村的爱情悲剧是一种典型的社会悲剧，青年男女被强大的黑恶势力——军阀与金钱所迫，尤其是金钱，成为爱情悲剧的根源。

---

①② 陈征鸿:《林间》,《小说世界》, 第16卷第13期, 1927年。

在《一个狂浪的女子》《罪恶的花》两部作品中，女主人公淑贞与洁如的悲惨命运极其相似。女学生淑贞被学长志清欺骗占有，怀孕生子后惨遭抛弃。孩子夭折后，淑贞为了谋生，做起了交际花，变换各种姓名，成了一个狂浪的女子。淑贞的好友露莎与雨珍真心相爱，家人却竭力反对她与穷困的雨珍来往，逼迫她嫁给一个富商。露莎为了爱情逃婚，淑贞也深爱着雨珍，但为了成全二人，也为了彻底摆脱这种放荡的生活，最终自杀身亡。洁如嫁给泽民前怀了他人的孩子，生下明儿后，终日被泽民和泽民的家人欺侮、虐待。洁如带着明儿回到家乡，父母早已去世，洁如便将明儿托付给弟弟清如。她像淑贞一样，变换姓名，在大城市做起了高级妓女。在被官僚黄世侯包养后，又结识了青年学生吴虹，与他产生了真挚的情感，被黄发现后，遂派流氓殴打驱逐了吴虹。洁如万念俱灰，逃回家乡接回明儿，偶遇吴虹。但悲惨的命运和黑暗的社会却不会让他们过上幸福的生活。饱受婶婶虐待的明儿早早夭折，泽民又寻来逼迫洁如做回自己的妻子。最终，心力交瘁、痛失爱儿的洁如逝去了。金钱逼迫淑贞和露莎向现实低头，造成了二人悲惨的命运，造成了露莎与雨珍、洁如与吴虹的爱情悲剧。

上述的爱情悲剧均是一种社会悲剧，展现了人与社会环境的冲突，"由于习俗和法律的影响变成了一种不可克服的界限，好像它已是一种习惯成自然的不公平的事，因此成为冲突的原因。奴隶地位，农奴地位，等级的差别，在许多国家里犹太人的处境，以及在某种意义上贵族出身与市民出身的矛盾都属于这一种。这种冲突在于按照人的概念，人有人应有的权利、关系、欲望、目的和要求，而由于上述的出身差别中某一种关系，它们仿佛受到一种自然力量的阻碍和危害"[1]，最终指向的是一个阶级与另一个阶级的冲突。

《默》《报仇》分别描写了封建大家庭中季森与二嫂、"他"与庶母之间朦胧纯洁又注定是悲剧结局的不伦之恋。二嫂和庶母有着悲惨的命运，季森的二哥终日花天酒地，二嫂独守空房，最后抑郁患病而死。庶母是一个青年

---

① ［德］黑格尔:《美学》第 1 卷，朱光潜译，商务印书馆 1979 年版，第 265 页。

学生，被"他"做军阀的父亲霸占，想要报仇却无能为力。季森和"他"对二嫂和庶母充满同情，他们之间产生了纯洁的爱情，但这朵爱情之花注定还未开放就要衰败，黑暗、强大的封建势力注定要将其扼杀摧毁，这又是典型的社会悲剧。在描写青年男女的爱情悲剧、青年女性的悲惨命运的同时，陈白尘或直接或间接地暴露了人性的丑恶、批判了黑暗的世相。《漩涡》《罪恶的花》暴露了金钱对人性的腐蚀，亲情荡然无存。梅村被唐遵孝强占后，屡次试图脱逃，一次偶遇远房姊妹吕竞民，便求助于她。吕竞民的人性却早已被金钱腐蚀，她无情地出卖了梅村，让梅村从希望陷入绝望。清如的妻子有着一副伪善的面孔，洁如将明儿托付给清如夫妻后，她便暴露了丑恶的人性，苛虐明儿，她是造成明儿早逝的凶手之一。陈白尘20世纪20年代的小说多次涉及军阀强掳女学生的黑暗世相，如《漩涡》中，唐遵孝霸占梅村；《报仇》中，"他"的庶母便是做军阀的父亲强掳来的女学生；《归来》中，军阀姜谷岩妄图掳夺沈雪莎。陈白尘还着重描写了失足女性这一沉重的社会问题。《援救》中，富有正义感的沧鸥试图援救他所偶遇的一个高级妓女和一个暗娼。《一夜》中，荷妹先是在家乡被吸食鸦片的父母强迫出卖肉体来养家，后来到城市又做了高级妓女。《真的自杀》中，曾是妓女的新太太，被志伟买回家后，不堪冷落而自杀。《孤寂的楼上》中，妓女素霞从良后，窘迫的现实逼迫她忍痛离开雪，虽未正面描写她离开后的生活，但为了生计很有可能重操旧业。《一个狂浪的女子》《罪恶的花》中的淑贞与洁如为了生计都无奈地做了高级妓女。

《微笑》《归来》则是新文学伊始，少有的描写青年男性在恋爱、婚姻中悲惨经历的小说。《微笑》的主人公"他"因所爱之人秦家二小姐嫁给了自己的好友裴君，而心性大变，终日陷入睡眠的状态。在睡眠中，才能感到甜适，一旦苏醒，则烦躁无比。最终，"他"为了能够永远地逃避现实，选择服食安神水自杀，死亡使他进入了永久的睡眠之中，得到了解脱，在死后露出了"很沉静的很优美的微笑"[1]。《归来》的主人公蒲又筠虽然冲破重重阻力与

---

① 黄叶：《微笑》，《小说世界》，第17卷第2期，1928年。

爱人沈雪莎结合，但婚后平淡、琐碎的生活使不安现状的雪莎背叛了又筠，与表哥江淑偷情。又筠发现后，选择投江自尽，后被一渔夫所救，却不敢再与雪莎相见，最终漂泊异乡。"他"与蒲又筠的爱情悲剧并非社会悲剧，而是一种典型的性格悲剧，"当人在追求不可企及的东西时，他注定是要失败的"[①]。"他"和蒲又筠对无法掌控的爱情的执着追求，"天生性情所造成的主体情欲……野心、贪婪乃至于爱情"[②]，分别形成了"他"与秦家二小姐、又筠与雪莎的戏剧冲突，冲突与悲剧的根源在于二人懦弱的性格。"他"以睡眠逃避现实，以死亡摆脱痛苦。又筠面对婚后日益冷淡的雪莎，终日以泪洗面，在发现雪莎与江淑的奸情后，先是买了短刀准备割腕，后决定投江。《归来》是陈白尘20世纪20年代的最后一部小说，在作品中，陈白尘对青年男女的恋爱、婚姻问题有了更深层次的思索。《归来》中，虽涉及了军阀对女学生的觊觎、封建家庭包办婚姻等社会问题，又筠和雪莎冲破了社会阻力结合，但他们的爱情依然以悲剧收场，悲剧产生的原因与社会、时代无关，而是自身性格——又筠的软弱、雪莎的滥情导致。

陈白尘20世纪20年代的最后两部小说《歧路》和《归来》，均描写的是性格悲剧，与《微笑》相呼应。在陈白尘20世纪20年代的小说中，社会时代因素是导致青年男女爱情悲剧的主要原因，而青年男女自身的性格问题也是造成爱情悲剧的重要因素。陈白尘对青年男女的恋爱、婚姻问题进行了深刻的理性思索，以社会悲剧和性格悲剧交相表现。

二、感伤的浪漫抒情

陈白尘是在郁达夫的启蒙下开启了小说创作的生涯，"'沉沦'于郁达夫先生的小说《沉沦》《迷羊》和《日记九种》等等之中了。为了崇拜这位大作

---

① ［美］尤金·奥尼尔：《论悲剧》，刘保瑞译，见《美国作家论文学》，生活·读书·新知三联书店1984年版，第243页。

② ［德］黑格尔：《美学》第1卷，朱光潜译，商务印书馆1979年版，第270页。

家，在 1927 年，曾多次跳上三路有轨电车在新闸路酱园弄那一站上等候他，以瞻仰风采，甚至向他请教。因为我知道他是每天必须去酱园弄会见王映霞女士的。因此，我那些描写恋爱的小说，其实是在模仿达夫先生的作品"[1]。陈白尘承继了"达夫那样的忧郁"[2]气质，"他的作品是充满了感伤的情调。当别人在叫唤群众或笑骂世俗的时候，作者就开始了他的诉苦愁申不平的低调"[3]，其 20 世纪 20 年代的小说呈现出了一种典型的忧郁、感伤的浪漫抒情气质。

陈白尘 20 世纪 20 年代的每部作品，主人公们几乎均处于悲哀（"顿觉到一些空幻的悲哀"[4]）、疑惧（"心在疑惧里碎了"[5]）、痛苦（"她痛苦地望着杯里"[6]）之中。悲哀、痛苦、疑惧的情感充斥每个角落，使陈白尘 20 世纪 20 年代的小说弥漫着忧郁、感伤的气质。一方面与内容、情节——青年男女的一幕幕爱情悲剧、青年女性的一出出悲惨命运息息相关。另一方面则是对郁达夫小说浪漫抒情风格的承继，"抒情主义这是现在文坛的特色的一个最适切的名词。这个名词用来说明现在文坛的特色比浪漫主义一语更为的确而有内容……'寒灰集'的作者便是这最适当的代表的一个"[7]。在艺术技法上，陈白尘首先使用了大量的比喻、象征，如《归来》中，作者将女主人公沈雪莎比喻为男主人公蒲又筹的鸦片，"这个使他兴奋的鸦片，就是他的新生命般的雪莎"[8]。"鸦片"既是比喻，又是一种象征。现实中的鸦片会使人感到精神的愉悦与舒畅，却伴随着极大的伤害，让人成瘾并最终丧命，是毒药更是催命符。陈白尘将雪莎比喻为鸦片，意味着雪莎对于又筹来说，是一把双刃剑，既能使苦苦追寻爱情的男主人公收获梦寐以求的真爱，得到暂时的甜蜜与兴

① 陈白尘：《〈陈白尘选集·小说选〉编后记》，见胡星亮、胡文谦编《陈白尘研究资料》，人民文学出版社 2016 年版，第 435 页。
② 郑伯奇：《导言》，见赵家璧主编，郑伯奇编《中国新文学大系·小说三集》，上海良友图书印刷公司 1935 年版，第 17 页。
③⑦ 郑伯奇：《〈寒灰集〉批评》，《洪水》，第 3 卷第 33 期，1927 年 5 月 16 日。
④ 陈白尘：《漩涡》，金屋书店 1928 年版，第 1 页。
⑤ 陈白尘：《漩涡》，金屋书店 1928 年版，第 9 页。
⑥ 陈白尘：《真的自杀》，见《风雨之夜》，大东书局 1929 年版，第 75 页。
⑧ 陈白尘：《归来》，泰东图书局 1929 年版，第 47 页。

奋，又预示着又筠不幸的未来。婚后，雪莎对又筠的爱越来越淡，与寄宿自己家中的表哥江淑偷情。又筠美好的梦想被雪莎的背叛击得粉碎，最终跳江自尽，虽被救却远走他乡。鸦片又是一种现实社会中具体的物象——"象"，对应着文中陈白尘的思想、情感——"意"，从而升华为"意象"，具有了隐喻、象征的特质。鸦片——意象——沈雪莎，暗示、象征了蒲又筠的悲剧命运。

郁达夫的小说富有浪漫的诗意，"作者的主观的抒情的态度，当然使他的作品，带有多量的诗的情调来。我常对人讲，达夫的作品，差不多篇篇都是散文诗，每一翻读他的作品，我的这自信越发觉得确实"[①]。主要体现在言语表述和遣词造句方面，"句法都非常适宜于抒情的；他用流丽而纤徐的文字，追怀过去的青春，发抒现在的悲苦……他描写自然，描写情绪的才能，也是现代有数的"[②]。陈白尘 20 世纪 20 年代的小说，在语言上承继了此种特质，以近似于散文诗般的行文进行浪漫抒情。"秋风吻着静寂的窗棂，秋虫歌着哀婉的死曲，秋月浴着愁人的心脾。我们在这境中，谁也要滴些心底泪点，梅村索性熄了油灯，引起那被灯光拒绝了的月色透进明窗，射到地上淡淡如霜，勾起人渺茫里悲哀的过去。"[③] 开头三句是典型的主谓宾结构的排比句，"静寂的窗棂""哀婉的死曲""愁人的心脾"则是典型的偏正结构短语。形式齐整、表述押韵、饱含诗意。"秋风""秋虫""秋月"这些客观物象，寄寓了陈白尘的思想情感，升华为意象，"意象是诗歌艺术最重要的组成部分之一"[④]。意象的应用使小说也具有了散文诗般暗示、幽婉的特性。在有限的字里行间，渗透着深刻的寓意，营造出浓郁的意境。隐喻了女主人公龚梅村悲哀、忧愁的心境，暗示着她漂泊无依、孤苦伶仃的命运。"可怜她的爱情，像湍急的瀑布，被断中流，洋溢的情呀，无处奔放！／她哭天，她诉地，她无计可求！她寻他，他如黄鹤悠悠；她要回家，有家难投！／悔不该呀，违背了老父的意

---

① ②　郑伯奇:《〈寒灰集〉批评》,《洪水》,第 3 卷第 33 期,1927 年 5 月 16 日。

③　陈白尘:《漩涡》,金屋书店 1928 年版,第 17 页。

④　陈植锷:《诗歌意象论》,中国社会科学出版社 1990 年版,第 13 页。

志，漂流远走！／悔不该呀，放任了自己的爱情，不知束收！"[1]洁如看到明儿饱受虐待、感到泽民的冷酷无情后，对这地狱般的生活充满了悲哀、恐惧与绝望，陈白尘将洁如的内在情绪转化为具体可感的激情唱诗——外在节奏，用外在节奏传递内在情绪。借助长短句、空行、押韵以及复沓、排比、对称、反复、并列等手法，使外在节奏形式参差错落、跌宕起伏，"节奏之于诗是它的外形，也是它的生命……没有诗是没有节奏的，没有节奏的便不是诗"[2]。在陈白尘20世纪20年代的小说中，幽婉含蓄的诗意表述、直抒胸臆的激情唱诗俯拾即是。

陈白尘忧郁、感伤的浪漫主义不是狭隘的个人言说，而是与社会、时代紧密相连，这也是对郁达夫小说浪漫抒情风格的承继，"我们也有可以注意的一点。作者的主观，既然由狭隘的自我，扩张到自己的身边，自己的周围，自己所处的社会和时代；因而，当然的结果，他的感伤的情绪，也由个人，逐渐扩大到社会人类。在'沉沦'的时代，他的苦痛，是自己对于自己生活的不满和不安，在这部'寒灰集'中，每篇都可以寻出他对自己周围的同情"[3]。除《微笑》《归来》描写的是性格悲剧，男女主人公的爱情悲剧源于爱或不爱，感伤的根源在于个人心理世界的悲苦与生理世界的伤痛，与社会、时代无关，以个人情绪淡化了外部冲突，以纯个人的爱情悲剧代替了社会性的爱情悲剧。其他作品，陈白尘均是以社会悲剧为主旨建构文本，男女主人公的悲哀、痛苦、疑惧的情感并非源自个人的忧郁、感伤，而是受社会、时代的影响。《漩涡》《报仇》中梅村和庶母的悲哀，源自军阀对女学生的无耻强掳与霸占。《真的自杀》《罪恶的花》中，新太太和洁如的悲哀，源自权贵和官僚将妓女纳为妾侍后的极端冷落或变态控制。《一夜》《孤寂的楼上》《漩涡》中荷妹与鸥、素霞与雪、梦梅与梅村的悲哀，源自金钱与阶级的压迫。

---

① 陈白尘：《罪恶的花》，芳草书店1929年版，第12页。

② 郭沫若：《论节奏》，见《郭沫若全集·文学编》第15卷，人民文学出版社1990年版，第353页。

③ 郑伯奇：《〈寒灰集〉批评》，《洪水》，第3卷第33期，1927年5月16日。

《漩涡》《罪恶的花》中，梅村、明儿的悲哀，源自人性的丑恶。每一部作品的悲哀均是相通相连的，由一个人物扩展到所有人物的身上，并延伸到他们所处的社会和时代之中。

陈白尘20世纪20年代小说的创作深受郁达夫的影响，在艺术技法、审美风格、创作主旨方面，表现出了一种典型的感伤、忧郁的浪漫抒情气质。其感伤、忧郁的浪漫抒情气质与社会问题、时代潮流紧密相连，呈现出作者强烈的社会责任感与使命感。

三、精细的心理分析

陈白尘在创作小说时，注重深入探索人物的精神世界，刻画人物的心理状态、描写人物的梦境，从而使其20世纪20年代的小说具有了心理小说的特性。陈白尘20世纪20年代小说的主题是描写青年男女的爱情悲剧，分为社会悲剧与性格悲剧两类，在对人物的精神世界进行探索与挖掘之时，分别对应了社会心理分析与个人心灵探索。长篇小说《罪恶的花》《一个狂浪的女子》《漩涡》以及短篇小说集《风雨之夜》是典型的社会心理分析小说，人物的精神世界——心理状态、梦境与社会、时代紧密相连，从而书写、绘制了20世纪20年代青年女性的时代精神史。长篇小说《归来》、中篇小说《歧路》、短篇小说《微笑》则是典型的个人心灵探索小说，人物的精神世界——心理状态、梦境与社会、时代的联系不是十分紧密，或是毫无关系，从而书写、绘制了20世纪20年代青年男性的个人精神史。

陈白尘以人的"心理状态"为切入，"心理活动的那种在一定期间内能够表明各种心理过程的独特性的一般特征，这种特征既决定于所反映的现实的对象和现象，也决定于个性的过去的状态和个别的心理特性"[①]。在其20世纪20年代的小说中，呈现了青年男女的心理状态，描写了人物的心理活动。陈

---

① ［苏］尼·德·列维托夫:《性格心理学问题》，佘增寿译，人民教育出版社1959年版，第94页。

白尘笔下女主人公的心理状态均处于悲哀、痛苦、疑惧、矛盾之中，通过对女主人公心理活动的详细描写，可以发现上述的心理状态具有持久性、稳定性的特点。无论何时何地，她们均无法摆脱此种心理状态，这是由外部压力导致的。以《罪恶的花》的女主人公洁如为例，她的人生大致可分为六个阶段，第一阶段：与一男子未婚先孕，同父亲断绝关系；第二阶段：怀有身孕走投无路，委身嫁给泽民做妾；第三阶段：无法忍受泽民正室对自己特别是明儿的侮辱欺凌而离家出走；第四阶段：回到家乡寻求父亲庇护，发现父亲早已去世，将明儿托付给弟弟和弟媳，自己去上海谋生；第五阶段：在上海被官僚黄世侯包养控制的同时与青年学生吴虹相恋；第六阶段：逃离上海，返乡接回明儿后打算奔赴异地，明儿早逝，再遇泽民追捕。她的悲哀、痛苦持续和贯通于人生的每一个阶段。《一个狂浪的女子》的女主人公淑贞、《漩涡》的女主人公梅村、《默》的女主人公二嫂、《报仇》的女主人公庶母、《一夜》的女主人公荷妹、《真的自杀》的女主人公新太太、《孤寂的楼上》的女主人公素霞，她们的命运与洁如何其相似。悲哀、痛苦、疑惧的心理状态在人生的每个阶段也不曾改变，这是由女性所处的社会和时代所决定的。

在创作过程中，陈白尘除了注重描写青年女性的心理活动，呈现她们的心理状态之外，还着重描写了她们的梦境。《漩涡》中，唐遵孝霸占梅村后，将她带回自己家乡，陈白尘详细描写了梅村来到唐家后的梦境：唐遵孝在深夜回家数次让梅村倒茶，她兀自不动，惹得唐遵孝大骂，梅村旋即与之对骂，并且手举茶壶朝他掷去，唐遵孝大怒拔枪射击梅村，梅村遂从这个噩梦中惊醒。人类的梦的本质是"不加掩饰的欲望满足"[1]，梅村的梦境与现实中她的欲望息息相关。梦中的唐遵孝比现实中要凶恶百倍，"满面布着怒容，凶恶的目光，深刻的皱纹，浓黑的眉毛，阔大的鼻孔，都在不住的活动"[2]。面对如此凶恶的唐遵孝和他所提的"倒茶"之要求，梦中的梅村默然不动、回头冷笑、与之对骂、举起茶壶掷他，这是现实中的梅村所不敢且极度渴望的欲望。梅

---

① ［奥］弗洛伊德：《释梦》，孙名之译，商务印书馆1996年版，第120页。
② 陈白尘：《漩涡》，金屋书店1928年版，第14页。

村痛恨与惧怕唐遵孝，想要反抗他的欲望被压抑，"它可以在白天产生但又被排斥，在这种情况下，被留到夜晚的欲望是未被处理但也是被压抑的"[1]。在白天被压抑的欲望得以入梦，生成梦境，这也是为何梦中的梅村投掷茶壶时手"战栗着"、在梦中被枪杀的原因所在。《一个狂浪的女子》中，淑贞见到梦中情人——学长韩雨珍后，陈白尘详细描写了她回到家中的梦境：身处地狱的她再次来到学校，看见了露莎，看见了自己中学里礼堂上五排靠墙的那个暗恋之人韩雨珍，她与梦中情人同赴天堂，恍若一对神仙眷侣。淑贞的梦境与现实中她的欲望息息相关，她上学期间对学校礼堂中"坐在第五排靠墙的"[2]那个男学生——韩雨珍一见钟情，却被另一学长志清骗得未婚先孕，从此沦落风尘，变得狂浪放荡。现实中的她再次见到梦中情人后，深感处在地狱之中的自己配不上雨珍，内心深处却又苦恋着对方。同时，对自己现在的生活充满羞耻的她，十分渴望、怀念原本纯洁的校园生活以及同好友露莎的友谊，这些极度压抑的欲望使她生成了此梦境。

通过对以洁如、梅村、淑贞为代表的青年女性的心理状态、心理活动与梦境的描写，揭示出她们试图改变自己悲惨命运的强烈愿望，但这愿望面对着强大、黑暗、凶恶的唐遵孝、黄世侯、泽民等军阀、权贵、官僚、封建势力的代表，只能以失败告终。身处时代洪流中的青年女性的灵魂必然是矛盾的，想要反抗却只能无力挣扎。陈白尘通过对青年女性心理世界的挖掘与剖析，试图思考造成这种苦痛、矛盾灵魂的时代根源所在，试图书写、绘制20世纪20年代青年女性的时代精神史。

《归来》《歧路》《微笑》三部作品的主人公均为青年男性，他们的心理状态也是疑惧、悲哀、痛苦，但他们的心理状态的形成与社会无关，而是由自身性格所决定的。在《归来》中，陈白尘深入男主人公蒲又筠的精神世界，对他心理活动进行了完整、详细的描写。他的人生大致可分为三个阶段，第一阶段：孤身一人的他极度渴望爱情，心灵状态十分悲哀与痛苦。第二阶段：与沈

---

[1] ［奥］弗洛伊德：《释梦》，孙名之译，商务印书馆1996年版，第545页。

[2] 陈白尘：《一个狂浪的女子》，芳草书店1929年版，第23页。

雪莎确立关系后，面对雪莎与表哥江淑的暧昧、面对军阀姜谷岩对雪莎的觊觎，尤其是面对雪莎不能时刻陪伴自己左右的相处模式，使又筠更加的悲哀与疑惧。第三阶段：为了躲避姜谷岩的骚扰，他与雪莎完婚，但繁杂琐碎的婚姻生活消磨掉了雪莎对又筠的爱，她甚至与寄住在自己家中的表哥江淑偷情，这使又筠痛苦、悲哀到了极点。军阀姜谷岩对沈雪莎的骚扰、封建家庭对蒲又筠的逼婚，是陈白尘特意设置的情节符号——蒲又筠的悲哀、痛苦、疑惧的心理状态与外部环境没有任何关系，在陈白尘小说中常见的恐怖黑暗势力对又筠与雪莎的爱情没有造成任何的破坏，二人的相恋、结合十分顺利。因此，虽然蒲又筠的心理状态同身处时代旋涡中的青年女性一样的悲哀、痛苦与疑惧，但他苦痛的灵魂与社会、时代无关，而是由自身性格、个人心灵所导致的。《歧路》的男主人公朱良玉、《微笑》的男主人公"他"的精神世界亦是如此，上述男主人公的性格共性是懦弱——逃避现实，不敢正视自身或爱人的性格问题。

他们梦境的生成也是由自身性格和个人心境所决定的，这是一种内部的力而非外部的力。《歧路》中，朱良玉曾梦到自己来到一个园子中，园子里有三处宫殿似的房子，Miss 许则在里面哭泣，他喜出望外，想要上前安慰，却被室友惊醒。朱良玉中意的 Miss 许被男友邹有宾压迫、欺侮，逼迫她退学同去日本。朱良玉虽然想要安慰与保护 Miss 许，却因懦弱的性格始终不敢在现实中付诸实践。另外，朱良玉有着强烈的性欲，但懦弱的性格使他每日流连于学校、住宅区、电车中，变态地盯着每一个女人，苦苦等候需要他"拯救"的女性，而不敢去主动追求心仪的女子。现实中想要保护、安慰、占有 Miss 许的欲望、现实中极端压抑的性欲——力比多，"性兴奋不仅来自所谓的性部位，更且来自全身各器官，如此我们为自己提供了一种原欲量子（libido quantum）的概念，我们称其精神表现为自我原欲（ego-libido）"[1]，转变为他的梦境。朱良玉的美梦假若不是被室友惊醒，梦中的朱良玉必然会去安慰意中人 Miss 许，甚至与意中人发生性关系，这是在现实生活中朱良玉极度渴望却

---

[1] ［奥］西格蒙特·弗洛伊德：《性学三论》，林克明译，太白文艺出版社2004年版，第94页。

又不敢实践的。《归来》伊始，单身时的蒲又筠曾梦到自己病入膏肓，学校中的几大美女周洁秋、黄曼华、沈雪莎、马静如齐聚病房安慰自己。与朱良玉类似，蒲又筠也十分渴望爱情的滋润，但现实中的他性格懦弱，能与沈雪莎恋爱、结合也是由于女方先表明的心意。现实中没有爱情滋润的他十分悲哀、痛苦，使他在梦境中变成了一个将死之人。现实中对美丽女性极度渴望的欲望，又使梦中的蒲又筠在将死之时得以群芳环绕。

陈白尘通过对蒲又筠、朱良玉以及"他"的心理状态、心理活动、梦境的详细剖析与描述、性心理的描写，展现了现代社会中的青年男性的精神面貌，反映其脆弱的心灵世界，呈现了时代青年男性的隐秘性心理。他们渴望女性、渴望爱情，却因自身性格的缺陷而怯于表白、追求，因此，他们的灵魂处于矛盾、苦痛之中。由此，书写、绘制了 20 世纪 20 年代青年男性的个人精神史。

结　语

陈白尘 20 世纪 20 年代的小说，以忧郁感伤的浪漫主义的笔触细描现实世界中青年男女的爱情悲剧，揭示青年女性的悲惨命运，揭示了纯美的爱情、柔弱的女性终将被污浊、黑暗的社会所吞噬的社会悲剧与性格悲剧，以心理描写与梦境深入人物复杂幽暗的内心世界，呈现酷烈又清醒、疼痛又无奈的人生本相与人世百态。陈白尘的戏剧研究已然十分成熟，但其小说研究则尚在起步中，研究成果十分欠缺。陈白尘的现代小说，特别是 20 世纪 20 年代的小说，创作上技法前卫、风格独特，紧跟时代、社会潮流，实属有待开掘的一座文学富矿。长期以来，学界甚至陈白尘本人对其在现代小说史上的贡献评价不足，通过对陈白尘 20 世纪 20 年代小说创作的阐释与论述，一方面能够使陈白尘早期的小说作品重新回归学界与大众的视野，另一方面则能够建构陈白尘文学创作的完整风貌。使学界重新审视陈白尘小说创作的重要实绩，重新界定其在新文学中的历史地位。

第七章
浪漫感伤·温厚理性·幽默讽刺
——陈瘦竹现代小说创作风格流变论

引 言

陈瘦竹 1940 年到江安国立戏剧专科学校任教，自此转向戏剧教学与戏剧研究。特别是在 1949 年之后，一直深耕戏剧理论，"建国 30 年来……我的主要精力用在教学上，其次写了关于文学和戏剧的论文"①。陈瘦竹在戏剧研究方面的突出成就却使人们逐渐忘却了他的小说家身份，学界对陈瘦竹的现代小说创作更是罕有关注②。1926 年以陈定节之名③在《弘毅月刊》第 1 卷第 5 期上发表了处女作《病的我（给母亲的一封信）》，登上了文坛，20–40 年代创作了

---

① 陈瘦竹：《自传》，见徐保卫编：《凝望与倾听——戏剧理论家陈瘦竹》，南京大学出版社 2000 年版，第 5-6 页。

② 相关研究见李国文：《作为小说家的陈瘦竹先生》，《新文学史料》1992 年第 3 期。

③ 陈瘦竹（1909—1990），江苏无锡人。原名陈定节、陈泰来，笔名陈门竹、石佛、若苇等。幼年丧父，自小过继给守望门寡的婶母，族中长辈遂取其名为"定节"，意为以继子来安定节妇之心。后以"定节"二字的部首"宀竹"作笔名"陈宀竹"，1927 年首次以"陈宀竹"之名在《泰东月刊》第 1 卷第 3 期发表小说《红豆》。其兄陈望绅以"瘦石"为笔名发表小说，"宀竹"又较为生僻，遂将笔名改为"陈瘦竹"，1931 年首次以"陈瘦竹"之名在《创作月刊》第 1 卷第 4 期发表小说《最后的晚餐》。1938 年他还以"石佛"为笔名在《东方杂志》第 35 卷第 5 期发表了《送烧饼的女孩》。

大量小说。事实上，陈瘦竹的现代小说数量众多，长、中、短篇兼具，在不同时期呈现出完全相异的创作主旨与审美风格。审美风格是"创作主体与对象的本质联系通过高度完美的文学作品所体现出来的鲜明独特的审美风貌"①。作品的审美风格是文学风格中最小的单位，它是作家的审美风格、流派的审美风格与文体的审美风格的构成基础。从早期的感伤主义风格到中期的严肃现实风格再到后期的讽刺幽默风格，陈瘦竹不断进行美学的探索与突破，实属有待开掘的一座文学富矿。本文通过对陈瘦竹现代小说创作审美风格流变的全面论述和阐释，钩沉陈瘦竹文学创作生涯，还原陈瘦竹的创作风貌，重审陈瘦竹小说创作的实绩，使陈瘦竹的现代小说重新回归学界与大众的视野，重评其在新文学史上的地位。

一、浪漫感伤的个人心灵探秘

20 世纪 20 年代，随着五四运动落潮，家国之忧，时代之思，身世之感，也带来了感伤主义的风潮，由郁达夫引领的"热情的反抗的间带着感伤主义的调子的浪漫主义的"②审美风格吸引了众多年轻创作者。由于推崇"文学作品，都是作家的自叙传"③，作家往往将个人情感、个人形象熔铸于作品，使作者与小说人物形成了高度互文共振。歌德《少年维特之烦恼》，施托姆《茵梦湖》，屠格涅夫的小说《前夜》，卢梭《忏悔录》都对浪漫抒情派作家产生了重要影响④。对个性解放、自我价值的张扬，苦闷的心理与忧郁浪漫的情愫抒发，是《沉沦》《残春》《孤雁》《壁画》等作品的重要标识。郁达夫将其称作

① 周振甫:《文学风格例话》，复旦大学出版社 2005 年版，第 33 页。
② 李何林:《近二十年中国文艺思潮论》，生活·读书·新知三联书店 2012 年版，第 114 页。
③ 郁达夫:《五六年来创作生活的回顾》，《文学周报》，1928 年，第 276-300 期。
④ 参见范伯群、朱栋霖主编《1898—1949 中外文学比较史》上，江苏教育出版社 1993 年版，第 352-355 页。

"殉情主义"①，郑伯奇则称之为"抒情文学"②。陈瘦竹的创作也不例外。陈瘦竹早期的短篇小说，有着鲜明的感伤主义风格。作品"总带有沉郁的悲哀，咏叹的声调，旧事的留恋，与宿命的嗟怨"③。一定程度上，他的创作带有郁达夫小说的影子，初期小说抒情主人公带有卢梭式的自白与维特式的自怜，为"零余者"形象谱系增添了新成员。他沉溺于感情世界的探秘，着墨于主人公个人心灵的剖析，以个人情绪结构全文。风格上，缠绵悲婉，孤独忧郁，充满浪漫伤感情调，细致书写个人的哀愁苦痛与不幸遭遇，以引起读者的同情。关注与表达个人精神世界的悲苦，而不在意时代环境的刻画。在体裁上，则钟情于书信体、回忆录，以第一人称的叙述形式来配合个人情绪的抒发与个人心灵的呈现。在语言上，则以忧郁、伤感的诗化表述，描绘个人苦痛的精神世界。

处女作《病的我（给母亲的一封信）》幽婉感伤，奠定了陈瘦竹20年代作品的基调。主人公脆弱多感，"我"于一次足球比赛中不幸拉伤肌肉，导致行动不便，腿部伤痛。生理的病痛使多愁善感、懦弱胆怯的"我"的心灵也感染了"伤病"，自比为"苦命的人儿……可怜的人儿"④。当"我"看到同学们在春光明媚的假期出游，联想到自己只能待在宿舍静养后，心灵的伤痛达到了顶点。精神与肉体的双重苦痛让我想起了疼爱自己的母亲，便向母亲倾诉自己的种种不幸，慨叹可怜可悲的人生和郁闷痛苦的内心，"我真的是懦怯者！落伍者了。什么都不及。……期月的小孩，小面庞天天伏在母亲的乳房旁边……可怜我，现在的我"⑤。陈瘦竹早期小说中的男主人公们多因性格缺陷，最终无一例外陷入了终日自怨自艾、悲苦彷徨的精神困境之中，"破灭了幻想后，失掉了希望后的心，是如何的无生趣，是如何的彷徨，是如何的

---

① 郁达夫：《五六年来创作生活的回顾》，《文学周报》，1928年，第276-300期。

② 郑伯奇：《〈寒灰集〉批评》，《洪水》，1927年，第3卷第33期。

③ 郁达夫：《文学概论》，见《郁达夫全集》第10卷，浙江大学出版社2007年版，第330页。

④⑤ 陈定节：《病的我（给母亲的一封信）》，《弘毅月刊》，1926年，第1卷第5期。

苦闷，是如何又怜惜又怨愤的难过呢！咳，我这时正陷于这种状态中"①。作者深入到"我"的精神世界之中，窥探、剖析、描绘"我"的心理状态，悲哀、痛苦、疑惧、忧郁的情感充溢全文，使陈瘦竹的早期小说弥漫着忧郁、孤独的气质。

《红豆》《钟声》《桃色的梦》《独眼龙》《十年》谱写了一曲曲幽婉凄恻的爱情悲歌。在《红豆》中，作者借"我"之口曾发出过对时代的拷问，"什么是廉耻？什么是体制？为什么男女不得亲近？为什么有正当之欲望不得满足？制礼的人呦，非笑人家的人呦，请你想你青年时代的经历"②，流露出时代青年的苦闷与彷徨。《红豆》中的"我"深爱"茉妹"、《钟声》中的"我"迷恋"琼妹"、《桃色的梦》中的"我"中意"娟娟"。因此，爱的欲望——"天生性情所造成的主体情欲……野心、贪婪乃至于爱情都属于这一类"③，驱使"我"努力制造各种机会去接近所爱之人，希冀表达内心无法抑制的汹涌爱意。在《红豆》中，"我"久经思量后买了象征相思之情的爱情信物——红豆，试图送给寄居在授业恩师"黄先生"家中的"茉妹"。在《钟声》中，"我"以讨论题目、游览梅园等借口试图约见"琼妹"。在《桃色的梦》中，"我"终日默默注视寄居在姑母家中的"娟娟"，渴望她能体察"我"的爱意。但男主人公们却有着出奇一致的性格特质——懦弱、胆怯、羞涩，"我时常看看姑母的颜色，我是恐怕她窥破了我们的秘密呢？！虽然姑母是很爱我的，什么东西都随我的意，从没有责罚过我，可是我害怕到不得了，好似姑母在准备着打我骂我，好似犯罪者跪见了法官"④。陈瘦竹着力描摹了男主人公们瞻前顾后、畏首畏尾的内心世界，"危险！万一有人看见了，便怎样呢！在平常人看见已经危险；假若不幸给黄先生看见了，更怎样呢？他这次请我来一半固由于近仁要研究近代文学，但一半还因为他心目中的我，是品行端方，所

---

①　陈瘦竹：《钟声》，《泰东月刊》，1928年，第1卷第5期。

②　陈瘦竹：《红豆》，《泰东月刊》，1927年，第1卷第3期。

③　[德]黑格尔：《美学》第1卷，朱光潜译，商务印书馆1979年版，第270页。

④　陈瘦竹：《桃色的梦》，《春潮》，1929年，第1卷第5期。

以叫我来，做做近仁等的模范。咳，假若被他看破了我这次的行为，那么，我还有面目做人吗？真巧，真巧极，我还是立刻走的好"①。

男主人公患有时代忧郁症，如于质夫一般敏感而神经质，性格的缺陷使他们不敢示爱，压抑内心强烈的情感，最终情深缘浅，爱而不得。在《独眼龙》中，陈瘦竹描写了一位外号为"独眼龙"的农人悲惨的一生，以细腻的心理描写挖掘主人公孤独、痛苦、悲哀的个人心灵状态。陈瘦竹穿插了"独眼龙"的大量回忆，揭秘了他孤独心灵构筑的缘由。未能与初恋"荷妹"相守终生是他一生难以磨灭的苦痛。原本这种苦痛随着结婚生子而逐渐消散，但妻子与儿子却不幸身亡。当他远离伤心地开始新生活后，命运再次戏耍了这个可怜人，他发现"荷妹"竟也生活在此，并早已嫁为人妇人母。独眼龙再次经受沉重打击，感到世界的崩塌。小说结尾，他悄悄来到"荷妹"的家外，偷偷望着"荷妹"温馨的一家，感到彻骨心痛，"他看着他们怎样熄灯睡觉，听着他们高低的鼾声，他们底空气是暖的，他们底滋味是甜的。他呢，只独自一个。在无边的黑暗中，连影子也没有年已垂老，还流落在客乡。他想着他那已死的妻子，小关，心上涌起一阵难以形容的血腥"②。热闹与孤独、温馨与悲哀、幸福与苦痛的触目对比，彻底击毁了这个可怜人，使他堕入苦痛的深渊。《十年》中，"小娜母亲"被权势阶层以爱人"杰伯"的性命胁迫，无奈被侮辱被损害，为了爱人忍痛隐居，临死前才向爱人道明真相，二人再见之时却已阴阳永隔③。

《红豆》《钟声》《桃色的梦》《病的我（给母亲的一封信）》等作品，或以书信体、或以回忆录的体裁形式，以第一人称"我"进行叙述，再配以忧郁、伤感的诗化表述进行传情达意。"在这无力的秋阳下，在这寂静的寺院内，在这清淡的香氛里，在这幽静的钟声中：我勉强抬起昏沉沉的头，张开

---

① 陈瘦竹：《红豆》，《泰东月刊》，1927 年，第 1 卷第 3 期。
② 陈瘦竹：《独眼龙》，《平沙》，1932 年，第 7-9 期。
③ 陈瘦竹：《十年》，《真美善》，1930 年，第 5 卷第 6 期。

了花蒙蒙的眼，用了这钝的铅笔在这黄色的抄经纸上，来写这么许多字"①，"秋阳""寺院""钟声"这些客观物象，寄寓了"我"向"琼妹"求爱不得自杀未遂后，心如死灰、皈依佛门的思想情感。"我差不多是失败的战士，巡行那曾经给敌人打败了的战地；我差不多是迷途的羔羊，踯躅在渺无人烟夕阳下的荒冢！寂寞凄凉，萧条冷落！我又似被摈在云霄之上，黄泉之下，对着那可恶的人世，不住号啕大哭！我似被锁在深宫，被囚在黑狱，渴望那明媚的光，不住地叹息流泪"②。"失败的战士""迷途的羔羊""荒冢""深宫""黑狱"，这些客观物象，寄寓了"我"向"茉妹"赠送红豆失败后心如死灰的思想情感。"象"是现实社会、自然世界中具体可感、可触的物象，是"意"的客观对应物，"意象是诗歌艺术最重要的组成部分之一"③。意象的应用使小说也具有了诗歌的特性，在有限的字里行间，渗透着深刻的寓意，营造出浓郁的意境。在语言表述上，陈瘦竹将内在诗情转化为具体可感的外在节奏，借助长短句、押韵、复沓、排比、对称、反复、并列等手法，使外在的语言节奏形式参差错落、跌宕起伏，用外在节奏传递内在情绪，"节奏之于诗是它的外形，也是它的生命……没有诗是没有节奏的，没有节奏的便不是诗"④。在陈瘦竹的早期小说中，幽婉含蓄的诗意表述、直抒胸臆的激情唱诗俯拾即是，还将一些诗歌直接注入作品之内，配合创作主旨，使小说极具浪漫感伤的忧郁气质。

陈瘦竹的早期小说基本是以"陈广竹"为笔名，具有鲜明的感伤主义风格，多为自我情绪的抒发与情感的宣泄，沉溺于忧郁悲伤的氛围中难以自拔。这与"五四"的时代思潮有着密切关联。孱弱的个人从家庭的桎梏中解放出来茫然四顾，无处依归，自然带来了忧郁感伤的审美风气。而在20世纪30

① 陈广竹：《钟声》，《泰东月刊》，1928年，第1卷第5期。
② 陈广竹：《红豆》，《泰东月刊》，1927年，第1卷第3期。
③ 陈植锷：《诗歌意象论》，中国社会科学出版社1990年版，第13页。
④ 郭沫若：《论节奏》，见《郭沫若全集·文学编》第15卷，人民文学出版社1990年版，第353页。

年代，陈瘦竹开启了转型之路。在创作主旨、审美风格、艺术技法等方面明显呈现出与之前创作相异的特质，标志着陈瘦竹的现代小说创作开始发生转向，由浪漫感伤的个人心灵探秘转向了对严峻社会问题的力度透视和剖析。

二、温厚理性的社会问题透视

20世纪30年代，陈瘦竹以"陈瘦竹"的笔名创作小说后，实现了创作转向，不再闭锁于自我的象牙塔之中，而是注目于广阔的十字街头。小说《诀别》是陈瘦竹最后的一部书信体小说，也是"我"与过去自我的一封诀别信与明志书，"丽沙，记住最后一句话，诀别你的旧梦，将你的热情放在痛苦的群众身上，这样你是永远不失望的"①。他不再沉溺于个人伤感的抒发，而是以诚挚深沉的人道主义精神，关注现实人生、同情弱势群体，以温润理性现实主义的笔端透视严峻的社会问题。不管是在题材的深度还是广度上，都实现了重要突破，也带来了创作的新变。

陈瘦竹出身贫苦，因此对于社会弱势群体深藏同情，将关怀的目光投注到社会底层人物身上。他们多是乡镇百姓，抑或是不得志的小知识分子。他以关怀与理解，抚慰小人物的挣扎灵魂，既有遭受盘剥破产碾压的农民，也有被侮辱损害的女性，既有在战争中被凌辱的普通人，也有恓惶于生存的小知识分子。对于小人物的生活，陈瘦竹以温情的日常化笔触进行细致勾勒，既不沉溺于一地鸡毛的琐碎，又不凌空高蹈地进行批判。抱定同情之理解，正体现出其温厚的态度。如在《遗憾》中，原本亲密的兄弟在各自成家又分家后却"变作仇人"②，不相往来。母亲重病后，兄弟二人合力照顾母亲，关系渐渐缓和，母亲去世后，二人的仇恨也烟消云散。《牺牲》中"小岩"和"玫君"追求爱情至上，但婚后抚养孩童、谋生赚钱、经营家庭的琐碎生活打破了他们的幻想，二人由相爱相知变成抱怨不满，但看到嗷嗷待哺的幼子后，

---

① 陈瘦竹：《诀别》，《艺术旬刊》，1932年，第1卷第8期。

② 陈瘦竹：《遗憾》，《文艺月刊》，1934年，第7卷第2期。

又都无奈释怀①。《同病》"先生"原本生活条件优渥，不幸失业后辞了佣人"张妈"，主仆"都是可怜虫，同样失业"②，可谓同病相怜。《巨石》中，"毅民"出身农村、家境贫寒，父母为了供他读书早已债台高筑。"毅民"成为全家的希望所在，本以为毕业后毅民会"赚大钱……有官做"③，但他找工作屡屡碰壁，最后只能带着心中的"巨石"回到家乡。

20 世纪 30 年代，随着外国资本的入侵，中国农村经济受到极大冲击，加之时局动荡，农民在层层盘剥中生活往往难以为继。农村的破产与农民的困境引发了作家们对于农村问题的关注。《春蚕》《秋收》《丰收》《多收了三五斗》等作品的涌现，带动了"丰收成灾"题材的小热潮，仅《现代》杂志一年就刊出"二三十篇"④。在左翼作家笔下，"丰收成灾"的书写必然导向革命的行动，为了强化革命逻辑，革命作家们纷纷采取了对现实的遮蔽与改写。通过强化农民的悲惨遭遇与阶级对立，导向必然的革命行动，是常见的书写套路。《丰收》不同于革命作家的激进，尽管陈瘦竹将目光转向广阔的乡土中国，但他拒斥革命口号的叫嚣，也未被激进的革命意识裹挟淹没，而是以理性、温润、含蓄之笔触揭示乡村的创痛。他细致揭出社会病苦，但并不急于开猛烈的革命药方，在时代大左旋中保持了一种相对独立与温和。

陈瘦竹饱蘸人道主义情感，以充满温情的现实主义笔触描摹农民的艰难生存境况。在《丰年》中，"四大麻"带着年仅 12 岁的儿子"阿毛"在酷热的夏季从早到晚死命车水，辛勤的劳作却无法改善穷困的生活，家中一贫如洗，只能借债引水灌溉、借米度日。秋季粮食丰收后，米价却跌入谷底，"洋麦来得太多了，还有洋米。洋货便宜，土货没有人要……世界真全变了，土米没有销路……种田的人也没有了？什么世界米贱得这个样子"⑤。《丰年》以

---

① 陈瘦竹：《牺牲》，《东方杂志》，1936 年，第 33 卷第 24 期。

② 陈瘦竹：《同病》，《中外月刊》，1936 年，第 1 卷第 3 期。

③ 陈瘦竹：《巨石》，《申报月刊》，1933 年，第 2 卷第 8 期。

④ 编者：《四卷狂大号告读者》，《现代》，1933 年，第 4 卷第 1 期。

⑤ 陈瘦竹：《丰年》，《艺术》，1933 年，第 1 期。

悲剧反讽揭示了农村经济的崩溃和农民悲惨现状。在外国资本的入侵和冲击下、在权势阶层的盘剥吸血中，中国农民即使终日辛勤劳作，却仍旧逃不过丰年破产、谷贱伤农的噩梦。同样的，在《牛》中，"小喜"的父亲为了还债将农民视为命脉的耕牛卖给杀牛人①。农村的破产必然导致农民流向城市，《十年》里，"小娜母亲"与"杰伯"为了生存只能到城市谋生，《最后的晚餐》中，团圆的除夕夜对吴家人来说，却是痛苦的离别日。同样的，谢庄的"三太婆"也在除夕夜里孤身一人，无比凄凉②。进城往往要面对骨肉分离的痛苦。《孤儿》③中的安安，《奈何天》④中的"云宝"都是留守儿童，终日思念父母。不难看到，"安安"的母亲、"三老爹"的两个儿媳、"三太婆"的儿子儿媳、"小阿二"和妻子，以他们为代表的农民进城，是被黑暗的社会现实所迫，"为债主与田主所逼，将田地变卖的阴惨事实"⑤，也是为了最基本的求生本能，"因为大家都还想活着，不愿死去"⑥，这是一种被动的、充满血与泪的人口流动。在外国资本的入侵下，农村经济的日益衰败；农村权势阶层对底层人民的残酷压榨和血腥盘剥，导致农民生活难以为继，只能漂泊在城市黾勉求生。陈瘦竹针对农村中的种种社会问题进行了细致描写、深刻剖析与批判，流露出强烈的人文关怀。

陈瘦竹的温厚还体现在他对底层女性的悲悯与观照，体恤被侮辱被损害的农村女性的艰辛与劳瘁，以不忍之心叙写她们的悲剧。《灿烂的火花》中，童养媳"爱爱"被婆婆折磨虐待，不幸染病而亡；当地权贵"光先生"霸占寡妇"爱爱娘"的田地，并借机屡次强暴她⑦。《薄暮》"小菊"靠采菱养家糊口，但鲜菱的热销惹得"秃头阿三"嫉妒万分，在他的恐吓欺压下，"小菊"的生意再也难以为继。《小快船》里，朱雀镇少女"秀姑"被当地权贵"宏少

---

① 陈瘦竹:《牛》,《东方杂志》,1936 年,第 33 卷第 3 期。
② 陈瘦竹:《剥夺》,《艺术》,1933 年,第 2 期。
③⑥ 陈瘦竹:《孤儿》,《真美善》,1930 年,第 5 卷第 4 期。
④ 陈瘦竹:《奈何天》,《文学》,1934 年,第 2 卷第 2 期。
⑤ 陈瘦竹:《最后的晚餐》,《创作月刊》,1931 年,第 1 卷第 4 期。
⑦ 陈瘦竹:《灿烂的火花》,励群书店 1928 年版,第 187 页。

爷"欺骗玩弄后惨遭无情抛弃，怀有身孕的她只能投河自杀。《送烧饼的女孩》中，花花公子梦梨勾引玩弄纯真的杏珠并将她抛弃，杏珠只得一个人带着孩子艰苦度日①。《一个农妇底悲剧》中，寡妇"五嫂"被公婆卖给"金麻"，"金麻"染病去世后，"五嫂"无奈又做了"王老青"小老婆。

20世纪30年代后期，民族战争的硝烟燃遍大地，民族的危亡也刺激了作家的敏感神经，纷纷由象牙塔内转向十字街头，以笔为枪，参与文化抗战。受到时代风潮的影响，陈瘦竹也创作了一系列抗战题材的小说。不同于很多抗战小说的激昂慷慨、血肉横飞，直陈暴行，陈瘦竹往往通过侧面描写，揭示侵略者的暴虐。不管是《武汉人》②《鸡鸭——沦陷区风景片之一》③，还是《春雷》，都难见战场的正面描写。他以质朴的语言侧写苦痛的战争经验，并对战争进行深邃的哲理反思与深层探究。陈瘦竹尤其注重呈现大众的觉醒与反抗，以及反抗的艰难、被动与复杂的过程。原本没有国家观念、抗战意识的平常百姓，在受到侵害后逐步觉醒。他们或有不顾一切的勇气，或在畏缩中前进。《庭训》中的主人公"张老爹"是一个最普通的农民，却有着最崇高的觉悟。抗战爆发后，将两个儿子先后送到战场④。与深明大义的"张老爹"不同，在《抗争》《入伍前——记一个女战士的经历》《湖上恩仇记》《三人行》《曙光》《春雷》等作品中，陈瘦竹则注重呈现"无名之辈"们觉醒的过程，面对侵略，逐步摆脱一盘散沙的状态，爱国意识、民族意识逐步萌发。而觉醒的过程，更能真实地呈现人性的丰富，因为"大部分的人物，都是心态迟疑不定的人"⑤。《抗争》中翁家庄的农人们将李巷人的悲惨遭遇当作有趣谈资⑥，而《湖上恩仇记》中，三郎也并没有家国意识；《三人行》里，"小黑

① 石佛：《送烧饼的女孩》，《东方杂志》，1938年，第35卷第5期。

② 陈瘦竹：《武汉人》，《抗战文艺》，1938年，第2卷第10期。

③ 陈瘦竹：《鸡鸭——沦陷区风景片之一》，见《水沫集》，华中图书公司1942年版，第123页。

④ 陈瘦竹：《庭训》，《文艺月刊》，1939年，第3卷第3/4期。

⑤ 陈西滢：《春雷》，《中央周刊》，1942年，第4卷第39期。

⑥ 陈瘦竹：《抗争》，《文艺月刊》，1939年，第2卷第9/10期。

子""毛三郎"与"醉八仙"面对日寇同样逆来顺受、忍气吞声。直到侵略者威胁到他们的生命、触犯了他们的利益之后，他们才开始反抗。"三郎"也在惨烈现实中觉醒和自我启蒙，"杀鬼子是我的本分，不为了谁"①。《曙光》②中，日寇调戏了"春郎"的妻子，"春郎"决定复仇。"小黑子""毛三郎"觉醒与反抗的原因在于他们心爱的女子"春姑娘"被日寇轮奸致死，"醉八仙"则因不幸遭遇日寇殴打而掀起了反抗的大旗。《入伍前——记一个女战士的经历》③里软弱的"刘静"，以及《春雷》里温柔善良的"石凤"，都在战争中淬炼成长。她们从温室的迷梦中醒来，割断与家庭的联系，参军卫国。

陈瘦竹深知大众觉醒的艰难，也深知公众启蒙之路漫漫。"公众只能是很缓慢地获得启蒙。通过一场革命或许很可以实现推翻个人专制以及贪婪心和权势欲的压迫，但却绝不能实现思想方式的真正改革。"④因此，除了在战争中觉醒的先行者，还有大批的庸众畏缩不前，他们缺少大局观念，胆小怕事，但求自保，生怕受到牵连，却不知敌人的屠刀早已高悬头顶。《曙光》中面对春郎杀日本兵的提议，乡邻们有着火热的态度，但却不敢付诸行动⑤。《三人行》中，面对日本兵被杀后日寇进行的大肆搜捕，乡人们怯懦自私怕担责任的国民性便暴露出来，"离开了团体，个人便毫无办法，大家活就跟着活，大家死就跟着死"⑥。陈瘦竹对人性的缺点有着充分的细察，他拒斥廉价的乐观主义，真实地呈现了大众在战争中的复杂心态。不管是主动参战还是被迫抗争，不管是振臂一呼还是畏缩不前，陈瘦竹以质朴的语言、深邃的反思揭示了大众在民族战争年代复杂的生存样态。

陈瘦竹在文学大众化上进行了艰苦的努力。他抛却20世纪20年代缠绵感伤、文艺腔的语言，深入到民间生活中，以质朴的方言土语道出强烈的民

---

① 陈瘦竹:《湖上恩仇记》,《东方杂志》,1939年，第36卷第9期。

②⑤ 陈瘦竹:《曙光》,《文艺月刊》,1938年，第2卷第3期。

③ 陈瘦竹:《入伍前——记一个女战士的经历》,《学生杂志》,1939年，第19卷第9期。

④ ［德］康德:《回复这个问题:"什么是启蒙运动?"》,见《历史理性批判文集》,何兆武译，商务印书馆1990年版，第24页。

⑥ 陈瘦竹:《三人行》,见《水沫集》,华中图书公司1942年版，第78-79页。

族情感。他的抗战小说除《武汉人》《入伍前——记一个女战士的经历》外，均是口语谱写而成。以农村为主的创作背景，在语言风格上自然具有典型的大众化特质，"文学大众化首先就是要创造大众看得懂的作品，在这里，'文字'就成了先决问题。'之乎也者'的文言，'五四式'的白话，都不是劳苦大众所看得懂的"①。原生态、未加修饰、不避俚俗的大众化语言在这一时期陈瘦竹的小说中俯拾皆是。例如，"中屁用""漏风嘴""东洋鬼""夹忙头里膀抽筋""棺材里伸出手来死要"，等等，活画出人物的性格。值得注意的是，这里的方言土语是调和过的，陈瘦竹"把方言国语化到某一种程度"，保留"部分语调和土话"，由此增添了国语的"色泽和力量"②。方言土语的融入，丰富、生动、活泼的语言表述展现了底层民众的真实生活状态，刻画出"活生生的乡村人物"，运用质朴甚至粗俗的口语写作的现代小说也拉近了文学与人民的距离，也使作品有了更多的受众。

陈瘦竹的小说创作，早已告别了早期小说浪漫感伤的忧郁气质，以理性温和的现实主义的笔端去摹写种种社会问题，对一系列严峻的社会问题进行了有力透视，尤为关注农民的生存状态、乡村的社会世相、农村女性的命运遭遇、战争中的生灵涂炭。陈瘦竹的创作转型，不仅更新了创作风格，拓展了表现空间，丰富了创作题材，在社会与人性的勘探上也显示出空前的深度，承继与发扬了五四学人高度的社会责任感与文学使命感，彰显出文学的社会启蒙功能。

三、幽默讽刺的人生笑剧展演

陈瘦竹将喜剧的魅力归结为"笑"，"笑是人们感情的自然流露，一种美学评价。由于剧作家以不同的态度来描写不同的对象，喜剧所引起的笑就有

---

① 起应：《关于文学大众化》，见文振庭编：《文艺大众化问题讨论资料》，上海文艺出版社 1987 年版，第 139 页。

② 陈西滢：《春雷》，《中央周刊》，1942 年，第 4 卷第 39 期。

不同的性质"①。在陈瘦竹看来，喜剧即为一种笑剧，笑的种类主要包括"讽刺"与"幽默"，"这种喜剧，我们称作讽刺喜剧……讽刺的笑表示鄙视和憎恶的感情"②，还有一种笑不是无情的讽刺，"而是善意的批评。这种笑，笑得幽默，笑得亲切，我们把这类喜剧称为幽默喜剧"③。陈瘦竹的现代小说中，也深深烙印着他的喜剧观，他以"讽刺"与"幽默"的笔法展演一出出人生笑剧。

20世纪30—40年代，中国现代小说的讽刺艺术趋于成熟，建立起独特的审美范式。张天翼的《华威先生》、沙汀的《淘金记》、钱钟书的《围城》、师陀的《结婚》、张恨水的《八十一梦》都表现出独特的讽刺风格，注重社会性，追求"婉而多讽"的美学原则，以对比、夸张、反语为语体形式④。不同于张天翼的辛辣，也不同于钱钟书的犀利，陈瘦竹以温厚之心进行善意的讽刺和亲切的批评。在"笑"中，暴露问题、批判丑恶、表达同情、刻画人生，以小见大地剖析人性、国民性以及特殊历史时代背景下的种种社会问题，令人莞尔的同时，发人深思与警醒。不管是鄙陋的乡民，还是卑微的小知识分子，抑或是现代女性，陈瘦竹以贴着人物写的笔法，诙谐中带有讽刺，幽默中蕴含批判，绘制出变动时代下小人物的可笑与仓皇。

《雪花膏的故事》《外国人》《田》《卸任》《午后》等小说均以农村生活为背景，言语幽默，布局精巧。《雪花膏的故事》《外国人》展现了农民面对"雪花膏"和"外国人"这两种新奇的物与人的态度和反应。《雪花膏的故事》中，"小菊"一家从未用过雪花膏，母亲"老牛嫂"更将其视为洪水猛兽，说用过雪花膏的女人"有那一阵骚臭气，叫人闻到便恶心"⑤。"小菊"却对它充满好奇，买了一小瓶偷偷带回家，被母亲发现。"老牛嫂"本想教训"小菊"，

---

① 陈瘦竹、沈蔚德:《论悲剧与喜剧》，上海文艺出版社1983年版，第72-73页。
② 陈瘦竹、沈蔚德:《论悲剧与喜剧》，上海文艺出版社1983年版，第73页。
③ 陈瘦竹、沈蔚德:《论悲剧与喜剧》，上海文艺出版社1983年版，第74页。
④ 王卫平:《钱钟书对中国讽刺幽默文学的贡献》，《贵州大学学报》1998年第2期。
⑤ 陈瘦竹:《雪花膏的故事》，《东方杂志》，1936年，第33卷第6期。

却发现涂抹雪花膏后不仅身体带有香气，更能使皮肤顺滑，就把它分享给家人，尤其是在寒冬中辛苦劳作的丈夫。全家人接受并喜欢上雪花膏。小说以幽默的对话、巧妙的布局展现了"小菊"一家对雪花膏态度的改变，揭示了农村的闭塞。《外国人》也反映了这一问题，小说描写在南京教会学校上学的"善生"带着学校外籍教师"威尔逊先生"来到家乡游玩，却被当成奇景围观。同村的"王大嫂"甚至希望"善生"能让"威尔逊先生"在白纸上用红砂画个符，挂在生病的家人床上"退一退鬼"①，因为"外国人镇得住本地的鬼"②。从村民尤其是"王大嫂"对外国人的态度与反应，折射出农民的无知、愚昧，根源还是在于经济的凋敝、社会的落后、信息的封闭。《午后》则刻画了午后一个茶馆内喝茶乡民的群像。在农村，"张老二"家的八卦轶事远比"吴二先"报纸上的热点时事、家国大事有趣得多，"你说你的，我说我的，结果丢开了吴二先"③。小说以幽默的对话侧面展现了农人的日常生活与人生态度，这是陈瘦竹小说中力图批判的——只顾眼前，不计将来，没有国家的观念，闭锁在愚昧、落后的社会之中，对时代的变化发展充耳不闻。《卸任》则描写了乡绅"清爷"借儿子"宏少爷"大学毕业为由头在镇上酒店请客，周遭乡人都被请去喝酒，实则是变相向众人收取礼金。"清爷"借此向众人宣布"卸任"，将由儿子接替自己处理事务。"清爷"请客，乡民虽不情愿，却无不到场，酒店内回响着众人对"清爷"虚伪的"颂赞"，"没有清爷那样的人，那还了得"④。"清爷"的卸任意味着另一个"清爷"——"宏少爷"的接班，乡民的反应也揭示出农人被乡绅鱼肉却不敢反抗的可悲现实，讽刺和批判了乡绅恶霸对乡民的盘剥。

《声价》《囤积》《生日礼》《师道》四部作品，均是以抗战时期的教师、基层公务员阶层的生活状况为背景创作而成。不同于以《寒夜》为代表的用悲剧笔法呈现小知识分子现实人生的小说创作，以《声价》为代表的小知识分子书

---

① ② 陈瘦竹:《外国人》,《东方杂志》,1935 年, 第 32 卷第 2 期。

③ 陈瘦竹:《午后》,《星火》,1935 年, 第 1 卷第 2 期。

④ 陈瘦竹:《卸任》,《东方杂志》,1936 年, 第 33 卷第 15 期。

写，以幽默、讽刺的笔调去绘制小知识分子阶层那狼狈、无奈的人生笑剧，进而暴露社会问题、暴露人性和国民性。"王大成"刚搬到租住的周家时，"周恕斋"就谦卑搭讪，当得知"王大成"的收入尤其是他与县长的同学关系后，更是极尽巴结之能事，甚至不惜悔婚，让女儿嫁给"王大成"。物价飞涨后，"王大成"的工资开始入不敷出，周家人视财如命、趋炎附势的人性便暴露出来。他们对"王大成"终日指桑骂槐、抱怨颇多，以一种"杀人不见血"的精神虐待方式残酷对待他，"王大成"最终被逼出走。他初到小镇时发自肺腑的一句感慨："真是世外桃源呀"①，其表意层——世外桃源，与内蕴层——小镇居民的丑恶人性形成了强烈的冲突——反讽。陈瘦竹一方面展现了物价飞涨下人民的艰辛生活，另一方面，则讽刺、批判了丑恶的人性，暴露了国民劣根性。

《囤积》与《声价》一样，也是以物价飞涨的社会背景为切入。抗战时期物价飞涨，外省来的中学教师"李老师"为了养活家人，便想囤积谷子，赚取差价。他通过当地"周保长"联系农户，花八百元收购谷子，"周保长"却屡屡失约，找各种借口敷衍，"李老师"只能屡次催促。他苦等谷子，又碍于面子不敢声张，以精神胜利法聊以自慰，"你以为我真是一个傻瓜吗？他们敢来骗我吗？休想！他们那些流氓地痞只能欺负乡下老百姓，敢来欺负我们教书先生吗？他们敢不讲信用吗，不顾名誉，我们就送他们到宫里去。我这教书辛苦得来的八百块钱，就这么好容易落水了？"②《师道》中的中学老师们，同"李老师"一样，虽然也想认真教学，但无奈现实的压力迫使他们汲汲于物价和金钱，"这有啥子办法，生活艰难，那个不想弄钱……那个不知道现在做生意比做官儿还强"③。对于他们的仓皇可笑与狼狈，陈瘦竹并没有站在道德制高点进行批判，而是真实呈现小知识分子阶层的灰色人生，调侃中带有哀悯。

《囤积》中的李老师、《师道》中的中学教师们，连最基本的温饱问题都无法解决，遑论工作与理想。这种境遇与现状也淋漓尽致地表现在《生日礼》

---

① 陈瘦竹：《声价》，国民图书出版社 1944 年版，第 25 页。
② 陈瘦竹：《囤积》，《国风》，1942 年，第 4 期。
③ 陈瘦竹：《师道》，《时与潮副刊》，1943 年，第 1 卷第 6 期。

中。"刘雪村"的妻子过生日，他想要在为公务员专营的消费合作社中，为妻子买一双丝袜作为生日礼物。但人微言轻的"刘雪村"却是同事们欺侮与漠视的对象。费尽周折没有买到袜子还处处受气，受了委屈的"刘雪村"回到家后，面对满心期待零食的女儿，情绪失控，大声呵斥；面对满心期待面条的妻子，呜咽哭泣，让妻子换煮稀饭。但妻子没有抱怨，而是安慰丈夫"一家人快快活活喝一顿滚烫稀饭，就算是你送我的再好没有的生日礼了"[①]，这既是深爱丈夫的妻子的一句肺腑之言，也是陈瘦竹呈现的一出生活笑剧。批判了物价飞涨、民不聊生的黑暗现实，同时也暴露了"刘雪村"同事们那冷漠、自私、媚上、势利的丑恶人性，这种人性是造成以"汪文宣"为代表的小知识分子阶层悲剧人生的重要缘由之一。但在《生日礼》中，"刘雪村"却有一个体贴贤惠的妻子"刘太太"，自然不会步"汪文宣"的后尘，由此将一出悲剧扭转为温馨的笑剧。

陈瘦竹不仅关注公务员和老师们的窘迫生存，对于知识女性的人生境遇同样投以深切的凝望。《职业》《奇女行》《小贱人》三部小说的主角均为青年知识女性，她们或者被迫妥协，或者游戏人间，或者追求自我，不同的选择也带来不同的命运。《职业》描写了女主人公"文英"无奈的人生抉择。"文英"家境贫寒，从女子师范毕业后在家乡做了一名小学教师，因拒绝校长的求爱，被报复辞退。她性格刚毅，不愿向现实低头，孤身一人来到南京投奔好友"亚男"。但现实无比残酷，二人找工作屡屡碰壁。最后，为了生存，为了家乡的病母少弟，"文英"嫁给了一个只认识几天的陌生男子，只因该男子家境富裕，能够照顾"文英"。倔强要强的"文英"终被现实击败，甘心成为丈夫的附庸，"我现在才真的找到了事"[②]。陈瘦竹通过"文英"转变与堕落，揭示出职业女性的生存困境。

《奇女行》描写了女主人公"柳莺"因战乱独身一人带着儿子流落后方，在某机关工作，却谎称自己未婚，独自抚养侄子。"柳莺"的美丽和事迹令机

---

① 陈瘦竹：《生日礼》，《新文学》，1944 年，第 1 卷第 3 期。

② 陈瘦竹：《职业》，《东方杂志》，1935 年，第 32 卷第 6 期。

关中所有男性神魂颠倒。"柳莺"长袖善舞，从容周旋于众男子之间。陈瘦竹幽默地展现了"褚宗经""冯晚成"向"柳莺"求爱的夸张片段，也辛辣讽刺了"秦组长""沈秘书"的丑恶嘴脸——互相拆台、道貌岸然、玩弄女性、满嘴谎言。另外，揭示出"柳莺"瞒骗众人的原因在于她对人性的透视。单位里年老色衰的寡妇"姜秀贞"独自抚养六岁的儿子，但是机关男性对她却没有丝毫的同情心，"机关迁下乡来的时候，竟没有人帮她收拾行李，买票上船，而让她那样狼狈，顾了孩子就丢失了行李呢"①。"柳莺"深知人性的虚伪与自私，故此隐藏身份蒙骗众人。在《奇女行》中，陈瘦竹幽默地将人性自私、阴暗的一面，淋漓尽致地暴露、呈现。《小贱人》则呈现了现代女性对婚恋的大胆追求。"赵治国"为"夏风"付出一切，还是无法走进"夏风"的内心，二人只能以离婚收场。这给了一直默默深爱"夏风"的"王松涛"机会。但当"王松涛"满心期待向"夏风"求爱时，却被无情拒绝。最终，"夏风"向他道出了缘由，在爱情中，"夏风"企盼的是爱的主人，而不是爱的奴隶。清醒了的"王松涛"送给她一句"小贱人"②，冲出门外。与《奇女行》类似，作品也以一个出人意料的戏剧性结尾，幽默地呈现了新时代女性对爱情的独特追求与感悟，令人深思。

在这些人生笑剧中，陈瘦竹十分注重幽默的语言表述。老舍对于幽默的语言有过出色的论述，"幽默的作家必是极会掌握语言文字的作家，他必须写得俏皮、泼辣、精辟。幽默的作家也必须有极强的观察力与想象力。因为观察力极强，所以他能把生活中的一切可笑的事，互相矛盾的事，都看出来，具体地加以描写和批评。因为想象力极强，所以他能把观察到的加以夸张，使人一看就笑起来，而且永远不忘。"③陈瘦竹的作品同样的"俏皮，泼辣，精辟"，有出色的观察力和想象力。在《田》里，陈瘦竹以地道幽默的方言俗

---

① 陈瘦竹：《奇女行》，《新文学》，1943年，第1卷第1期。
② 陈瘦竹：《小贱人》，《文学创作》，1943年，第2卷第4期。
③ 老舍：《什么是幽默？》，见《老舍全集》第17卷，人民文学出版社2008年版，第676页。

语，生动地刻画出快人快语、行事爽快的好事人五姑形象，她的用词十分风趣，富有民间智慧，如"何必像烂狗屎一样急急丢出门""毛豆子煎豆腐，一块土里生""只听得外边乱哄哄的像戳翻了蜜蜂窝"[①]。"云老大"的女儿阿桂婚前与阿银私通，刚过门就生了孩子，为了平息这桩丑闻，自私吝啬、对土地有强烈执念的"云老大"不得不忍痛送地，"无可奈何地留恋着，像寡妇上坟似的"，活画出他对土地的畸形情感。得到田地赔偿的婆家也立马怒气全消。《田》幽默地揭示了农人根深蒂固的传统思想以及被利益、金钱腐蚀的自私人性。"一个真有幽默的人别有会心，欣然独笑，冷然微笑，替沉闷的人生透一口气"[②]，而陈瘦竹正是在温和的讽刺与幽默中，绘制出繁复的时代众生相。

结　语

　　长期以来，陈瘦竹作为戏剧理论家的光芒遮蔽了他的小说家身份，致使他的小说一直被忽视。他的创作，个人特色鲜明，温厚丰赡，深刻全面细致刻画了时代众生相。在审美风格上经历了从感伤主义到现实书写到幽默讽刺三个阶段，抒发青年的情感苦闷，透视社会问题的千姿百态，书写民族战争中大众的艰难觉醒，演绎幽默讽刺的喜剧人生。陈瘦竹饱蘸深厚蕴藉的情感，绘制时代的万千世相，以强烈的人文关怀呵护人性之真，批判人性之恶。钩沉陈瘦竹的小说，不仅能还原他的文学创作风貌，重审他的文学史地位，对于中国现代文学来说，陈瘦竹的重新"发现"，亦是一种有益的补充。

---

① 陈瘦竹：《田》，《东方杂志》，1937 年第 34 卷第 10 期。
② 钱钟书：《说笑》，见《写在人生边上》，中国社会科学出版社 1990 年版，第 30 页。

第八章

"未完成的时代力作"

——罗洪《孤岛时代》成书考略

引　言

　　罗洪，原名姚罗英，学名姚自珍，1910 年 11 月 19 日生于江苏省松江县（今上海市松江区）。因喜爱罗曼·罗兰的小说和洪野的画作，故改名为姚罗洪，取笔名"罗洪"。罗洪可谓现代文学史上最为多产的女作家之一，但在已出版过的文学史中，却罕见其名，专门的研究资料更是十分少见①。主要研究成果集中于 20 世纪 80-90 年代。如艾以、王平较早关注罗洪的创作②，许杰③、胡凌芝④、王家伦⑤、万莲子⑥等人关注到罗洪的审美取向、主题内蕴。罗洪以

---

　　①　北京十月文艺出版社曾于 1990 年出版过由艾以、沈辉、卫竹兰、李国煣主编的《罗淑罗洪研究资料》，非罗洪的单独研究专集。

　　②　艾以、王平：《罗洪创作初论》，《上海师范大学学报（哲学社会科学版）》1983 年第 3 期。

　　③　许杰：《人与文——漫谈罗洪和她的小说选集〈群像〉》，《社会科学》1984 年第 2 期。

　　④　胡凌芝：《论罗洪小说创作的审美取向》，《汕头大学学报》1990 年第 3 期。

　　⑤　王家伦：《略论罗洪的创作》，《镇江师专学报（社会科学版）》1992 年第 3 期。

　　⑥　万莲子：《面对时代与社会的人生思索——罗洪〈逝去的岁月〉印象》，《武陵学刊》1995 年第 1 期。

中、短篇小说创作为主，长篇小说主要有《春王正月》和《孤岛时代》。不同于《春王正月》成书那般迅捷顺利[1]，《孤岛时代》从构思到题目、从连载到成书，均经历了一段曲折历程，最终在1947年由上海的中华书局出版完整的单行本。学界对《孤岛时代》的研究或是以此版本为对象，或是以《孤岛时代》更名前在《万象》杂志上未完成连载的《晨》为研究对象[2]。却未曾比对二者在内容上的相同和相异，也未曾深入探究与《晨》有着密切关系的短篇小说《魔》《前奔》同《孤岛时代》之间的联系与区别。这源于《孤岛时代》复杂曲折的成书过程和屡次变动的文本内容。只有通过考略《孤岛时代》的成书，才能剖析与阐释《孤岛时代》创作之优劣得失，最终回溯、钩沉罗洪这位被文学史所忽略的多产女作家的风貌，及其对中国现代小说创作的重要贡献。

一、回溯《孤岛时代》之成书经过

不同于一般的长篇小说，《孤岛时代》的成书过程十分复杂，几乎跨越了整个20世纪40年代，经历了数次变动与波折，最终在1947年由上海的中华书局出版单行本。在特殊的时代背景下，受罗洪主观意志与客观因素的双重影响，最终成书的《孤岛时代》却与罗洪心中的那个原初构想相去甚远。

《孤岛时代》的创作意图最早起源于罗洪所构思的一部宏大的长篇小说。相继刊载于《文汇报·晚刊》和《中美周刊》，却因故未能完成连载的长篇小说《急流》，便是这个宏大构思的第一步。而《孤岛时代》则是第二步，"想起在桂林开始构思和动笔写作《急流》时的心情，总觉得后来不应该让这个长篇不了了之，更不应该让当时那个比较大的写作计划成为泡影。我有责任反映这个伟大的时代，即使反映得不够全面、不够理想……面对着这样的现

---

① 《春王正月》1936年12月完成，1937年6月即由上海良友图书公司出版成书。

② 中国传媒大学出版社曾于2012年出版过韩国学者申东顺的著作《在"说"与"不说"之间——上海沦陷区杂志〈万象〉研究》，其中有一小节——《未刊完的罗洪的〈晨〉和王统照的〈双清〉》，专门论述了罗洪连载于《万象》杂志的小说《晨》。

实，我觉得应该单独把'孤岛'上海作为背景写一个长篇，以后可能将其中一部分内容纳入《急流》，或者把整个小说作为《急流》系列的一个组成部分"①。

《孤岛时代》脱胎于从 1943 年 5 月在《万象》杂志第 2 卷第 11 期开始连载的长篇小说《晨》。而对于《晨》的构思与成型，则可追溯至 1939 年创作、1941 年 10 月刊载于《读者文摘》第 2 期的短篇小说《魔》。《魔》后来又被收录在了短篇小说集《这时代》②之中。

罗洪明确指出本想以此短篇作为某长篇小说的开端，完成后又认为不太适宜，所以作罢，"'魔'本来是写一本长篇的最初一节，写下了又认为不适宜作为一个长篇的开端，就使它单独成为一篇短的小说"③，"一本长篇"即为《晨》。虽然《魔》的内容最终未能成为《晨》的"最初一节"与"开端"，但是，其中的人物角色"吕太太""大成""钟成""志伟""振业"均被保留在了《晨》的创作之中，并成为《晨》的核心人物，《晨》的故事情节就是围绕这一家人展开。并且《晨》的创作背景、故事框架、人物性格等也基本以《魔》为模板展开，在《晨》中，罗洪主要变更了"大成"的性格特征。《魔》中的"大成"与妻子"吕太太"是一类人，醉心投机，唯利是图，"'今年五月上海金融界大起变动，我就看定手里要多拿实货，赶紧订进，没隔两个月，连上半年的存货算在里面，不折不扣赚了四万。现在这时候，拿到货色就尽它堆在栈房里，不靠门市生意，它自己会一天天生出钱来，一万的变成三万四万做生意竟有这点妙处。可惜永泰隆以前常常亏本，没有结实的底子，一家人性命只靠乡下的田租又不够，叫我整年整月在钱眼里钻缝儿，东借西移；现在田租不能收，生意倒好做了，这也是命数！命数！'吕大成简

---

① 罗洪：《创作杂忆〔六〕——从〈急流〉到〈孤岛时代〉》，《新文学史料》，1989 年第 4 期。

② 短篇小说集《这时代》以小说《这时代》命名，共收《友谊》《王伯炎与李四爷》《车站上》《这时代》《邻居们》《雪夜》《魔》《晨光里》8 篇作品，1945 年 12 月由正言出版社出版。

③ 罗洪：《这时代》，正言出版社 1945 年版，第 1 页。

直是满面春风，让雪茄久久衔在嘴角上，眼前仅浮着一些蹦跳的数目字……他的脸色仿佛在说：'这年头，除了在孤岛翻筋斗，什么都没有味道了。'"① 而在《晨》中，罗洪彻底颠覆了"大成"的性格特征和身份背景，"吕大成做过县长，做过省政府机关的科长，战事之前，在青岛某大公司里当某部的主任，这公司是国营性质，规模相当宏大。旁人看来，这些事情都是好缺，手段高明一点，简直可以发一笔财，但吕大成始终玩不上这一手，他清清廉廉做了五年县长……过去就因为他个性坚强，一味地书生脾气，人家跟他合不上来，挑点是非推在他身上，才不能再呆住这县长的差。后来青岛那事情又操着实权，旁人先是艳羡他，继而笑他是傻子，可是他一点也不肯苟且；受到阻难的时候，他有勇气应付人家"②。"大成"被变更后的身份背景和性格特征也自然保留在了《孤岛时代》的写作之中③，甚至在行文上也未有任何的改动。

以《魔》为蓝本的《晨》则从 1943 年 5 月在《万象》杂志的第 2 年第 11 期上开始刊载，一直连载至 1944 年 12 月的第 4 卷第 6 期，总计 20 期，已发表到全书第九章的开始部分。

《晨》的刊载受到了《万象》杂志编辑室的极大推崇，"罗洪女士与其外子朱雯，在文坛上与巴金茅盾并致声誉。事变以还，久珍笔政。此次慨允为本刊写一长篇创作小说，题名'晨'。原稿二十万言，已从不远千里之遥的内地寄到上海本社。编者统观全文，与巴金之'家''春''秋'，有异曲同工之妙，且从未刊过内地各报，由本刊首先发表。因即于本月号中开始推荐与读者相见。这在本刊，引为无上光荣，而在本刊数万读者，倘也渴望云霓似的以先睹为快。编者准备于六月号其他长篇结束后，每期尽量多登（至少二万字）好待本刊同志读个畅快"④。1945 年元月，《万象》杂志主编柯灵被捕入狱，《万象》杂志遭逢变故被迫停刊，《晨》的连载也戛然而止。

---

① 罗洪：《魔》，《读者文摘》第 2 期，1941 年 10 月。
② 罗洪：《晨》，《万象》第 2 卷第 11 期，1943 年 5 月。
③ 参见《孤岛时代》，中华书局 1947 年版，第 10 页。
④ 《编辑室》，《万象》第 2 卷第 11 期，1943 年 5 月。

罗洪本打算将《晨》未发表完的部分匆匆加上一个结尾后出版成书，"改名'孤岛春秋'交由重庆的中华书局出版"①。却不料交稿三个月后战争结束，罗洪得以重回上海，柯灵将未刊完的《晨》的最后两章原稿交还给罗洪。柯灵在自己两次被日宪兵逮捕的险恶处境中，能把原稿保存下来，他对朋友高度负责的精神，使罗洪深受感动，罗洪也得以再次翻阅并修改自己的原稿。"一九四六年秋，我偶然重读原稿，觉得在内地补写的结尾，不及这两章有力和有味。正好范泉为他主编的《文艺春秋》约稿，便从两章旧稿中挑选了一部分交给他，刊登在第三卷第六期上，改题为《前奔》，篇末加了一段附记。"②因此，1946年12月，罗洪在《文艺春秋》第3卷第6期上发表了与《晨》的后续情节密切相关的短篇小说《前奔》，"这里的一篇'前奔'，便是长篇'晨'中间没有发表两章的一部分，因为它还有若干可以自成一片的元素，又经我删削，作为'晨'的夭折纪念。恐读者误会将旧稿重刊，特此加以声明"③。《前奔》中的主要内容——"振业"的思想转变，也确实如罗洪所讲，经其"删削"，没有出现在第二年出版的《孤岛时代》之中。但对"吕太太"——"黄慧珠"复杂的内心世界状态的呈现——对"钟成"的爱与恨、对"志伟"莫名的怨，则在《孤岛时代》中延续了下来。《前奔》还解释了《孤岛时代》中"志伟"意外被捕的缘由——"慧珠要伺隙找他的岔儿，当然慢慢地会发现他行动有点诡秘。于是她就怀疑志伟是反日的秘密活动分子……慧珠趁志伟匆匆回来捡取东西的时候，从电话分机里偷听志伟一连打出的三个电话……于是她用尽方法使志伟在第二天点钟不能践约……可是这一次失约，就直接关系到他的被捕"④。"黄慧珠"从中作梗，阴差阳错地导致"志伟"被捕入狱，这个重要情节却没有在《孤岛时代》中保留，《孤岛时代》只是将"志伟"的被捕一笔带过。

---

①③ 罗洪：《前奔·附记》，《文艺春秋》第3卷第6期，1946年12月。

② 罗洪：《创作杂忆〔六〕——从〈急流〉到〈孤岛时代〉》，《新文学史料》，1989年第4期。

④ 罗洪：《前奔》，《文艺春秋》第3卷第6期，1946年12月。

罗洪最终综合《魔》《晨》《前奔》三部作品，将未刊完的长篇小说《晨》最终定名为《孤岛时代》，再经改动，在1947年2月由上海的中华书局作为"中华文艺丛刊第三种"出版发行。而"中华文艺丛刊编辑委员会"中恰恰有与罗洪"并致声誉"的巴金与茅盾。巴金与朱雯、罗洪夫妇早已相识，是二人的挚友，这也是罗洪的《孤岛时代》能够入选"中华文艺丛刊第三种"，并由上海的中华书局出版发行的重要原因之一。

二、探查《孤岛时代》成书之优劣得失

郑树森直言不讳地指出《孤岛时代》是一部"失败之作"，"题材的特出并没有能够挽救表现手法上的失败……整体来说，这是一部失败之作。而由于题材的特别，更令人觉得可惜"[①]。《晨》以《魔》始、以《前奔》终。而《孤岛时代》则是以《晨》为蓝本，在《晨》的基础上进行了大量的删减、变动，最终得以成书，"其实'晨'这个长篇，我在两个半月中间写成的，因为写得太快太草率，当然在整个的布局及人物的刻画方面，都不成个样儿……带着懊丧的心情把它整理起来，残缺的把他补充了，未曾发表完的只能装上了一个结尾，改名'孤岛春秋'"[②]。因此，只有通过比对《孤岛时代》与《魔》《晨》《前奔》之异同，细查其删减变动，从具体的文本内容上来一窥全豹，才能揭示《孤岛时代》之优劣得失，才能分辨《孤岛时代》究竟是否为一部"失败之作"。

罗洪本想以《魔》作为《晨》的开端，后打消此念头，另以"在赌场里的孩子"[③]——"振业"在赌场赌博，作为《晨》的开篇，也是全文的第一章。值得注意的是，《晨》仅第一章起标题，其他八章均未再起标题。《孤岛时代》

---

① 郑树森:《读罗洪小说札记》，见艾以、沈辉、卫竹兰、李国煣主编:《罗淑罗洪研究资料》，北京十月文艺出版社1990年版，第316-317页。

② 罗洪:《前奔·附记》，《文艺春秋》第3卷第6期，1946年12月。

③ 罗洪:《晨》，《万象》第2卷第11期，1943年5月。

则延续了《晨》的开篇，且去掉标题。《魔》以"吕太太"和"方太太"在跑狗场中赌狗开篇，而在《晨》/《孤岛时代》中，则以"实足年龄刚满十五岁"①的"振业"与朋友"沈秉良"在赌场赌博开篇，此处变更同《魔》相比实属震撼。上海滩的贵妇、小姐们流连赌场、舞场、跑狗场、跑马场等地，不足为奇、屡见不鲜。而一个年仅 15 岁的少年混迹赌场、舞场却着实令人惊愕与唏嘘，从而使《晨》/《孤岛时代》从开场就极富批判力度与思想深度，孤岛的悲哀、颓废、放纵、麻木，已然污浊了青少年的心智，"学校里不缺课就是好学生"②。在原本作为《晨》结尾的《前奔》中，罗洪也确实把描写"钟成""志伟"的笔端转向了"振业"，深入"振业"的内心世界，呈现了"一个堕落青年的转折点"③，描写了他的蜕变与前奔。这部分剧情本应继续保留在《孤岛时代》之中，罗洪也应继续着墨于"振业"此角色之上，但吊诡的是，在《孤岛时代》中，"钟成"帮"振业"打发走了前来闹事的"沈秉良"后，小说就再也没有提及作为全文开篇的重要人物"振业"了。并且在《孤岛时代》的叙述过程中，罗洪仅是偶尔提及"振业"，似乎将他遗忘了。

实际上，"振业"的形象背景和性格设定比同父异母的兄长"志伟"更富有艺术张力，"志伟"的性格特质从头至尾是一条直线——内敛、坚强，有着异于同龄人的意志力，从他被捕后遭受到种种酷刑也不愿泄露组织秘密便可见一斑。而"振业"在文章开始时只知纵情享乐、对投机也颇感兴趣，"志伟这些话倒引起了振业的兴头，他告诉钟成一个涨风起来时，价格像报上所说的，直线上腾：今天涨，明天也涨；公司商店里的顾客挤得也可以说是直线上腾！今天挤，明天更挤"④。在《前奔》中却先是对宠爱自己的母亲开始感到反感、又主动让"钟成"通知"志伟"可能处于的危险境地，最后毅然留书远走日日笙歌、夜夜起舞的孤岛，寻找属于自己的人生之路，"振业"前后

---

① 罗洪：《孤岛时代》，中华书局 1947 年版，第 5 页。
② 罗洪：《魔》，《读者文摘》第 2 期，1941 年 10 月。
③ 罗洪：《前奔》，《文艺春秋》第 3 卷第 6 期，1946 年 12 月。
④ 罗洪：《孤岛时代》，中华书局 1947 年版，第 20 页。

的转变确实激发出了一种艺术张力。但在《孤岛时代》中，罗洪却忽略了对
"振业"的描写，放弃了《前奔》中有关"振业"的情节、放弃了这种富有艺
术张力的前后转变，这就是《孤岛时代》在人物形象刻画方面的失败之处。

在《晨》中，罗洪还特意设置了"大成"的世仇"周伯庠"前来央求他
一起做走私生意，却被大成拒绝的情节。"周伯庠"身为恶讼师的父亲曾经设
毒计迫害"大成"祖父、侵夺"大成"家产，"周伯庠"则继承了他父亲的狡
黠和阴险，"恶讼师的儿子虽然不就是恶讼师，但那种相貌啊，实在完全是他
老子的典型"[1]，也被《孤岛时代》所承继，只是行文微略改动几字，"恶讼师
的儿子虽然不就是恶讼师，但周伯庠的相貌，完全是他老子的典型"[2]。罗洪
除了力图展现和批判孤岛的社会世相外，还尝试着描绘孤岛之外、城市边缘
的人生世态，"周伯庠"和"大成"的旧恨新仇就是切入点。"大成"的家乡
在沪杭铁路旁边，这些靠近上海的县城乡镇虽然身处战火之中，但人们关心
的却不是战事而是金钱，这种世相是罗洪在其小说创作过程中所力图展现的。
因此，罗洪在《晨》/《孤岛时代》中，浓墨重彩地描写了两处"大成"家乡
的情节，一是"志伟"远在家乡的外婆遭奸人抢劫杀害，"志伟"的外公受伤
严重，最后被送到上海的医院救治，却不幸身亡。二是"大成"远在家乡的
三叔"吕叔范"为了钱财准备变卖祖屋。罗洪对县城乡镇世相的描写细致、
真实，对丑恶人性的挖掘深刻、透彻。

"周伯庠"就是县城乡镇恶势力的代表之一，罗洪之前设置的"大成"拒
绝"周伯庠"的情节就是一个伏笔。在《晨》中，"大成"回到家乡阻拦"三
叔"变卖祖屋，发现暗中操纵之人为"周伯庠"，由此将二人的矛盾推向高
潮，从而使情节扣人心弦，正与恶的对峙与冲突激发出了作品强烈的艺术张
力。罗洪详细描述了"大成"如何对付"周伯庠"，"周伯庠的阴谋毕竟没有
成功，一方面钱旭初托人把周伯庠控制了，同时大成又出其不意地把他邀到
钱旭初家里，问他有没有这样的意思。大成是那么坦白大方，倒使这个狡猾

---

① 罗洪：《晨》，《万象》第 3 卷第 3 期，1943 年 9 月。
② 罗洪：《孤岛时代》，中华书局 1947 年版，第 55 页。

家伙一时措手不及，无从施行狡计，只能全部否认。大成的纯正坦白态度，收到了极大的效果……原来周伯庠跟张轶群合作不久，就闹了意见。而且这裂痕正在他把吕三爷的'益记'设法捣毁之后，使他穷于应付，不得不将这个阴谋放了手"[1]，最终化解了家乡的危机，并且报了祖父之仇。一是大快人心、令人振奋。二是使情节自然发展，叙述有始有终。但在《孤岛时代》中，罗洪却将周伯庠的阴谋诡计以及二人的对峙冲突做了淡化处理，尤其是删除了"大成"与"周伯庠"对峙的场面，而是改为"大成"委托"张轶群"处理此事，自己带着"钟成""淑芬"回到上海。此处情节的变动，与对"振业"的处理有着相似性。不仅减弱了对"周伯庠"人物形象刻画的力度，还破坏了故事的完整性，尤其削弱了剧情的冲突性。众所周知，戏剧冲突是一出好戏的关键所在，"戏剧主义的批评体系十分强调矛盾中的统一"[2]。最终造成了人物塑造不够深刻、作品剧情缺乏艺术张力。

虽然，最终成书的《孤岛时代》有着各种问题，但罗洪对女性复杂心理的挖掘、剖析与呈现，则始终贯穿于《魔》《晨》《前奔》与《孤岛时代》之中，这是值得称赞与瞩目的，"罗洪最擅长的，还是刻画人物矛盾的、复杂的心理，从而多侧面地塑造具有独特性格特征的人物形象"[3]。以女主人公"黄慧珠"为例，她对"钟成"的爱恨交织、对"志伟"的无名怨气——其幽怨痛苦的内心世界从《魔》中即呈现出来，"这种没来由的烦恼，使她没兴趣跟大成多谈，他向她谈起在赵公馆里碰见的人，她也不像平时一样的关心。'今天，到底是什么意思呢？'她忿忿地暗自问着自己。可是自己也没法回答，只是给一种烦恼揉着罢了"[4]。"钟成"从内地来到上海，"慧珠"发现自己爱上了这个幽默又富有深度，且充满生命强力的男人。但伦理道德却禁锢着她

---

① 罗洪：《晨》，《万象》第4卷第6期，1944年12月。

② 袁可嘉：《论新诗现代化》，生活·读书·新知三联书店1988年版，第37页。

③ 曾庆瑞、赵遐秋：《长于刻画人物的复杂心理》，见艾以、沈辉、卫竹兰、李国煣主编：《罗淑罗洪研究资料》，北京十月文艺出版社1990年版，第340页。

④ 罗洪：《魔》，《读者文摘》第2期，1941年10月。

的爱，使她极为压抑与苦痛，"她下意识里爱着钟成，可是又深深感到事实上不可能，便无端的怨恨起来。有时候见了钟成就避开，形成了爱和恨的交迸……就把怨恨一股脑儿堆向志伟身上了……苦痛得无法自解的时候，便格外憎恨志伟"①。在《晨》和《孤岛时代》中，得益于长篇小说的体裁形式，罗洪详细记录了"慧珠"对"钟成"的爱与恨如何由轻及重，对"志伟"的怨又是如何形成并且逐渐加深，从而形成了一条比较完整的个人心理变化链。

此外，在《前奔》中，罗洪只是将"钟成"堂妹"淑芬"严重的精神疾病简单归结为"丈夫到了内地就变了心，跟别人同居，于是她受不了精神上的刺激"②。在《孤岛时代》中，罗洪则将其修改为"战争发生，她的孩子才一个多月，这样小的孩子受不起苦，逃难在路上死了。死又死得那么惨……当初秦致远是怎样爱过她，他们两个人做过许多梦想……然而秦致远变了心，到内地去了一年，就跟别人同居了，而且音讯沉沉，有过一封信来否认，又有过一封信来承认，此后就不再来信"③。此处的变动更加震撼人心，在呈现人性的同时，又揭示了战争对普通人的伤害，自然而又真实地解释了"淑芬"精神疾病的原因，将社会反思与个人反思相结合，极具批判力度。

对于最终成书的《孤岛时代》，罗洪曾经有过一段客观的评价，"从表现手法的角度看，首先是人物太多，而活动的空间和时间显得太局促……即便是某些主要人物，也由于我未做深层的审视和开掘，只让他们跟着事件的发展而活动，自不免使形象流于平面……其次是因为矛盾没有展开，故事情节陷于平淡，缺乏波澜跌宕的态势……明摆着的矛盾不去表现，随时会激化的冲突不去具体揭开，即使接触也往往是蜻蜓点水，着墨不多，致使整个画面没有风浪，反映不出当时那个风云激荡、错综复杂的'孤岛时代'。《孤岛时代》这个长篇的失败，绝不意味着这个题材的没有意义"④。从总体上来看，

---

① ② 罗洪：《前奔》，《文艺春秋》第 3 卷第 6 期，1946 年 12 月。

③ 罗洪：《孤岛时代》，中华书局 1947 年版，第 52-53 页。

④ 罗洪：《创作杂忆〔六〕——从〈急流〉到〈孤岛时代〉》，《新文学史料》，1989 年第 4 期。

《孤岛时代》远非一部失败之作，而是一部未完成的时代力作。在题材上，填补了以战时上海租界、以战时上海投机市场为背景的小说的空白。在文本中，真实、全面、细致地呈现了孤岛上海上流阶层的社会世相，以最诚挚的"求真的精神"[①]，表现和反映了历史社会的真实。

三、以《孤岛时代》考察罗洪小说之创作

罗洪的小说乐以"时代"命名，如短篇小说《时代的渣滓》[②]《这时代》[③]、以小说《这时代》命名的同名短篇小说集以及长篇小说《孤岛时代》等。由此可见，她的文学创作始终与时代紧密结合、与社会密切相关。描写范围之广，几乎涵盖与容纳了现实社会中的种种世相以及各个阶层，"向来现代女小说家所写的小说都是抒情的，显示自己是一个女性，描写的范围限于自己所生活的小圈子；但罗洪却是写实的，我们如果不看作者的名字，几乎不能知道作者是一个女性，描写的范围广阔，很多出乎她自己小圈子以外"[④]。

通过剖析《魔》《晨》《前奔》，尤其是《孤岛时代》，可以探究罗洪现代小说的创作特质——善于在纷繁复杂的社会世相中，捕捉触动心弦、震撼心灵的"悲哀"——世态的炎凉、人类的劣根性，"社会给我的一点悲哀；或是个人生活上的一点悲哀，这些悲哀在我心上慢慢扩大起来，我便把他们写成一篇篇所谓小说了"[⑤]。罗洪以呈现与暴露种种世相与人性为主，刻画了特殊时代背景下——抗战时期，对国难无动于衷，只关心敛财、投机、囤积、享受的一类人，这类人从乡镇到城市无处不在。

在《孤岛时代》中，罗洪以"吕大成"和妻子"黄慧珠"为中心，向外

---

① 罗洪：《文艺写作的条件》，见艾以、沈辉、卫竹兰、李国燦主编：《罗淑罗洪研究资料》，北京十月文艺出版社1990年版，第289页。

② 罗洪：《时代的渣滓》，《文潮月刊》第1卷第2期，1946年6月。

③ 罗洪：《这时代》，《文艺阵地》第4卷第8期，1940年2月。

④ 赵景深：《罗洪》，见《文坛忆旧》，北新书局1948年版，第35页。

⑤ 罗洪：《腐鼠集》，未名书屋1935年版，第2页。

辐射，继而引出与之相关的各色人等——亲人、朋友。由于"大成"和"慧珠"优渥身份背景的设定，罗洪由此绘制了一幅抗战时期上海上流阶层的长篇社会世相图。小说以一场为"大成"弟弟"钟成"举办的洗尘宴会，使"大成"非富即贵的亲戚朋友们，粉墨登场。在艰苦的抗战时代，这些亲戚朋友却依然能够享受着最精致、最富足的生活，可以终日沐浴在"酥软而醉人的空气"①之中。其中"黄慧珠""唐鸿达""周伯庠"等人是疯狂的投机者，战争对于他们来说只是赚钱的一种机遇与条件，他们代表了当时上海最狂热的投机分子，或囤积居奇，"有几文钱的，大家搜罗现货"②，或炒卖外股，"投机最狂热的外股"③，抑或开办公司，走私货物。他们是最无耻的利己主义者和投机主义者，无耻到甚至盼望战争一直持续下去，从而借机大发横财，"战争坚持下去，货物消耗之后就无从补进；所以有一个观念在人们心上流传：谁手里的货物最多，发的财也就最大"④。"玉玲"、"倩萍"、唐家的四位小姐等，则是典型的享乐主义者，她们不关心纷繁复杂的外部世界，只醉心于满足自我的欲望，"只为自己的健康打算，只为生活上的享受打算"⑤。"大成"年仅 15 岁的小儿子"振业"，天性良善，却受社会环境与家庭环境的双重影响，已然成为了投机主义者与享乐主义者的接班人，小说就是以"振业"在赌场赌博开篇。还在上学的他受朋友"沈秉良"的诱惑，终日流连于赌场、舞场，"我看两样都好，都可以叫人把什么都忘个干净的"⑥，其他事已经提不起他的兴趣，唯有金钱与刺激才能让他感到快活。

罗洪巧妙地将"大成"的身份背景设置为临近沪杭铁路边的某个县城乡镇的大户人家，家乡还有"大成"祖上留下的大屋与田产，还生活着他的亲戚。饱受战火摧残的县城乡镇，却与远离战火的孤岛上海一般，关心的只是金钱而非战事。出身书香世家的"大成"的三叔"吕叔范"，是县城乡镇老年

---

① 罗洪：《孤岛时代》，中华书局 1947 年版，第 61 页。
②③④ 罗洪：《孤岛时代》，中华书局 1947 年版，第 100 页。
⑤ 罗洪：《孤岛时代》，中华书局 1947 年版，第 32 页。
⑥ 罗洪：《孤岛时代》，中华书局 1947 年版，第 4 页。

一代的代表，拿祖屋做起了赌场、烟窟、雅座、俱乐部的勾当，与他的"陆姨太"以贩养吸，为了钱财还准备变卖祖产。"慧珠"的弟弟"黄步昌"则是县城乡镇中年一代的代表，无耻地做了侵略者的翻译，"战事之后又多添一种畸形人物，就是翻译……他作的恶，实在多得不易计数"①。"陆姨太"的干儿子则是县城乡镇青年一代的代表，他是一个无赖流氓，"那个俱乐部就有他的份……俱乐部开到现在，输得寻死觅活的人不知有多少"②。从城市到乡镇，从老年到青年，人们不关心国难家仇，只关注金钱与享乐，利己主义者、投机主义者、享乐主义者比比皆是，"在当时的社会里，金钱主宰着一切。为了金钱，可以颠倒黑白，混淆是非，可以置别人的生死于不顾，可以把别人弄得倾家荡产，逼得发疯死亡"③。罗洪在 20 世纪 40 年代的小说创作过程中，始终将视角聚焦于炎凉的世态、丑陋的人性，以朴素凝练的文字去真实记录与反映种种社会世相，以新文学作家所传承的社会责任感、历史使命感，以"悲哀"的搜集与暴露者的身份，去捕捉时代、社会、个人的种种"悲哀"。

罗洪在捕捉"悲哀"的同时，也展现了"希望"——对于觉醒者、启蒙者的青年形象的绘制，"最使我激动的是青年朋友们为了祖国，宁愿抛弃家庭、牺牲自己生命，投入战斗"④。因此，在罗洪的一些小说中，常常呈现出一种"悲哀"与"希望"相互碰撞、相互对抗的艺术张力。

"志伟""费乐"等人是青年觉醒者的代表。"志伟"是"大成"的长子、"振业"同父异母的哥哥；"费乐"则是"志伟"的好友，他的哥哥与"钟成"也十分相熟。优越的出身和周遭人的堕落，并没有腐化他们的心智。在国破家亡之际，他们义无反顾地加入了秘密的爱国组织。"志伟"还在狱中遭受到了严刑拷打与非人待遇，"那个穿雨衣的立即把两根电线分别绕住他两只耳朵上面，一阵剧烈震动激得他头脑发昏，无数的金星火花在他眼前乱跳乱

---

① 罗洪:《孤岛时代》，中华书局 1947 年版，第 121 页。
② 罗洪:《孤岛时代》，中华书局 1947 年版，第 163 页。
③ 罗洪:《践踏的喜悦》，香港文学研究社 1980 年版，第 2 页。
④ 罗洪:《群像》，福建人民出版社 1982 年版，第 169 页。

进。他忍受着，紧紧地咬住牙关忍受着，他觉得头脑就要爆裂开来，金星火花起先在他眼前乱晃，后来好像都从他眼里飞进出去似的，他只觉得全身的血都将从眼眶里奔流出来"[1]。罗洪详细地呈现了"志伟"在狱中遭受到的种种酷刑，触目惊心，"有人送来两把大壶，重甸甸的放在他旁边。调侃他的那个人立刻提起一把，向他鼻子嘴巴里直灌。起先他还抵抗着，不让它全部流进去，慢慢地他无法屏住了，电流耳光，早已震得他的神经十分脆弱，所以等他无力挣扎的时候，就觉得满肚子胀得快要炸裂，头脑昏昏沉沉地……等他又恢复意识的时候，只觉得肚子上给人踢了一脚，一股冷水直从他鼻子嘴喷吐出来。那许多水喷着吐着流着，喉头鼻孔里痛得难受"[2]，面对非人的虐待，以"志伟"为代表的青年人依然坚守信念，"如果要这样逼出口供，我还是请你们给我一死！我已经承认爱我的祖国"[3]。通过对酷刑的展现，更加衬托出了觉醒的青年人的无畏与牺牲精神，令人动容，动人心魄。

在《孤岛时代》中，"钟成"则是青年的启蒙者。"钟成"是"大成"的弟弟，曾经留学德国，后弃理从医，战争爆发后决心报效祖国，游历内地，回到孤岛上海只为从事秘密的爱国活动。在他的影响和启蒙下，"志伟""费乐"等热血青年毅然觉醒，抛弃了稳定、富足、安乐、舒适的生活，投身到抗战洪流之中，英勇无畏地为国家、为民族贡献自己的一份力量。在《前奔》中，正是"钟成"从内地回到上海后，其所言所行触动并拯救了深陷泥潭、处在堕落边缘的"振业"，使他的思想发生了转变，远走安逸享乐的"孤岛"，实现了"前奔"，最终成为了像兄长"志伟"一样决绝的青年觉醒者。《孤岛时代》的最后，在"钟成"的启蒙和"志伟"的感染下，"孤岛"上的女子们也开始逐渐觉醒，"淑芬"的精神状态日益好转、"亦薇"开始准备投身革命，甚至曾经享乐主义至上的交际花"玉玲"也开始转变，放弃了以往纸醉金迷、灯红酒绿的生活，认真研究起戏剧来，她们都开始做一些有意义的事情。

---

① 罗洪:《孤岛时代》，中华书局 1947 年版，第 152 页。
② 罗洪:《孤岛时代》，中华书局 1947 年版，第 156-157 页。
③ 罗洪:《孤岛时代》，中华书局 1947 年版，第 157 页。

在《孤岛时代》中，罗洪"以理智控制着热情，冷静的观察代替了浪漫的幻想"[1]，绘制和刻画了大时代背景下的人情世态，从而真实、大胆地暴露时代、社会的种种"悲哀"。她所呈现的"悲哀"具有跨越时代、超越历史的特性，令人深思、发人警醒。在描写"悲哀"的同时，也注重展现"希望"与"光明"，尤其赞美那些为祖国奉献出自己一切的青年人，给人以鼓舞与激励。

结　语

长久以来，学界的罗洪研究停滞不前，研究成果主要集中于 20 世纪 90 年代以前，且数量较少。罗洪现代小说数目繁多、题材各异，实属有待开掘的一座文学富矿。《孤岛时代》这部作家本人与评论家口中的"失败之作"，实则是罗洪文学创作生涯中举足轻重的代表作之一，是一部"未完成"的时代力作，也是新文学史上少有的反映抗战时期孤岛世相的长篇小说。从构思到题目、从连载到出版，《孤岛时代》的成书几乎横跨了整个 20 世纪 40 年代，这同样是一个值得瞩目与考察的文学事件。通过对《孤岛时代》成书的考略——回溯《孤岛时代》曲折的成书经过、探究《孤岛时代》创作的优劣得失、继而一窥罗洪小说的创作全貌与艺术特质，使尘封已久的《孤岛时代》——《魔》《晨》《前奔》再现于世。最终使罗洪这个既陌生又熟悉的学人重回大众的视野之内，使学界重新审视罗洪对新文学发展的重要功绩，重新界定罗洪在新文学史上的历史地位。

---

[1]　施蛰存：《罗洪，其人及其作品》，见艾以、沈辉、卫竹兰、李国煣主编：《罗淑罗洪研究资料》，北京十月文艺出版社 1990 年版，第 253 页。

第九章
悲惨世相·国民批判·觉醒形象
——鲍雨现代小说创作综论

引 言

鲍雨，1913 年生，江苏宜兴人，原名钦鲍雨、钦国祥、钦国贤。长期以来，鲍雨的现代小说创作并没有得到学界充分的重视，他成为了文学史上的"失踪者"。以往的研究中，鲍雨的小说多是作为史料存目收录著作中，专门的研究极为少见。仅有张泽贤主编的《三十作家与现代文学丛书》《中国现代文学戏剧版本闻见录续集（1908–1949）》，彭放主编的《中国沦陷区文学研究·资料总汇》，以及陈思广主编的《中国现代文学编年史（1945—1949）》等资料丛书涉及鲍雨的作品，钦萍、钦佩、钦群的《要作不朽文，先做清白人——悼念我们的父亲鲍雨》，对于鲍雨的生平进行了简要的回顾与梳理。可见，当前鲍雨的研究特别是小说研究极为匮乏，单篇的研究论文更是罕见。因此需要全面打捞、回溯鲍雨的现代小说，还原呈现鲍雨的创作面貌。

1934 年 8 月，鲍雨首次以"鲍雨"之名，在《新中华》第 2 卷第 15 期上发表短篇小说《盐》。还有笔名钦吻鹃、吻鹃等。除《盐》外，鲍雨还有短篇小说《夜半》《卖菜女》《小光蛋》《小陈》《没有米》《绿草荡畔》、中篇小说《飞机场》、长篇小说《活跃在敌人后方》。鲍雨的现代小说虽然数量不多，却涵盖了长、中、短篇三种形式，以强烈的使命感责任感、以真挚赤诚的感情、以严肃深刻的现实主义笔端，构建了一个悲惨的现实世界。这个世界里，有残酷悲情的人间惨剧、有愚昧无知的冷漠庸众。同时，还有一类正待启蒙、正在觉醒的人群，通过描写这类人群的转变、成长，在悲惨和绝望中迸发出了希望和理想，在无尽的黑暗中闪现出一丝曙光。

一、悲惨世相的摹写

鲍雨现代小说的时代背景虽与抗战紧密相连，但并未囿于时代的局限，而是承继了五四学人"为人生"的文学观念，"以为必须是'为人生'，而且要改良这人生"①。以严肃深刻的现实主义笔端，在其现代小说中描摹"病态社会的不幸的人们"②的悲惨凄凉的现实人生，"现实主义的基本原则，概括地说，不外是真实地描写现实……描写了现实生活的真实"③。因此，鲍雨的现代小说真实记录了现实社会中最易被侮辱被损害的群体——难民的种种苦难——饥饿、死亡。

"难民"是鲍雨大力描写的被侮辱被损害的群体。区别于同时代另一位江苏籍作家程造之小说中的战争难民，鲍雨小说中难民身份的形成，多与战争无关，而是由黑暗的社会、腐败的统治所致。《飞机场》中，建设飞机场的工人与他们的家属本是飞机场周边的穷苦农民，政府要修建飞机场，便强行征收了他们的土地和房屋，补偿款却被政府贪墨，令他们成为了无家可归、无田可种的难民，"他们的田地和房子都被飞机场占去了，现在都在大悲庵里过着难民的生活"④。由农民变身工人后，被工头、官员压榨剥削，过着生不如死的悲惨生活。中篇小说《飞机场》是由短篇小说《小陈》改编而来，人物、

---

①② 鲁迅：《我怎么做起小说来》，见《鲁迅全集》第4卷，人民文学出版社2005年版，第526页。

③ 蔡仪：《论现实主义问题》，作家出版社1961年版，第39页。

④ 鲍雨：《飞机场》，上海杂志公司1936年版，第7页。

剧情略有改动。两部作品共同展现了这群失去土地的难民们，艰难地适应全新的身份，卑微地苟活。《小光蛋》中的难民则是一群从乡下到城市的逃荒人，"从乡里来了许多逃荒人。内中有好多男人挑着担子，担子里，锅子，家具，还有小孩子；有的推着土车子上面坐着女人。有多少数目？没有数清"①。当他们来到市镇的城门前时，却被城市中的暴力机关拒之门外，揭示了他们如浮萍般无处安身的悲惨命运。《卖菜女》中的卖菜女们均是由江北来到江南的贫苦农民，"他们都是江北苦人，因为苦，同时他们憧憬着江南的繁华富饶，他们是联袂着过江来了"②。现实却无比残酷，卖菜女"巧女"一家来到江南后，艰难度日，甚至要卖掉"巧女"的妹妹才能凑钱给去世的祖父置办棺材，"巧女"卖菜时要忍受警察、官员的殴打辱骂欺侮压迫，屡次流露出自杀的念头，这些苟活于江南的江北苦人成为了名副其实的难民。

《活跃在敌人后方》中虽然没有出现难民，但本地百姓的命运同其他作品中的难民相比，更加凄惨和绝望。鲍雨在作品中力图探究的是造成他们悲惨命运的根源所在——与抗战的时代背景无关，而是一个贯穿千年的历史问题——兵匪、帮会、劣官对民众的侵扰，"辛亥革命后，民国已然建立，但国家政权并未统一，地方势力强大，形成分裂割据局面，群雄群贼并起，政治权力涣散，国家为军阀土匪所祸。各地闹匪厉害，县邑乡村均有匪徒聚集，公然抢夺，与正式部队分庭抗礼，民众受其骚扰，出门行走或在家，所享取的不是安稳，而是处处提防是否有匪"③。留守当地的人们没有毁灭于敌人的铁蹄之下，却惨死在"不肖的'本国队伍'"④的魔掌之中。某庄居民只因不肯收购"马金镖"领导的"抗日队伍"强卖的私盐，便惨遭蹂躏与屠戮，"红红的火光，照着这群野兽的洗劫和淫奸。从此，窑场又多加了一批断墙残垣和瓦

---

① 鲍雨:《小光蛋》,《水星》,1935 年 4 月,第 2 卷第 1 期。

② 鲍雨:《卖菜女》,《中华月报》,1935 年 1 月,第 3 卷第 1 期。

③ 邹千江:《民族振兴与知识分子的全球观:余天休学术释义》,中国传媒大学出版社 2019 年版,第 29 页。

④ 鲍雨:《活跃在敌人后方》,正中书局 1943 年版,第 59 页。

砾，许多妇女被摧残，尤其是金子善的媳妇被轮奸致死，许多人失踪，而金子善失踪后七天，浸泡了的尸体在临近的河里找到了"[1]，剩下的民众只能离开被毁灭的家园，最后也将沦落为难民。"马金標"即为兵匪、帮会、劣官的集合体，他原是贩卖私盐的帮会头目，是一个心狠手辣、毫无底线的土匪流氓。抗战爆发后，他的队伍被国民政府收编，摇身一变成为了地方抗日武装的领导人。唯一出现战争难民形象的作品是《没有米》。印刷工人"子福"在家门前碰到乞讨的"叫花"，详细询问得知乞讨的两位老人并非乞丐，而是难民，"我并不是叫花，我是一个难民，我家是在靖江，几个孩子都给鬼子抓去当了兵，只剩我们两个老的，家里没得吃"[2]。

饥饿是难民也是深处悲惨命运旋涡中的民众们面临的最大苦难和首要的生存问题。长篇小说《活跃在敌人后方》第二卷第四章的部分情节源于短篇小说《没有米》，呈现了某镇民众在泰丰米行排队购米的世相。米价高涨，每人仅能购买少量食粮，根本无法填饱肚子，而苍老乏力的老人、稚气未脱的少年则无力挤入那汹涌的人潮。《没有米》中的"兆富"原本想帮一位孩童去抢购大米，家中几日无米下锅的现状令他将抢购的大米偷携回家，可以预见那位儿童与其家人饥饿致死的结局。"兆富"将大米带回家后，却不敢食用这带血的食粮，陷入了苦痛的精神困境。鲍雨笔下的民众，均处于精神困境和现实困境之中，"人的脸都是干瘪、焦黄、皱着眉、合着泪、流着汗。在惨黯的恐怖的浓云映照下，他们的脸非常难看"[3]。《飞机场》和《小陈》伊始，就展现了婴儿"小狗"饥饿的状态，他的母亲为了维持生计需要外出做工补贴家用，只得狠心断奶，"小狗"因吃不饱终日在寻找母亲的乳头，最终因营养不良患上疾病不幸夭折。飞机场的工人们不仅面临着饥饿的问题——官员和工头克扣他们的口粮和薪金；还面临着种种生存的困境——瘟疫的传播、工头组织的斗殴。工人的性命如蝼蚁草芥一般，随风而逝。死亡是鲍雨现代小

---

① 鲍雨:《活跃在敌人后方》，正中书局 1943 年版，第 63 页。
② 鲍雨:《没有米》，《文学新潮》，1940 年，第 2 卷第 9 期。
③ 鲍雨:《活跃在敌人后方》，正中书局 1943 年版，第 64 页。

说恒久的主题。《绿草荡畔》谱写了一出中国江南水乡版的"罗密欧与朱丽叶",相爱的男女主人公"昌生""荷花"最后以死明志。《小光蛋》中的主人公"小光蛋"的好友,一条名叫"来富"的小狗,被饥民烹杀果腹。《没有米》中的主人公"子福""兆富"为反抗不公的社会而不幸惨死。《活跃在敌人后方》中的主人公,抗日队长"耀东"英勇就义。

"写实"是现实主义文学的典型创作理念,因此,在创作小说的过程中,鲍雨客观真实地呈现悲惨世相,"我曾看到了许许多多我所惊异的事件;最深刻地印在我脑海里的是关于飞机场上的事情。现在我把这事的印象大胆地毫不粉饰地写下来了"[1]。因此,他将笔触集中于描摹真实黑暗的社会现实,致力于社会问题的探讨剖析,力图从各个角度深入反映底层民众尤其是难民阶层的困苦生活与悲惨命运。

二、病态国民性的暴露

鲍雨的现代小说十分注重暴露与呈现中国国民精神的病态和缺陷——麻木愚昧、自私冷漠、奴性十足、好勇斗狠,这些国民性的弱点,"不仅使他们成为'毫无意义的示众的材料和看客',而且常常成为'吃人'者无意识的'帮凶'"[2]。病态的国民性是造成底层民众悲惨命运的重要缘由,"'吃人'的封建思想已经深深地渗透到民族意识和文化心理结构之中……大量的受害者往往并不是直接死于层层统治者的屠刀之下,而是死于无数麻木者所构成的强大的'杀人团'不见血的精神虐杀之中"[3]。

麻木愚昧、自私冷漠的看客群体,在鲍雨的现代小说中俯拾即是。病态的"初级"看客们最喜欢观赏同胞被杀头、被枪毙的场面,并以此为乐。《活跃在敌人后方》中,"耀东"召开民众大会,准备在民众面前枪毙抗日队伍中的七个败类士兵。乡民们没有去关注思考这七个人的罪行,反因有热闹可看

---

① 鲍雨:《飞机场》,上海杂志公司 1936 年版,第 145 页。

②③ 张光芒:《中国近现代启蒙文学思潮论》,山东文艺出版社 2002 年版,第 272 页。

而感动无比兴奋，"'去看毙人呀！''一下子毙七个，才好看呢'"①。《飞机场》中，无辜的犯人（工人）被枪毙时、"庚申"的妻子被工头"老王"欺骗玩弄怀孕后，自杀投河，尸身浮出河面时，看客们没有丝毫的同情、伤感、怜悯，反而激动地吼叫，争相要去看"弹人"、要去看"浮尸"。飞机场的某些工人被迫犯罪被逮捕游街时，看客们——一群儿童竟以此为乐。一个孩子十分惋惜妓院的老鸨"英姑娘"没有看到这出"好戏"，竟为她摆出犯人被缚游街的样子，逗彼此开心，"孩子把手反背着，在街中走两步，他摆着一个犯人样给英姑娘看"②。孩童成为看客是最为可怖的象征，暗示着病态的国民精神已深入国人的骨髓和神经之中。孩童正处于懵懂的阶段，是国家和民族的未来。但《飞机场》中的他们已然开始变得麻木愚昧、自私冷漠，价值观和人生观被彻底扭曲，这是最为令人痛心与惋惜的。鲍雨对喜好围观的看客的描写，恰如鲁迅在《药》中的描述，"却只见一堆人的后背；颈项都伸得很长，仿佛许多鸭，被无形的手捏住了的，向上提着"③。

病态的"高级"看客们不但喜欢围观同胞被侮辱被损害，还要亲身去欺侮弱者，做统治阶层的帮凶。《盐》中，"小顺儿"和其他妇女一道，每天都要去码头，用扫帚将搬运工人搬运盐包时洒落在地的盐粒扫到簸箕之中，带回家中用沸水煮泡，从而提取食盐。"小顺儿"因年幼矮小，不但很难扫到盐粒，还常常被其他妇女讥笑咒骂欺辱，"许多许多的妇人孩子们都在讥笑她……有人在讥骂她"④。《卖菜女》中，当卖菜女们被警察驱赶辱骂殴打时，看客们以此为乐，并无耻冷血地偷取她们的蔬菜，"有很多观客都在笑。还有观客在偷取篮里的菜儿"⑤。《飞机场》中，当工头"老王""小梅"将工人们的工钱席卷一空后，工人们只能来到城镇找县长和公司代表理论，面对寻求正

① 鲍雨：《活跃在敌人后方》，正中书局1943年版，第118页。
② 鲍雨：《飞机场》，上海杂志公司1936年版，第81页。
③ 鲁迅：《药》，见《鲁迅全集》第1卷，人民文学出版社2005年版，第464页。
④ 鲍雨：《盐》，《新中华》，1934年8月，第2卷第15期。
⑤ 鲍雨：《卖菜女》，《中华月报》，1935年1月，第3卷第1期。

义的工人们，城镇的居民——看客们，唯恐避之不及，害怕和鄙视这些可怜的同胞，"东街上的几家人家，都把门加了闩，并且加了撑。差不多都没有吃得下晚饭。他们都把窗帷挂起，灯火拧得很小，蹑手蹑脚地把他们的重要的物件都安藏在他们以为最秘密的地方。'这般人都不是好人呀！'他们都这样地想。偶尔小孩哭起来了，随即大人会轻轻地恐吓着说：'不要作声，外面的"夸子"要来抓你去！'他们不敢脱衣服上床去睡，他们都围坐在一起。朦胧的灯光射在他们的惊惶的脸上"①。看客的所作所为印证了统治者帮凶的身份，使飞机场讨薪的工人们孤立无援，工人们的反抗以失败告终。被侮辱被损害的群体与看客本是同一阶层，面对同胞不幸和悲惨的遭遇，看客们没有丝毫的同情与怜悯，甚至成为了刽子手的帮凶，这是社会悲剧的根源之一，也是鲍雨在其现代小说中力图呈现与揭示的。

奴性十足、好勇斗狠的庸众，也是鲍雨竭力暴露与批判的群体。《绿草荡畔》中，"昌生"和"荷花"的爱情悲剧，恰恰是好勇斗狠的国民劣根性所致。二人所在的金家庄和叶家庄为了利益，常常发生"惨酷的，野蛮的"②械斗，成为世仇。鲍雨借"荷花"爷爷"老发"之口，道破了国民精神病态的一面，"绿草荡畔的人都是牛变的，不斗不成的"③，发人深省。《飞机场》中，工人们向县长和公司代表讨薪，病态的国民精神——奴性，已然深入到庸众的骨髓和神经之中，使他们忘记如何站立，"另有一部分工人，跑到公司的代表的前面跪下了：'求求大人，多付一点吧，我们路远，这点钱不够呀'"④。看客们的自私冷漠、统治阶层的血腥镇压，尤其是工人内部庸众的奴性举动，最终导致工人群体的讨薪失败。印证了现实中的庸众"极容易变成奴隶，而且变了之后，还万分喜欢"⑤。工人们被统治阶层的暴力机关用刀枪押送到卡车上，一

---

① 鲍雨：《飞机场》，上海杂志公司 1936 年版，第 72 页。

②③ 鲍雨：《绿草荡畔》，《文潮月刊》，1947 年 4 月，第 2 卷第 6 期。

④ 鲍雨：《飞机场》，上海杂志公司 1936 年版，第 75 页。

⑤ 鲁迅：《灯下漫笔》，见《鲁迅全集》第 1 卷，人民文学出版社 2005 年版，第 223 页。

些原本具有反抗意识的工人也变得和庸众一样麻木，"每辆车上像乱叠着数十头的畜牲一样"[1]。《活跃在敌人后方》中，当人们在泰丰米行前排队购米时，鲍雨将庸众之间的好勇斗狠暴露得淋漓尽致，"他们用力挤着，谁都想挤到人前去；而谁都防范得后面的人挤上前来。他们紧紧地胶着，他们的背贴胸，脚跟接着脚尖，妇人的发髻贴在后面的一个鼻子上，小孩子的嘴巴啃着前面大人的屁股……买到米的人，用力挤出，胶着的一堆，不免又涌动起来，有许多人，就趁着这机会拼命挤上前去。有的衣裳被撕破，有的脚被踏痛，有的筲箕被轧破，有的米被挤翻，他们悲惨地哭，嘶声地叫"[2]。庸众之间没有丝毫的同情、怜悯、礼让、谦帮之心，对待彼此就似饿狼一般，只知好勇斗狠、欺负弱小，展现了庸众"吃人"的特性。可当面对着米行外那些背着枪维持秩序的士兵时，庸众们又如同绵羊一样，心甘情愿地被打骂被羞辱，不敢做出任何反抗。

鲍雨的现代小说，承继了五四学人改造国民性的殷切期望与历史使命，十分注重描写暴露病态的、有缺陷的国民性，以超越历史和时代的眼光去审视暴露国民性。国民性的呈现与外部的社会关系、社会现实紧密相连，鲍雨试图通过对病态国民性的暴露，去揭示黑暗的社会现实，去剖析复杂的社会关系，反思造成人性异化的社会问题。

三、觉醒者形象的塑造

鲍雨的现代小说在描摹悲惨的社会现实、暴露病态的国民性的同时，还注重塑造一类典型的人物形象——正待启蒙、正在觉醒的"人"，"真实地描写出典型环境中的典型性格，这种作品是充分现实主义的，它的形象也就是充分典型的"[3]。通过对典型形象——觉醒者形象的塑造刻画，通过描写呈现他们的转变、成长、觉醒，使他的创作在悲惨和绝望中迸发出希望和理想，在

---

① 鲍雨：《飞机场》，上海杂志公司1936年版，第76页。
② 鲍雨：《活跃在敌人后方》，正中书局1943年版，第64页。
③ 蔡仪：《论现实主义问题》，作家出版社1961年版，第108页。

无尽的黑暗中闪现出一丝曙光。

在鲍雨的现代小说中，"人"的启蒙与觉醒，主要分为两类情况，第一类是"人"在某个启蒙者的指引、启迪下，开始觉醒与成长。另一类是"人"在外部动因——恶劣的社会环境的刺激下，自我的转变与觉醒。第一类觉醒者的形象主要包括《活跃在敌人后方》中的"有富"、《绿草荡畔》中的"荷花"、《没有米》中的"子福"。《活跃在敌人后方》中的启蒙者是"耀东"，觉醒者（被启蒙者）是"有富"。"有富"原本是一个小自耕农，抗战爆发后，因痛恨侵略者，便加入了耀东组织的联庄会。但表现出了典型的阶级局限性，最初"耀东"邀请他加入联庄会时，"有富"还有所顾虑，惦念着家里的妻儿老母，特别是家里的一猪一鸡。加入联庄会的初衷除了打击侵略者外，也有配枪、穿军装、出风头的狭隘愿望。联庄会迅速发展，转为地方的正规抗日武装，但不再在本地驻防，"有富"对此十分不解和抵触，甚至有了离开队伍的想法。"耀东""有富"领导的队伍同其他几路抗日武装合并成了一个大的支队，他俩管理的队伍，一心抗日，与群众关系融洽。"马金標"领导的队伍，平素奸淫掳掠无恶不作，"有富"对此十分不满，便劝"耀东"一起脱离支队，独立抗日。《活跃在敌人后方》在呈现复杂艰难的斗争形势的同时，也展现了"有富"成长过程的曲折。"耀东"始终以启蒙者的身份陪伴在他的身边，对他进行启蒙指引。在小说结尾，"耀东"的英勇就义标志着"有富"的彻底蜕变升华，他已经由一个自私狭隘的小农民，成长为了一个顾全大局、作战英勇、指挥有方的合格的抗日武装队长，"有富"实现了彻底的觉醒。

《没有米》中的启蒙者是"兆富"，觉醒者（被启蒙者）是"子福"。"子福"始终不明白米到底去了哪里——世道为何如此艰辛、生活为何充满苦难。"兆富"以启蒙者的身份揭开了谜团——腐败的统治阶层表面抗日，实则与侵略者暗度陈仓，压榨盘剥民众，导致了"没有米"的人间惨剧。"子福"因此受了"一个大刺激"[1]，开始觉醒，两人决定去反抗这不公的社会——从汉奸手

---

[1] 鲍雨:《没有米》,《文学新潮》, 1940 年, 第 2 卷第 9 期。

中抢米，最终壮烈牺牲。《绿草荡畔》中的启蒙者是"昌生"，觉醒者（被启蒙者）是"荷花"。"昌生"与"耀东"类似，虽是农民出身，但都接受过教育、上过学堂，因此，与周围其他人相比，有着更为广阔的视野和更高层次的追求。在"昌生"的指引启迪下，"荷花"逐渐觉醒，开始意识到金家庄和叶家庄矛盾的根源所在，开始明白解决问题的方法——两个庄子一起成立运销合作社，避免恶性竞争、共同致富。但势单力弱的二人终究敌不过病态的国民劣根性，最后只能以死明志。他们的死终于唤醒了各自的家人以及庄民，"他们并不是白死的！一场大的械斗，非但因此停止了；并且还促成了荡畔的运销合作社的产生"①。在黑暗中闪现出曙光，在绝望中迸发出希望。第二类觉醒者的形象主要包括《卖菜女》中的"巧女"、《小光蛋》中的"小光蛋"、《飞机场》中的"庚申"。"巧女"来到江南后，并没有过上期望中的好日子，与其他的卖菜女一道，终日被看客们讥笑辱骂、被警察驱赶殴打、被政府官员压榨盘剥。在家庭和社会的双重困境中，以"巧女"为代表的底层民众终于觉醒并勇敢反抗，她们团结一致、不再软弱，要向压榨剥削她们的统治阶层讨回公道，"爸爸，你回去吧……我们要打赢了才回来"②。这是"巧女"觉醒的宣言与标志。

"小光蛋"是一个无父无母的小乞丐，为了生存，他逐渐变得没有底线，学会了骂人，学会了偷盗，学会了欺骗，也学会了欺负比自己更为弱小的同胞。他似乎要成为下一个"阿Q""罗大斗"。好友"小兰子"和小狗"来富"的死对他触动极大，他开始反思、转变，"他明白：自己做错了事，过去，他是自私的，自利的，为了个人，他不断地在暗伤着'自家人'（也可说他到现在方才认识）的一方面。但过去的事情追不回来了，他现在躺着在哭"③。当逃荒的人群被警察和保安团拒之城外时，"小光蛋"同乞丐、难民一起奋力地去推动城门，反抗暴政和不公的社会，"小光蛋也尖叫着喉咙和着他们喊：推

---

① 鲍雨：《绿草荡畔》，《文潮月刊》，1947年4月，第2卷第6期。
② 鲍雨：《卖菜女》，《中华月报》，1935年1月，第3卷第1期。
③ 鲍雨：《小光蛋》，《水星》，1935年4月，第2卷第1期。

呀！肉和肉地贴紧，汗和汗的合流。在火伞高张的下面，这里的一堆也正在喷着炽烈的火"①，高举的"火伞"是希望的象征，标志着小光蛋的转变与觉醒。"庚申"与周边村庄的一众乡民逆来顺受，被统治者强征了赖以生存的土地和房产后，成为了无家可归的难民。他典当了母亲的"下材衣"去贿赂工头"老汤"做了飞机场的工人，终日苦干，依然难以维持生计。在飞机场做工后发生的几件事情，对他影响触动极大，一是他们的口粮总是被工头克扣；二是工头"老王""小梅"卷走了手下工人的薪水后不知所踪，他们手下的工人们去城镇跟县长和公司代表理论，非但没有讨回薪水，反被开除并强制赶走；三是"庚申"自己的妻子和妹妹分别被"老王"和"小梅"欺骗玩弄，妻子自杀身亡，妹妹自杀时被工友"凤祥"救下，二人后来成婚；四是工头"周老大"和"老杜"因私人恩怨竟组织手下的工人展开械斗，工人们死伤惨重，刚刚成为自己妹夫的"凤祥"不幸身亡；五是自己的好友"老马"因反抗监工的殴打，失手杀死监工被处以极刑；六是飞机场发生瘟疫后，统治者不闻不问，视工人的性命如草芥。这一幕幕的惨剧令"庚申"不再逆来顺受，他开始觉醒、开始反抗，他带领工人们不去参加"老汤"为了揽财而举办的生日会，为了工人的利益带领大家罢工示威。小说最后，飞机场的工人们已然觉醒，发起暴动，决心推翻黑暗的统治。

　　鲍雨的现代小说虽然呈现了种种黑暗悲惨凄凉的社会世相，但通过对觉醒者形象的塑造刻画，从而在绝望中迸发出希望，孕育了美好的理想，企盼着光明的明天，恰如《飞机场》第十五章的题名——"光明"，"东边的天空，格外亮起来，格外红起来"②，从而给读者、给自己以热切的鼓舞和无尽的力量，表达出对理想世界的向往。

---

① 鲍雨：《小光蛋》，《水星》，1935 年 4 月，第 2 卷第 1 期。
② 鲍雨：《飞机场》，上海杂志公司 1936 年版，第 143 页。

结　语

由于种种原因，长期以来，鲍雨的现代小说一直被学界所忽视。他的文学创作，以真挚深厚的情感，以严肃深刻的笔触，描写悲惨的社会现实、暴露病态的国民精神、塑造觉醒者的典型形象，呈现出了鲜明的现实主义风格。他尤为注重反映以难民阶层为代表的社会最底层民众的生活状态、精神状态，表现出了强烈的人文关怀精神。鲍雨除了小说写作，还创作了诸多的戏剧作品，为中国现代文学尤其是江苏文学的发展做出了重要贡献，他的创作实属一座有待开掘的文学富矿。通过对鲍雨现代小说创作的综合阐释，钩沉鲍雨的现代小说，不仅能还原他的文学创作风貌，重审他的文学史地位，对于中国现代文学来说，鲍雨的重新"发现"，亦是一种有益的补充。

第十章
憬悟者·启蒙者·落伍者
——韩北屏现代小说人物形象研究

引 言

　　韩北屏，原名韩立，笔名有露珠、宴冲、欧阳梦等。韩北屏 1914 年 6 月
30 日生于江苏扬州，曾考入梅英中学（今扬州中学），因家境贫寒而辍学，后
到镇江怡大参药行做学徒。为了自己的文学之梦弃商从文，先后担任《江都
日报》记者、编辑部主任，在扬州创办世界语协会。1934 年至 1937 年在上
海创办并主编《菜花》《诗志》两部刊物。抗战爆发后，与一批爱国青年成立
"江都县文化界抗日救亡协会流动宣传团"，创办刊物《抗日救亡协会宣传队》
《抗战周刊》，以笔代戈。1939 年至 1945 年先后任《桂林前线》出版社编辑、
《广西日报》编辑部主任、桂林"文协"与"记协"理事、昆明《扫荡报》编
辑部主任。1946 年至 1949 年先后任香港《新生日报》编辑部主任，建华、永
华、南国电影公司编导委员，"文协"港澳分会理事。1950 年由香港赴广州，
任华南文学艺术学院文学部教授、副主任。韩北屏的现代小说创作以短篇为
主，紧紧围绕抗战这一时代背景展开叙述。善于在作品中塑造抗战时代不同
阶层、不同背景、不同身份、不同性格的人物形象，凭借对憬悟者、启蒙者、
落伍者形象的勾勒描摹，揭示抗战时代的社会世相，暴露抗战时代的社会问

题，呈现自我对人生、人性、国民性的理性沉思，渗透着作者本人强烈饱满的时代感、责任感、使命感。

一、抗战时代憬悟者形象的勾勒

抗战时代的憬悟者，是韩北屏在其现代小说中竭力勾勒的一类人物形象，且以女性为主。女性与孩童是最易被侮辱被损害的弱势群体，与男性相比，女性的觉醒憬悟更具时代意义，寄寓了作者本人对社会、国民、时代、未来的热切期望。在全民抗战的时代背景下，憬悟者形象的勾勒给读者与民众以巨大的鼓舞和激励。韩北屏主要从乡村——城市两个维度勾勒抗战时代的憬悟者。

《狙击手方华田》的"方华田"和《花素琴》的"花素琴"是乡村中憬悟者的代表。"方华田"是一个庄稼汉子，抗战爆发后主动参军。他既有农民的质朴真诚，同时由于自身阶级的局限性，又导致他政治觉悟极低，"性情温顺的时候，什么事情都好商量，要是暴躁起来，溜缰的野马似的，真是难于驾驭"[1]。恰逢家中老母生病、田地闹纠纷，他无视军纪，未请示上级便直接从部队离开，被哨兵抓回。在"我"——指导员的悉心教导和帮助下，他的政治觉悟逐渐提升，逐步克服了自身的缺点。当家中再次发生困难时，他主动向上级请示，并在规定时间内从家中赶回部队。"方华田"前后的转变，标志了他的觉醒憬悟，他成长为了一名真正的战士。"方华田"的觉醒憬悟主要源自"我"的启迪与帮助，与"方华田"相比，"花素琴"觉醒憬悟的过程极为复杂艰难。她所处的环境尽是黑暗与污浊，没有人能够为她提供启蒙和帮助。"花素琴"原本在农村过着贫穷的生活，经受不住城市的诱惑，自甘堕落，抛弃丈夫沉沦都市，"专门以别人身体做买卖的一些人，花言巧语的骗得她来到城里，使她接触与之前不相同的生活，使得她失去一切可宝贵的性格，染上

---

① 韩北屏：《狙击手方华田》，《笔部队》，1940 年，第 1 卷第 1 期。

了一身和花柳病一样可怕的无耻。到最后，却又使她受到抛弃的病膏"①。

引诱她堕落的社会渣滓"张三"平素无恶不作、欺男霸女，抗战爆发后，一心要做侵略者的走狗。他打算将"花素琴"送给日本人或"和平军"，以讨好敌人。"花素琴"对侵略者充满了仇恨，在她心中，民族大义高于生命、高于一切。面对"张三"和他手下的威逼利诱、软硬兼施，没有丝毫的妥协和畏惧。她将自己的满腔怒火发泄在"张三"手下和对自己心怀不轨的东洋人身上，将他们赶出家门。小说结尾，她在梦中将"张三"推下了江，将"张三"的爪牙打了一顿。"花素琴"的人生是一个缩影，象征了诸多从农村流落城市而不幸堕落的女性群体，面对风起云涌的时代潮流，她最终做出了离开黑暗城市，回到广阔农村的打算。"花素琴"的人生形成了乡村—都市—乡村的轨迹变化。回归乡村，意味着她从物欲的深渊中脱身，意味着她勇敢地走向了新的人生阶段，通过对"花素琴"形象的勾勒，寄寓了韩北屏对这类女性群体的深切同情与美好期望。

《临崖》中的"蒋小姐"、《没有演完的悲剧》中的"萱"、《学步》中的"梅佩君"则是都市中憬悟者的代表。《临崖》中的"我"在前线工作，重病后来到大后方的医院治疗，在这里偶然结识了一位女病友"蒋小姐"。她神秘的气质深深吸引了"我"，在与她相处的过程中，"我"逐渐得知了她的身世。"蒋小姐"虽是汉奸的女儿，但她痛恨侵略者、痛恨自己的父亲、痛恨自己的家庭，她已然处于觉醒憬悟的萌芽阶段，遂孤身逃离了那个罪恶的旋涡，来到后方。此时的她对前路充满了迷茫与困惑，"可是，到了内地来，我找不着可以献身的机会，我真失望极了……一个人想把一切精力甚至生命贡献时，却遇不到机会，这种失望的痛苦，比之有了机会而不能胜任的痛苦尤为难堪"②。最终，在"我"的鼓励启迪下，"蒋小姐"又勇敢地做出了新的人生抉择，在小说最后，她与"我"共同奔赴前线。《没有演完的悲剧》中的"萱"深受父亲"张实甫"的压迫，被父亲像货物一样送给"江家瑶"作填房，来

---

① 韩北屏:《花素琴》,《文化杂志》,1942 年 2 月，第 1 卷第 6 期。

② 韩北屏:《临崖》,《中学生》,1941 年 7 月，第 44 期。

到江家后又终日被"江家瑶"打骂，她无法忍受父亲和丈夫的欺压、无法忍受令人窒息的家庭环境，最终憬悟，决定出逃。在给妹妹"鸢"的信中，她表明了自己决绝的态度，"现在，我走了……可是我不管这一些，我不能为他们而牺牲了我自己……我走到什么地方去，你们不必太挂虑，我自己知道怎样照顾自己的"①。这封信象征了一个被压迫女性的憬悟觉醒，她也成为《没有演完的悲剧》中唯一的憬悟者。

"梅佩君"是一位侨商的女儿，家境优渥、美丽外向，在大学时就是校园中的风云人物，众多男子拜倒在她的石榴裙下。她却对看不惯自己的"辛耀中"颇有好感，想要劝说他与自己共赴南洋。"九一八"事变后，"辛耀中"就积极投身时代浪潮之中，加入各种组织社团，为国家民族贡献自己微薄的一份力量。抗战爆发后，更是奔赴前线，从事各种与抗战相关的事业。"梅佩君"逐渐对自己堕落的生活产生了厌倦与疑问，面对时代浪潮的冲击，她敏于思却迟于行，想要改变，想要过一种全新的生活，却没有勇气向前迈出一步，"我现在缺少一种力量"②，这也反映了当时众多摩登女性的真实心理状态和生活状态。因此，"梅佩君"主动联系了许久未曾谋面的"辛耀中"，"辛耀中"成为了"梅佩君"的启蒙者和引路人，他邀请同是二人同学、现在参军入伍的"魏菁"一同劝说"梅佩君"。身着戎装的"魏菁"的到来，深深震撼了犹豫不决、享乐懦弱的"梅佩君"，在"辛耀中"和"魏菁"的感染引领下，她发出了自我转变的强力呼声："我能改！我一定能改……我从今天改给你们看！从此刻改给你们看。"③她的呐喊象征着她像"蒋小姐""萱"那样，勇敢地迈向了人生的全新阶段，"她的脚步，和他们慢慢合一了"④。这个原本贪图享乐、自甘堕落的富家女实现了蜕变，完成了觉醒憬悟。

"方华田""蒋小姐""梅佩君"，他们的憬悟觉醒，均是在外力——启蒙者的帮助指引下实现的。"花素琴""萱"的憬悟觉醒则没有任何外力的启迪

---

① 韩北屏:《没有演完的悲剧》，见《没有演完的悲剧》，科学书店 1943 年版，第 143-144 页。

②③④ 韩北屏:《学步》，《文学》，1943 年 4 月，第 4-5 期。

牵引，而是由一种反作用力——封建男权的桎梏、邪恶势力的压迫、罪恶社会的压榨所导致。两种模式共同铸就了韩北屏现代小说中憬悟者的艺术形象。

二、抗战时代启蒙者形象的描摹

在新文学的历史长河中，启蒙者的形象俯拾即是。对抗战时代启蒙者形象的描摹也贯穿了韩北屏的整个创作生涯。韩北屏笔下的启蒙者大都受过良好的教育，是典型的现代知识分子，抗战爆发后，他们弃笔从戎、走向战场、保家卫国。同时，又用自己的言行去启迪、鼓舞、帮助被启蒙者们。

《临崖》中的启蒙者是"我"，"我"是一个知识分子，喜欢阅读契诃夫和巴尔扎克的小说。抗战爆发后，我弃笔从戎，在前线从事工作，因病来到后方休养。在医院中，"我"结识了正处于迷惘状态的"蒋小姐"，并对她进行了启蒙，小说结尾，作为启蒙者的"我"和被启蒙者"蒋小姐"，共同奔赴前线。《学步》中的启蒙者是"辛耀中"，他是一个进步的高级知识分子，上过大学，有着良好的修养和明确的人生目标。抗战爆发后，弃笔从戎。在他的启蒙引导下，贪图享乐、迷惘无知的摩登女性"梅佩君"终于觉醒憬悟，决心改变自我，走向前线。《狙击手方华田》中的启蒙者是"我"，"我"是一个知识分子，抗战爆发后，弃笔从戎，参军作战，在部队担任指导员的工作。"我"成为了战士"方华田"的启蒙者，在我的引导帮助下，他逐渐克服了自身的阶级局限性，摒弃了小农意识，政治觉悟逐渐提高，最后成长为一名真正的狙击手。《临崖》《学步》《狙击手方华田》采用了现代小说中经典的启蒙模式——男性为启蒙者，女性为被启蒙者；现代知识分子为启蒙者，普通民众（农民）为被启蒙者。

韩北屏在采用传统启蒙模式建构文本的同时，还采用了新颖的启蒙模式。《神媒》中的启蒙者为某乡镇的小学教师"乔钢"，人如其名，他有着钢铁般的顽强意志，"有一个崇高而纯洁的理想……为教育的理想献身"①。小说中的被启蒙者既非女性，也非普通民众，而是一个与"乔钢"同样有着良好教育背景的外国牧师"毕克"。"毕克"十分钦佩"乔钢"的精神和言行，不自觉地想要接近他，想要让他加入教会，但屡次都被对方拒绝。二人还经常就人生问题、信仰问题进行讨论，各执己见。抗战爆发后，"乔钢"并没有撤离本地，而是决心为普罗大众献身，"为了爱人类，我准备随时献身"②。在"乔钢"的感染熏陶——启蒙下，"毕克"摒弃了自己狭隘的人生观，决心与"乔钢"一道，去帮助所有的民众，这些民众有的是教会会员，有的是非教会会员。五四以来，中国社会中涌现出的启蒙者们——现代知识分子，多受到过西方现代思想的洗礼与影响。而在《神媒》中，原本应是启蒙者的西方人"毕克"反而成为了被启蒙者，这是一种全新的启蒙模式。

韩北屏的现代小说还描摹了大量女性启蒙者的形象，这些女性不再依附于男性的羽翼之下，而是一个个独立、自强的个体。面对风起云涌的时代乱局，面对国破山河的险峻局势，她们或参军作战，或乐观坚韧，为抗战默默贡献自己的微薄之力。《学步》中的"魏菁"、《被称作太太的女同志们》中的"女同志们"、《锤炼》中的"周柔宜""方淑云"是参军女性的代表，她们有着超乎常人的勇气，抗战爆发后积极投身抗战事业。"魏菁"与"梅佩君"类似，家境优渥，她却选择放弃安逸的人生，参军作战，同"辛耀中"一道，成为了"梅佩君"的启蒙者。《被称作太太的女同志们》中的"女同志们"是驻扎在某乡村的部队中的一群女战士，她们一直试图对乡村中的民众，尤其是女性民众进行启蒙。在《锤炼》中，北大营干部训练班来了一个沉默寡言、忧郁冷淡的光头女学员"周柔宜"，她终日孤身一人，其身份、气质、外貌成为培训班的头号谜团。"周柔宜"逐渐与"方淑云"结为好友，向她打开了自己久闭的心扉——韩北屏插叙了"周柔宜"终日"忧悒"③的缘由。她在参加培训班之前就加入了抗战部队，在一次敌人进攻时，因自己的冒进与不成熟，

---

① ② 韩北屏：《神媒》，《文艺生活》，1946 年 2 月，第 2 期。

③ 韩北屏：《锤炼》，《抗战时代》，1940 年 5 月，第 2 卷第 1 期。

导致战友"廖侃"牺牲。她无法原谅自己，不敢回到原先的部队。后来意外发现"廖侃"侥幸生还，她终于战胜了自己的心魔，从"忧郁"①中走了出来，重新变得开朗快乐，变得成熟稳重，得到了锤炼与成长。"周柔宜"在抗战伊始，就已经是一个启蒙者，随着锤炼，她最终成长为自我的启蒙者。

《邻家》中的"梅健"虽未像"魏菁""周柔宜""方淑云"等女性那样弃笔从戎、投身革命，但她默默为家人付出，同样是一个富有牺牲、隐忍精神的时代女性、知识女性。"梅健"是报馆编辑"刘君来"的妻子，育有两个孩子"阿环""阿珠"。小说一方面借爱子"阿环"发烧，描写了夫妻二人艰辛窘迫的生活状态。另一方面又以"君来"在报社编辑新闻"塞夫苏军大反攻歼灭四万五千人"②，与抗战的时代背景紧密相连。这个消息成为夫妻二人艰难生活中的快乐源泉，"胜利毫无疑问是属于我们的！你瞧，最快活的一天已经开始向我们走来了"③。"梅健"与丈夫"君来"并不是启蒙——被启蒙的关系，他们是平等的，"君来"被生活压得喘不过气之时，还是"梅健"的安慰劝解令他重拾生活的信心，在某种程度上来说，"梅健"甚至成为了"君来"的启蒙者。"梅健"是一个独立的个体，同"周柔宜"类似，是自我的启蒙者。她没有被苦难的生活击倒，吃苦耐劳、勤俭持家、乐观坚韧、富有牺牲奉献的精神，"刘君来和梅健，像无数青年工作者一样，忘记了一切的狂热地工作着，陶醉在工作中，陶醉在胜利的信心中，而且也陶醉在同志爱的真诚亲切的氛围中"④，既给了丈夫"君来"以安慰，又给了千千万万的读者以激励和启蒙。

韩北屏的现代小说，以传统——新颖的启蒙模式，塑造了传统——新颖的一众启蒙者形象。韩北屏笔下的启蒙者，不同于鲁迅等人笔下的启蒙者那样孤独无助、茫然彷徨，无论对自我，还是对被启蒙者的启蒙基本是成功的，他们践行了自我的使命，实现了自我的价值，给读者与民众以希望。

---

① 韩北屏：《锤炼》，《抗战时代》，1940 年 5 月，第 2 卷第 1 期。
②③④ 韩北屏：《邻家》，《艺丛》，1943 年 2 月，第 1 卷第 2 期。

三、抗战时代落伍者形象的刻画

韩北屏承继了五四学人改造国民性的殷切期望与历史使命，因此，抗战时代那些自甘堕落、麻木愚昧的落伍者成为了韩北屏现代小说竭力塑造、批判的对象。通过对落伍者形象的刻画，韩北屏以超越历史和时代的眼光去审视暴露人性、国民性，呈现反思社会问题。

《邻家》中，韩北屏在描写"君来"和"梅健"这对恩爱夫妻的同时，还呈现了他们邻家那对一胖一瘦夫妻的面貌。"胖男人"在某机关工作，平素中饱私囊、贪污受贿，利用职务之便大肆走私赚钱。"瘦女人"与"胖男人"实乃一丘之貉，他们的灵魂早已被金钱腐蚀，他们的人性早已堕落扭曲，夫妻二人互相猜忌、互相攻击，为金钱大打出手。反而对战争形势不闻不问、对国家民族漠不关心。两个相邻的家庭形成了鲜明的对比，成为抗战时代两种家庭、两种人生的缩影。《狙击手方华田》中，"方华田"第二次请假回家的缘由是本家叔父和村长见"方华田"参军后，家中只剩弱妻老母，便想瓜分他的田地，本村流氓时常骚扰他的妻子。"方华田"为国参战，村中的乡邻非但不伸出援手帮忙照顾，反而为非作歹、落井下石。韩北屏将人性之恶淋漓尽致地呈现在读者面前，作者揭示的不是某种个例，而是一种超越历史和时代的社会问题与社会世相，在当下仍具有启示之义。

在《没有演完的悲剧》中，登场的男性角色伴随着的是腐朽、堕落、恐怖的气息，全篇氛围极其压抑，令人窒息。"张实甫""江家瑶"分别是封建父权和夫权的代表，他们专制冷酷、封建独裁，视女性为物品，只关心自己的社会声誉。当作为女儿和妻子的"萱"离家出走后，他们没有反思"萱"为何会离家出走，反倒担心自己的名誉会被破坏，会受到亲朋好友的耻笑。"一个不要脸的丫头逃走倒不在乎，我这一生的名誉非保全不可"[1]。为了安抚女婿，"张实甫"竟冷血地决定将二女儿"鸾"再送给"江家瑶"作填房，全

---

[1]　韩北屏:《没有演完的悲剧》，见《没有演完的悲剧》，科学书店 1943 年版，第 146 页。

然不顾"萱"的悲剧再度上演。在《花素琴》中,同样充溢着黑暗与邪恶。除了女主人公"花素琴"外,尽是以"张三"为代表的一个个堕落凶恶的魂灵。他们在战前欺男霸女、逼良为娼,将女性视为牲畜般贩卖。抗战爆发后,则投靠侵略者,心安理得地做起了汉奸走狗,卑躬屈膝、认贼作父。韩北屏通过对"胖男人""瘦女人""张三""张实甫""江家瑶"以及"方华田"的乡邻们,这些落伍者的刻画描写,揭示和批判了抗战时代的堕落灵魂、丑陋人性、黑暗世相。

《魔术的医道》则以反讽的笔法讽刺批判了抗战时代,那些耽于享乐、不问世事、自甘堕落的富太太无病呻吟的可笑人生。"我"是一位后方医生,某日接诊了一位"饱受各种病痛"折磨的"赵麦慧玲"女士,她称自己"病不离身,身不离病"[①]。实际上,"赵麦慧玲"没有任何的疾病,只是由于变态的心理引起了精神的不适。抗战爆发后,她与丈夫撤退到后方,依然过着战前那种安逸富庶的生活,艰苦的抗战与她毫无关系。只是迁徙逃难的过程令她的身心受到了"磨难",陌生的环境引起了她的不适,令她感到"痛苦","他们医生不懂得我的痛苦,难道你还没有看够我所受的磨难吗"[②]。"磨难""痛苦"均是典型的反讽,她所谓的"磨难""痛苦"仅仅是因撤退迁徙导致了疲累,因战争爆发导致生活水准比战前略微下降。真正遭受磨难与痛苦的是奋勇杀敌、风餐露宿的无畏战士和食不果腹、饥寒交迫的贫苦百姓。战争仅仅是略微影响到了她的享乐,她便开始无病呻吟,她关心的只有自己的"病体"。似乎对丈夫还有一点同情心,"我病了固然是吃了苦,而他才真的是更苦哩"[③]。"苦"又是一种典型的反讽,揶揄嘲讽了以"赵麦慧玲"为代表的一类自私冷血、无知冷漠的群体。

在《雀和螳螂》中,韩北屏刻画了战争中常见的一类群体——间谍。小说的主人公是驻守南京的中校"刘戒非",他在青阳港度假时偶然结识了一位风度翩翩的贵公子"方效庄"。回到南京后又在"方效庄"的引荐下,结识了

---

①②③　韩北屏:《魔术的医道》,《文化杂志》,1943年2月,第3卷第4期。

美丽大方、优雅高贵的"张小姐"和"宋小姐"。"方效庄""张小姐""宋小姐"实则是日本间谍，他们已经窃取了南京城的多个重要情报，最近又盯上了位居要职的"刘戒非"。"刘戒非"虽然开始时对他们颇有防范，小心谨慎，但终究没有抵挡住他们糖衣炮弹的攻击，醉倒在"宋小姐"的石榴裙下，"刘戒非看着宋小姐明亮的眼睛，衬着绯红的两颊，就像在枫叶林子后面的一泓秋水，着实令人陶醉"①。这些特务即将得手之时，终被南京城的特务机构和宪兵抓获。"方效庄""张小姐""宋小姐"，还有《临崖》中"蒋小姐"的父亲，均是被侵略者收买的中国人，他们甘愿出卖自己的灵魂、民族和国家，自甘堕落，认贼作父，是无耻的落伍者，令人唾弃。

在《被称作太太的女同志们》中，韩北屏刻画了落伍者的群像。某部队驻扎在某乡村，部队中的青年男女军人是启蒙者的象征，而乡村中的男女老少则是尚待启蒙的群体，青年男女军人的启蒙最终以失败告终，这源于病态国民性的根深蒂固与顽固不化。韩北屏通过启蒙者与庸众之间的接触，极尽描摹病态的国民精神。当军中一对青年男女在河边相谈之时，农夫、农妇和孩子们早已将四周围得水泄不通，他们就如同鲁迅笔下无知的看客，"却只见一堆人的后背；颈项都伸得很长，仿佛许多鸭，被无形的手捏住了的，向上提着"②。这些乡民对部队中青年男女军人的住宿问题尤为感兴趣，"在他们的宿营地向外，常有很多农民窥探着"③。"窥"字尽显他们无知、愚昧。当年轻的女兵想要与儿童亲近而抚摸了一个孩童时，那个孩童竟做出了极为不友好的举动，"那个孩子怀着憎恨似的摇了摇头，朝女的衣服上吐了一口唾沫，脱缰小犊似的飞跑了"④。孩童成为庸众是最为可怖的，暗示着病态的国民精神已深入国人的骨髓和神经之中。孩童正处于懵懂的阶段，是国家和民族的未来。但在《被称作太太的女同志们》中的他们已然开始变得麻木愚昧，这是最为令人痛心与惋惜的。部队住宿所在地的屋主十分委屈，一直恳求部队的

---

① 韩北屏：《雀和螳螂》，《文化杂志》，1942年2月，第1卷第6期。
② 鲁迅：《药》，见《鲁迅全集》第1卷，人民文学出版社2005年版，第464页。
③④ 韩北屏：《被称作太太的女同志们》，《抗战时代》，1941年5月，第3卷第5期。

青年男女在元宵节烧香点炮，反复诉说这是他们这儿的"规矩"。源于女兵们住进了堂屋，将洗过的衣服挂在了神堂之中，犯了村中的"大忌"。由此揭示了女性地位的低下、封建思想的根深蒂固。

通过对不同阶层、不同背景的落伍者形象的刻画描绘，韩北屏展现了抗战时代的种种社会世相、社会问题，令人警醒、发人深思。人性、国民性的呈现与外部的社会关系、社会现实紧密相连。韩北屏试图通过对堕落麻木的灵魂、病态国民精神的暴露批判，去揭示黑暗的社会现实，去剖析复杂的社会关系，探寻社会问题的根源。

结　语

除了新闻战线的工作外，韩北屏还是文坛的一位多面手，写作过诸多的戏剧、电影剧本、诗歌、散文、报告文学以及小说。学界以往多关注韩北屏的诗歌、散文、电影剧本撰写，较少论述他的小说尤其是现代小说创作，因此，韩北屏的现代小说研究实属一座有待开掘的文学富矿。韩北屏为中国现代文学尤其是江苏文学的发展做出了重要贡献，通过对韩北屏现代小说人物形象的深入研究和综合阐释，钩沉韩北屏的文学创作生涯，不仅能还原他的文学创作风貌，重审他的文学史地位，对于中国现代文学来说，韩北屏的重新"发现"，亦是一种有益的补充。

第十一章
时代脉搏的反映者
——程造之现代小说创作综论

引 言

　　程造之，1914 年 7 月出生于江苏省崇明县（今上海市崇明区），原名程兆翔，笔名有韶紫等。20 世纪 30—40 年代，程造之创作了被后世誉为"抗战三部曲"的三部长篇小说《沃野》《地下》《烽火天涯》，同时还创作了大量的短篇小说，涉及各个阶层的人物，摹写广阔的社会生活，反映人物的悲剧命运，为时代留下了一份生动的见证。程造之的文学创作成就并没有得到充分的重视，长时期以来他成为了文学史上的"失踪者"，为学界忽略。程造之的现代小说表现出对时代脉搏的精准把握，"文艺作品要反映出时代的脉搏，我想，青年时期的我没有辜负了时代对我的要求吧"①。以鲜明自觉的现实主义立场记录社会众生相，具有史诗的品质。程造之的现代小说在反映时代的同时，又呈现出对现代文明与传统文明碰撞、交融下生成的畸形社会的批判与哲理深思，既与时代紧密结合，由时代出发，又不囿于时代，具有跨越时代的鲜明特性。

---

　　① 程造之:《写在〈地下〉重版之后》，见《地下》，福建人民出版社 1983 年版，第 Ⅶ 页。

一、抗战时代乡土世界的全景绘制

程造之的现代小说具有广阔的社会视野，构造了一个完整的乡土世界，绘制了抗战时代乡土世界的世相全貌。展现了大变革、大动荡时代下，现代工业文明与原始农耕文明的碰撞。以敏锐的眼光、犀利的笔触，描写和暴露乡村中的种种社会问题。

《地下》《沃野》是剧情相连的两部长篇小说，全方位反映了抗战时期苏北乡村——苏北盐垦区人民的游击战争、垦荒历史和社会世相，共同构成了一部完整的"苏北现代盐垦史"[①]。

面对敌人的侵略，大旺村、白狼村等苏北地区的农民自发组织游击队，与敌人作战，用生命捍卫家园尤其是土地。在农耕文明中，土地是农民的命根。大旺村原先的土地被侵略者占领毁坏后，盐垦区广阔的、未开垦的"沃野"给了他们延续生命的希望，"那咸的而是肥沃的黑土，正表明她是有着无限的精力，可以滋长出无限养育人类胃袋的庄稼，小麦呀，蚕豆呀，葡萄呀，……怎么数得清！当然，她现在还没有被人动过，好像以前一径给人家瞧不起，或是忘记了的一样。那就是处女一般待人开发的原野呵"[②]。小说中将农民对盐土的改良利用进行了细致描绘，"天气好到极点。泥土给犁耙一割开，经不住太阳的蒸晒到傍晚，白皑皑的盐花就晒出来了。夜里下起雨来，

---

① "盐垦"一词最早出现于清朝末年，大约在光绪二十七年（1901 年），通海垦牧公司成立。苏北盐垦区是我国著名的棉区之一，也是江苏省的重要粮食生产基地，其开发有着上千年的历史。苏北盐垦区主要位于江苏省东北部，东滨黄海、西界范公堤、南起吕四、北至陈家港。包有滨海、射阳、大丰、如皋、阜宁、盐城、东台、海安、南通、海门、启东等地。在近代，苏北盐垦区历经了两次飞跃式的发展。一是在清末时期，张謇等人在通、泰两地设立了大豫、大丰、大赉、华成等大量的垦牧、垦殖、垦盐公司，盛极一时。二是在第一次世界大战时期，帝国主义列强无暇东顾，民族工业进一步崛起，对棉花需求日益增长，促使苏北盐垦区迅速成为我国重要产棉区之一。而在新文学的创作中，较少有反映苏北盐垦区的小说作品，长篇小说更是罕见，程造之的《地下》《沃野》填补了这一空白。

② 程造之：《地下》，海燕书店 1949 年版，第 378 页。

拿盐屑冲到开好的引沟里去。明天太阳又把盐花晒出来了。但盐花会一天天少下去的"①，由此再现了苏北盐垦区的垦殖方式，"开沟排盐和引淡冲洗，也是改良利用盐土的基本措施。当陆地脱离海水影响之后，在自然情况下，虽亦能逐渐脱盐，但历时较久，不合于积极发挥土地生产潜力、促进农业生产迅速发展的要求。如经开沟蓄淡，引水洗盐等的技术作用，就可以大大提早实现改良利用的要求"②。

小说在展现农民与土地血肉相连的同时，也揭示了现代工业文明对原始农耕文明的入侵和影响。"盐垦区委员会"在本质上依然是"若干地主的联合租栈"③，却也初步形成了现代企业的雏形，"先将什么会的名义改组为公司……什么事都应该科学化一点。像这样蛮荒的盐田，一方面用着人力，一方面我们想起俄罗斯的进步了，去买几部曳引机来……管理方法总之尽可能要科学化……我们应该开设义务小学二所……我们应该四面八方的去经营。不要死着眼在一点上"④，客观上推动了盐垦区的经济发展。盐垦区委员会设立了石灰厂、砖厂、草纸厂，分别被命名为盐垦区第一、第二、第三工场。盐垦区委员会在工厂施行日夜两班的现代化作息制度，并从盐垦区垦殖的农民中招聘工人，从而使农民的社会身份发生了变化，在工厂做工的盐垦区农民，上工时的身份是工人，放工后的身份则是农民。

程造之细致描绘了抗战爆发后，乡村衰败、混乱、萧条的现实境况，以及农民的悲惨命运，揭示了造成上述社会问题的根源所在，既是侵略者的暴行所致，更源于人性的丑恶、人类的互害。

《地下》《沃野》中有几路游击队伍，除"老独""罗三"率领的队伍一心抗日外，"关德""钢丝马甲""潘大成""朱古律"等人的队伍均是以抗日为名，实则行使绑票勒索、杀人越货的勾当。《沃野》中，"关德"和"钢丝马

---

① 程造之：《沃野》，海燕书店 1946 年版，第 29 页。
② 孙家山：《苏北盐垦史初稿》，农业出版社 1984 年版，第 95 页。
③ 孙家山：《苏北盐垦史初稿》，农业出版社 1984 年版，第 54 页。
④ 程造之：《沃野》，海燕书店 1946 年版，第 64-65 页。

甲"的队伍不约而同地先后绑架了盐垦区委员会的委员长"国柱"。为了争夺盐垦区的控制权，"抗日队伍"内部和"抗日队伍"之间经常发生火并。《烽火天涯》虽描写抗战时代都市上流阶层的全貌，也涉及了南京沦陷后南京农村的某些世相。南京沦陷后，"吴昔更""魏福基"加入了当地百姓和未能及时撤退的军队组织的游击队，在南京周边的乡村同侵略者展开了游击战。由此揭露了同一游击队内和不同游击队间的争权夺利、互相倾轧。各个游击队相继成立后，队伍内部的成员为了得到队长职位，彼此钩心斗角、心怀鬼胎。各个游击队均妄图一家独大，彼此落井下石、相互吞并。《还乡》中，主人公"志佳"的大哥被"抗日队伍"（土匪）绑票，因付不起赎金惨遭杀害。某夜，土匪洗劫了"志佳"的家，家人商议报官，被祖父拦下，因为祖父看透了官匪勾结、官比匪更贪婪的世相，"官呀，省事些好了"①。通过一个青年"还乡"后的所见所闻，程造之呈现了抗战时代乡村令人窒息与绝望的社会世相，"地保要钱，乡长要钱，军队要钱……军队土匪的苛扰"②。

在现代文明的入侵下，乡土世界那纯朴的自然文明与传统的伦理道德已被破坏殆尽，人性被金钱腐蚀，金钱成为主宰一切的源泉。丑陋的国民性依然根深蒂固地存在。

《善人》的主人公"瑞良伯"为钱财甘愿入赘做上门女婿，终日忍受那凶悍无知的悍妇妻子。为钱财以"善人"之姿照顾村中的孤寡老人"九公"，只为"九公"死后能占得他的房产。《报复》以乡村巨贾"赵维义"的葬礼为切入，他的妻子、姨太、子女只关心遗产的分配，而不是伤感亲人的去世，"维义舅妈则替宝珍姑娘力争，她为着这个，抢天呼地哭起来，骂躺在木头里的"③。"赵维义"的小女儿"宝珍"背叛指腹为婚的对象"明瑞"，与表弟"包可用"暗度陈仓，主要原因也在于金钱。她对"明瑞"没有半点愧疚之意，竟提出用金钱来补偿他的损失。《孤女》中的"翠珠"自幼丧父，母亲改嫁后，新爸爸整日对她非打即骂。母亲死后，更是对她百般虐待。某日新爸

---

① ② 程造之：《还乡（续完）》，《大公报（上海）》，1945 年 11 月 21 日。

③ 程造之：《报复》，《文艺春秋》，1947 年 12 月，第 5 卷第 6 期。

爸竟对"翠珠"柔声细语、有求必应,原来是将"翠珠"卖给了某人作小妾,换取钱财。

《测绘队》对国民的奴性予以痛彻的批判与暴露。战争爆发前夕,日本测绘队的中国汉奸向导在中国村民面前不可一世、仗势欺人,在日军面前却如哈巴狗一般,前倨后恭、奴颜婢膝。色厉内荏的乡长"洗子非",在趾高气扬的向导面前低声下气、唯唯诺诺。当愤怒的村民出手殴打汉奸向导时,"洗子非""急得像没翅膀的蚱蜢似的转来转去"①。然而村民们终究是一盘散沙,他们虽因一时义愤聚集在一起,但当日本人的黄手杖袭来时,脆弱的同盟立马瓦解,围观的人四处散开只求自我保全。在《朦胧的昼午》中,程造之对农民的懦弱愚昧再次进行了暴露批判。"周小福"是个勤勤恳恳的农民,因为兵燹,妻子被兵匪轮奸杀害。妻子遇害时,懦弱胆小的"周小福"瑟缩着,不敢反抗,甚至对被玷污的妻子的尸体产生了憎恨。内心充满仇恨的他想要复仇,投奔军队一年后仍然不敢向仇人开枪。面对杀妻仇人他经过激烈的思想斗争,惶恐的他最后只做了个敬礼的手势。待仇人离开后,竟将愤怒发泄到一条无辜的黑狗身上,"抓一把草作掷打的姿势向黑狗扔去"②,可怜可笑可悲。

程造之以温厚的历史意识,为苏北盐垦史作一忠实描绘,通过游击战争、垦荒历史和社会世相全面呈现出抗战时代下的壮阔画卷,以敏锐的嗅觉探寻、暴露乡村中的种种社会问题,揭示现代文明冲击下人性的异化,怀抱启蒙精神对国民性进行批判。

二、抗战时代社会群像的深度塑造

程造之秉持记录时代、书写时代的责任感和使命感,以深入沉潜的姿态,观照各个阶层、阶级,上至达官显贵,下至贩夫走卒,无不网罗其中。在他笔下,既有理想主义的民族资本家,也有唯利是图的地主乡绅;既有麻

---

① 程兆翔:《测绘队》,《光明》,1936年10月,第1卷第9期。
② 程兆翔:《朦胧的昼午》,《新中华杂志》,1937年7月,第5卷第14期。

木愚昧的旧农民，也有逐渐觉醒成长的新农民；既有进步的时代青年，也有无法抵抗诱惑而堕落的新女性；既有上流社会的人士，也有小知识分子的阶层……程造之塑造了众多生动的人物形象，绘制出时代人物的精神图谱。

《地下》《沃野》中的"庞国柱"是民族资本家的代表，人如其名，是盐垦区的柱石。虽有资本家追逐利益的天性，也有着强烈的爱国心与责任感，具有较为高尚的人格。侵略者毁灭了大旺村等村落后，他积极联络并请求各村的地主乡绅向难民们发放赈灾粮食；组建"盐垦区委员会"，引入现代化的企业制度，建立工场，发展经济；提出"教育普及，男女平权"的口号，积极筹建学校；面对土匪汉奸的绑架禁锢和攫取盐垦区股份的无耻要求，他宁死不屈。他是一个绝对的理想主义者，认为只要用心做事，就定能成功，"环境？敲碎它呀。困难？在国柱的字典里根本没有这两个字。国柱先生是一位道地的实行家。说起'做'，就非得做不可"[1]。理想终败给了残酷的现实，他辛苦筹建的盐垦区先被"关德"的队伍占领，后又被"钢丝马甲"的队伍霸占，反抗的"庞国柱"竟被"朱古律"锯掉了一条腿。"庞国柱"的父亲"庞学潜"则是老式封建地主乡绅的代表。"庞学潜"痛恨侵略者，主要源于他在大旺村的产业被侵略者毁灭。却不敢反抗侵略者，也不敢反抗侵蚀自己利益的土匪汉奸，害怕财产将在反抗中毁于一旦。他利用自己盐垦区委员会委员的身份，贪污公款、中饱私囊、唯利是图，只求自己家业的壮大。

《沃野》中的"李三斗"和《芒种前后》中的"鼎叔"是中国老派农民的典型——强悍倔强与善良质朴、迷信愚昧与英勇无畏、粗鲁冲动与吃苦耐劳的结合。"李三斗"偏爱长子"寿发"，对小儿子"阿荣"终日恶语相向，源于爱妻生产"阿荣"时不幸离世，便认为"阿荣"是灾星，克死了爱妻。当"阿荣"被土匪汉奸抓住后，"李三斗"竟下跪为儿子求情。他有着中国农民吃苦耐劳的传统精神，"自己耕起田来，从没哼过一声吃力，打战争中跋涉过来，骨力益发坚硬了。就是做活的时候干不上来，自己相信他还跟儿子们劲

---

① 程造之:《沃野》，海燕书店 1946 年版，第 49 页。

道不差到哪儿"①。"鼎叔"在抗战时代，加入农抗会，打击"和平军"。抗战胜利后，被划为富农，区政府将他的一些土地直接分给了贫农，令他大为恼火，从而对农业合作社的开展百般诋毁、阻挠和破坏。"鼎叔"是一个极为复杂的人物形象，他有着忠义赤诚的血性，心地善良。但思想极为封建、保守、顽固。在家中独断专横、说一不二；认为女人不该抛头露面，十分反感侄子"赵日茂"的妻子"周健梅"参加政治组、合作社，还改名为"白夏"；对于家乡各种运动的开展，也极为抵触。尤其是被划走田地后，更是委屈至极、怒火中烧，认为这是对自己的一种侮辱和清算，"他自己是为了吃过敌人的苦的，所以才投身到红军里面去。好像，赶走了敌人，自家至少不向别人头上刨，也该不至于被人'欺侮'了。可是他本人就被清算了"②。在内外部因素的影响下，他的思想才实现了艰难的转变。

"阿荣""雅兰"是青年农民的代表，面对资本文明的入侵，他们不再安于现状，与土地分离。"阿荣"不像父兄"李三斗""寿发"那样依恋土地，这也是李家父子矛盾的根源所在。"阿荣"在"雅兰"的介绍帮助下成为了盐垦区的一名工人，最终脱离了土地。"雅兰"曾独自一人到城市的纱厂做工，抗战爆发后，纱厂被炸毁，她又回到乡村。在城市的经历使她懂得了"资产革命"与"阶级斗争"、"女性独立"与"男女平等"，初步具有了新女性的时代精神。"阿荣"最初有着农民阶层的某些局限性，懦弱自私、眼光窄狭，囿于小我之中，只希冀赚钱娶妻。在现代文明、时代精神的影响下，他逐渐成长成熟并觉醒，后来主动加入游击队，想要在动荡的大时代中成就一番事业。与之形成鲜明对比的是，曾主动带领盐垦区妇女到委员会示威，要求委员们在新成立的工场中为女性安排岗位，喊出过"教育普及，男女平权"口号，作为大旺村乃至盐垦区最早觉醒的青年女性的代表"雅兰"，最终竟迷失于资本文明之中，为了金钱、为了享乐甘心做了土匪汉奸"高皇经"的姘头，自甘堕落，被众人唾弃。

---

① 程造之：《沃野》，海燕书店 1946 年版，第 21 页。
② 程造之：《芒种前后》，《小说》，1949 年 11 月，第 3 卷第 2 期。

在《烽火天涯》中，程造之力图描摹抗战时代都市青年的人生之路，"真正有灵有肉的青年，在这大时代里许多动态"①。女主人公"慧平"性格倔强、要强、敏感，甚至偏执，源于她自幼丧父丧母，寄人篱下的不幸身世。她的灵魂是孤独的，渴望被爱，且富有爱国心。她开始时对外貌出众、出身军人世家的"王亮公"充满幻想，到达南京通过接触后，却发现自己的未婚夫空有一副漂亮的皮囊，却没有一颗上阵杀敌、保家卫国的雄心，因此失望至极。反而对相貌平平、家境贫寒却与自己灵魂相近的"吴昔更"倾慕不已。两个青年人在淞沪会战爆发后相继投身前线，南京沦陷后，"吴昔更"还加入了当地百姓和未能及时撤退的军队组织的游击队。"雯官""竟新"是"慧平"的表妹、表弟，二人在爱国青年"蒋东平"的鼓舞下相继投身革命事业。在小说最后，"雯官"在战地医院被敌机炸死，将自己年轻的生命献给了抗战事业。"赵也诚"是一位三十岁左右的护士，她原本也是一个享乐主义者，享受被男人追逐的感觉。抗战爆发后，在时代洪流的冲击下，她逐渐改变了自己的生活态度，利用自己的专业做起了战地护士，为抗战事业贡献自己的一份力量。

《烽火天涯》中"长辈们"的角色塑造也极为出彩，作为官方高层的"上官伯周"有着复杂的人物性格，一方面想借侄女"慧平"和"王亮公"的婚事，同"王宇"结为姻亲，巩固双方的关系。另一方面却对"王亮公"的荒唐行径尤其是大发国难财的贪污行为感到愤怒与鄙视。一方面想要凭借自己的政治主张和"王宇"在军方的势力，在政坛大展拳脚。另一方面，在得到撤职的训令后，却没有因仕途的断送而感到愤懑郁结，反而变得轻松洒脱，"赋得归去来兮，十多年宦途可算得了一个结束，我再也不要去钻营，谋官，自己本来'两袖清风'家中薄有田产……君以喻于义，小人喻以利，我非王宇，可以见人说人话见鬼说鬼话的"②。在"上官伯周"的书房中始终放着一张插着国旗和日本旗的地图，供他每日观察与思考战事走向。被撤职后，他依

---

① 程造之:《烽火天涯》，海燕书店1946年版，第2页。
② 程造之:《烽火天涯》，海燕书店1946年版，第424-425页。

然关心时局，依然在思考战争的发展变化。作为军方高层的"王宇"，则是抗战时代投机分子的代表。抗战到底的主张只是为了奉迎上峰、迎合民众，是他求得仕途的一种手段与谋略。在"上官伯周"得势时，"王宇"极尽拉拢收买之能事，当"上官伯周"失势后，则竭力撇清二者关系。抗战爆发后，他指使"王亮公"的副官"区振山"谎报牧马营军粮遭受轰炸烧毁，实则偷运转卖。撤退到武汉后，故技重施，指使"区振山"克扣、倒卖军粮，中饱私囊。通过对"王宇"形象的塑造，揭示批判了抗战时期政府、军方上层的丑恶世相。

通过对"上官伯周"与"王宇"家庭生活的描写，程造之展现了艰苦的抗战时代，政府、军方高层纸醉金迷、夜夜笙歌的丑陋世相。"上官伯周"在南京城内的月桂巷和郊区的汤山均有府邸别墅，汤山还有一处面积极大的马场和草场。撤退到武汉后，又在法租界租赁了极其奢华的别墅，排场依旧。"王亮公"用倒卖军粮的金钱在武汉迎紫街为舞女"江梦茵"租了一所半西式的二层洋房，二人过着花天酒地的日子。见微知著，可推断一切贪腐源头的"王宇"的奢靡人生。青年一代中，"上官伯周"的二女儿"淑贤"、"上官伯周"的年轻姨太"费娴如"、"费娴如"的表弟"封修士"、"王亮公"的副官"区振山"、"王亮公"的情人"江梦茵"等，均是都市中享乐主义、利己主义的堕落代表。与都市上流社会奢靡享乐的生活相比，都市中的小知识分子阶层更显卑微与黯淡，民生的凋敝、社会的黑暗，使他们勉力挣扎，却仍然无法抵抗残酷社会的压迫。《犊心》中充满着悲哀、孤寂的氛围，"无依的惘惘"[1]。"阿乾"的妈妈去世后，家里变得凄清可怕，灶台许久不生火，爸爸整天沉郁不言，整个家庭笼罩在悲伤之中。更为可怕的是，经济的窘迫使他们饥一顿饱一顿，直接面临生存的危机。《蠹》的主人公"元朱"，是个倔强傲慢的小知识分子。妻子因肺炎去世、社会经济的凋敝使他屡次失业，内部家庭和外部社会的双重打击令他自暴自弃、潦倒不堪，整日借酒消愁，"把自己

---

① 程兆翔:《犊心》,《新中华》,1937年1月,第5卷第2期。

关在阴郁的深窖里……在无聊的堕落着"①，逐渐成为了可怜的、时代的蠹虫。"元朱"的现状似乎就是"阿乾"爸爸的明天，通过对"元朱"和"阿乾"爸爸等典型形象的塑造，揭示了都市中小知识分子艰难困苦的生活现状与社会世相。

在程造之笔下，各色社会人物上演各自的命运，演绎出一出出时代的传奇。升腾向上的进步青年，纸醉金迷的达官显贵，迷途忘返的女性，愚昧麻木的民众……在这一份长长的人物画卷中，可见出程造之的才气与野心，他以塑造人物群像的方式，为时代留下了独特的见证。

三、抗战时代社会悲剧的哲理沉思

程造之的现代小说多呈现抗战时代的社会悲剧，但他并没有将社会悲剧的生成简单归结为战争。而是以辩证的理性思维、超越时代的深阔眼光，对战争、生命、命运、人生、人性进行深刻的哲理沉思。在创作过程中，理性沉思转化为哲理化的语言，"叙述多过描写"②，灌注于文本之内。

《地下》多处描写了大旺村及周边乡村女性的悲惨命运。程造之以粗粝、血腥的原生态语言，呈现女性被欺侮、被残害的惨状，施害者无疑是侵略者，但程造之借角色之口发出了深邃的哲理沉思，"女人为什么总是这样易于遭难呢"③。这是一个超越历史、跨越时代的哲理命题、命运拷问。在战争中，男人同样在遭受劫难、面临死亡，"男人也不一样在遭难么"④。但程造之的视角更为深刻独到、更具人文关怀，更富宏大视野，指向了"女性"。此处的"女性"已经不仅仅是抗战时代的女性，而是一个包含着古往今来、超越国界的名词。睿智、理性的作者化身文本中粗鲁、愚昧的角色，将自我的沉思呈现在读者面前，"不，男人们有枪。没有枪，也有力量。可是女人是不能的，连

---

① 程兆翔:《蠹》,《国闻周报》,1936年6月,第13卷第24期。
② 巴人:《地下·序》,见程造之:《地下》,海燕书店1949年版,第5页。
③④ 程造之:《地下》,海燕书店1949年版,第284页。

抵抗的方法都没有的"①。战争毁灭了家园，毁灭了大旺村村民们的生活，在冬日，人们饥寒交迫、流离失所、与亲人阴阳永隔。在呈现人间惨剧的同时，程造之再次化身文本中的角色，反思战争的缘由，揭露人类可怖的欲望和野心，"不好的事情都是野心的人弄出来的。本来没有你争我夺的事，因为只是想弄得自己舒服，自己快活享受，叫苦难让别人去吃，天下坏了，越过越糟了"。在《沃野》中，盐垦区建设失败的社会悲剧与侵略者无关，恰是源于人类的欲望野心——土匪汉奸的屡次侵占，盐垦区内部的一盘散沙、各怀鬼胎。《沃野》的语言相较《地下》更富诗意哲理、更加幽婉折绕，"但一经战争，从上到下便开始毁灭了，已往血汗的灌溉统归于无用。那就像洪水的泛滥一样，经过此番洗涤，人们回到原始去了"，宗教寓言与时代现实相结合，更好地承载和表现作者本人深刻的理性沉思，揭示出战争的恐怖、现实的悲惨。

程造之的现代小说虽多以抗战为时代背景，却不囿于描写战争，因此，程造之笔下女性的悲剧命运实际与战争无关。《烽火天涯》的女主人公"慧平"有着倔强、要强的性格和现代女性的独立精神，她屡次违背伯父的意志，放弃了代表权势、金钱、美貌的"王亮公"，与出身卑微的"吴昔更"相恋，并离开伯父的庇佑。但现实的困境——金钱，使"慧平"不得不再次回到伯父家中，屈从了与"王亮公"结婚的父母之命。倔强的"慧平"依然拒绝与"王亮公"同房，"王亮公"因情生妒，枪击"吴昔更"，反被对方所伤，令"王宇"大怒，赶走了"慧平"，伯父也与"慧平"断绝了关系。现实的困境——金钱再次使"慧平"陷入了困境，她即将临盆，却身无分文，幸得"赵也诚"的相助得以平安产子。此时的"慧平"终被现实所击败，放弃了倔强和理想，给同在医院中治疗的"王亮公"写了一封发自肺腑的书信，"她为着你的神经错乱，暗暗的抱憾而心痛欲绝呢！从你的气愤出走，并且和吴的决斗，使我深深地痛悔，深深地感觉你并非全无良心……我的心碎完了，但

---

① 程造之:《地下》，海燕书店 1949 年版，第 284 页。
② 程造之:《地下》，海燕书店 1949 年版，第 290 页。
③ 程造之:《沃野》，海燕书店 1946 年版，第 7 页。

预备为着你而复活起来！我觉得生活感受威胁，枯燥，乏味！我今日才知道
吴并不十全十美，而且他毫无信义……亮公，你能宽容我吗，你能饶恕这个
曾和你朋友同居已经做了母亲的罪人吗"[1]，希望并恳求得到他的原谅。这封书
信是一个象征，象征了以"慧平"为代表的都市女性的社会悲剧——在金钱
的压迫下，对现实的妥协、对自我理想的放弃。

　　在短篇小说《竹叶》中，农村姑娘"竹叶"的人生轨迹、遭遇与"慧平"
极为相似。成年后，舅舅力主她与镇上家世清白的小学教员"梁兆佳"订婚，
"竹叶"却根本没有看上对方，而是被油腔滑调的"钱宝"勾引失身。"钱宝"
的叔叔"钱云彬"是本庄的维持会长，还安排侄子做了伪政府的侦缉队员。
叔侄二人的卖国行径被"宋昆"唾弃与鄙视，因此，他竭力反对"竹叶"与
"钱宝"来往，却不知二人早已珠胎暗结。作者在文章中思考和揭示了一种社
会世相——"竹叶"为何选择"钱宝"而没有选择"梁兆佳"。"竹叶"最初
与舅舅一样，是蔑视叔侄二人的，"当钱宝没有做侦缉队员时，竹叶和她舅舅
一样，是怎样地蔑视钱家这叔侄两人"[2]。但当"钱云彬"当了维持会长，安排
侄子做了侦缉队员后，"竹叶"则像本庄大部分的女孩那样，对这叔侄二人，
尤其是"能够要你死就死……他有钱，他神气"[3]的"钱宝"趋之若鹜。"梁
兆佳"并不是输给了"钱宝"，而是输给了权势与金钱。已经怀有身孕的"竹
叶"，满心期待"钱宝"能够迎娶她，还想要同其私奔，最后却被无情抛弃。
小说虽然以抗战为时代背景，也描写了侵略者的暴行，譬如甘当敌人走狗的
"钱云彬"宴请与他关系较好的日本兵，不想引狼入室，三个日本兵假借酒意
殴打"钱云彬"，轮奸了他的小姨太"马贞娥"。作者实际意不在此，而是要
借男女感情问题——未婚先孕，来探索社会问题，展现社会悲剧。"慧平"与
"竹叶"相比，有着显赫的家庭背景和较高的学历，在大城市生活的她，有更
大概率找到一份糊口的工作，还有"秀珠"的陪伴。小说最后，"上官伯周"
在大女儿"蕴智"和大女婿"钱有辰"的劝告下，也最终原谅了"慧平"。

---

① 程造之:《烽火天涯》，海燕书店 1946 年版，第 472-473 页。
②③ 程造之:《竹叶》，《今文学丛刊》，1947 年 11 月，第 2 期。

"竹叶"与"慧平"相比,她的错误抉择和未婚先孕的人生,只能是一出凄凉的悲剧,"她看见了梧桐树边那口古井,依稀以为那是可以解决她所有烦恼和痛苦的地方,她在舅舅面前装作无事,下了决心"[①]。

在《小夫妻》和《隐痛》两部作品中,程造之借现代都市的夫妻生活来呈现社会悲剧,展现都市中小知识分子在金钱的役使压迫下,艰难窘迫的生存状态。两部作品的背景十分相似,均描写了夫妻一方失业、家中新增人口后,家庭陷入的困境。《小夫妻》中,失业的是妻子。小学教员"王国栋"和妻子是师范学校的同学,曾经也幻想过风花雪月的生活,婚后的现实生活尤其是第二个孩子的出生,将他们的理想和希望击得粉碎。七岁的女儿"毛毛"到了上学的年纪却不能入学,妻子为了补贴家用在一家工厂做工,"毛毛"只能担起照顾刚出生的小弟的重任。"王国栋"终日做着不切实际的幻想,内心敏感、怯弱而又矛盾。想要谋得一份更高薪水的差事,被生活所迫,却始终不敢辞职。他好面子,不愿让妻子抛头露面,被生活所迫,最后只得同意妻子外出做工。对现实无能为力,终日借酒消愁。当他鼓足勇气,在妻子结算工资的那天向校方提出辞职,准备去谋求新工作后,命运同他开了一个极大的玩笑,妻子被主管辞退了。小知识分子出身的妻子,即使在工厂做工,内心依然有着自己的一份骄傲、希望和寄托。当她被辞退,又得知丈夫也提出辞呈后,内心最后的一丝希望彻底破灭了,无尽的痛苦包裹着她,只能压抑在内心深处,"她看见国栋喝干了杯里的残酒。回过脸去,不让那溢泪的眼色给他看见"[②]。

《隐痛》中,失业的则是丈夫。"元宾"是一个助理工程师,妻子"佩敏"是小学教员,二人已有了一个上小学的女儿,一家三口的生活原本其乐融融,但这份融洽是建立在经济来源充裕的基础之上。"佩敏"再次怀孕,便辞去了教员的工作在家养胎。不料"元宾"所在的公司倒闭,他怕妻子担心没有告知实情,却被敏感的"佩敏"发现了这个秘密。家中失去了唯一的经济来源,

---

① 程造之:《竹叶》,《今文学丛刊》,1947年11月,第2期。

② 程造之:《小夫妻》,《新文丛》,1948年3月,第1期。

为了生活，"佩敏"便有了打掉腹中孩子的念头，被医生及时劝阻。夫妻二人为是否保留这个小生命发生分歧和争执，原本幸福、牢固、互信的小康之家瞬间被金钱击碎，"她挪着吃力的步子，在楼梯上，自己不觉得眼泪溢出来了"①。程造之通过两个小知识分子家庭的生活变化——夫妻一方失业、养育第二个孩子，描写了现代都市中普遍存在的现实问题与社会悲剧。程造之对社会悲剧的思考和呈现，具有跨越时代的特性，在当下仍具有重要的现实意义与参考价值。两部作品的风格也极为相似，在《小夫妻》和《隐痛》中，程造之均描写到了雨，在雨中展开故事情节，呈现人物心境，"淅淅沥沥地下着小雨……抖去身上的雨水。他懒洋洋，一步比一步沉重的，走到楼上"③。人物的内心世界始终与外部环境紧密相连，互相映衬，"黄昏后的雨点下密起来，她走进一步那昏暗低湿的巷子，她的心一层比一层空虚，难堪而痛苦起来了"④。从而在挖掘呈现人物精神世界的同时，奠定了作品沉郁压抑的风格特质，与人物角色被现实——金钱压迫得无法喘息的悲剧主旨相契合。

程造之对于世界的理解不脱悲观的本色，因此笔下浮现出一幕一幕惨状、一出一出悲剧。他以深邃的思索面对纷繁的世界，对战争、生命、命运、人生、人性进行深刻的哲理探寻，彰显出作者灵魂的深度和广度。在程造之那里，悲剧成为人的存在本质，这种悲观主义色彩既是时代的使然，也是个人哲学的外化显现。

结　语

长期以来，程造之的小说一直被学界忽视。他的创作，个人特色鲜明，深刻全面细致刻画了时代众生相。透视社会问题的千姿百态，书写民族战争中大众的艰难觉醒。程造之饱蘸深厚蕴藉的情感，绘制时代的万千世相，塑造多彩的人物群像，以强烈的人文关怀呵护人性之真，批判人性之恶，对时

①③　程造之:《隐痛》,《中国建设》,1947 年 12 月，第 5 卷第 3 期。
④　程造之:《小夫妻》,《新文丛》,1948 年 3 月，第 1 期。

代、人生等重大命题抒发深沉的哲思。程造之的现代小说立意深刻、题材广泛、风格多样、技艺奇巧，为现代文学贡献出别样的审美经验，实属有待开掘的一座文学富矿。通过对程造之现代小说创作的综合阐释，钩沉程造之的小说，不仅能还原他的文学创作风貌，重审他的文学史地位，对于中国现代文学来说，程造之的重新"发现"，亦是一种有益的补充。

第十二章
个人心灵史诗的浪漫哲理书写
——《无名书初稿》创作论

引　言

　　无名氏，以诗人的浪漫、哲人的深刻，"他的语言充满着哲理，文字堆砌着激情"①，以卷帙浩繁的鸿篇巨制——《无名书初稿》为代表，书写"印蒂"——个人那富有哲理又浪漫四溢的心灵史诗。有的评论家称其创作为"诗体小说"②，抑或"抒情诗体"③，无论何种，均是以诗化的艺术手段，服务于深邃的心灵剖析与深刻的哲理深思。这在 20 世纪 40 年代的中国是十分罕见的，"当四十年代中国绝大多数作家仍然热衷于现实主义的创作方法时，无名氏就已经对小说进行了全面的变革"④。这种变革不仅是淡化小说的情节、破除小说与其他文体形式的界限，更是在深刻的理性思考之后，深入自我的精神世界，剖析并绘制了一部宏大的个人心灵史诗。在无名氏的史诗书写中，杂糅着神秘、激情、忧郁、理性、超然，渗透着宇宙、历史、宗教、哲学、命运、

---

① 汪应果、赵江滨:《无名氏传奇》，上海文艺出版社 1998 年版，第 15 页。
②④ 汪应果、赵江滨:《无名氏传奇》，上海文艺出版社 1998 年版，第 14 页。
③ 司马长风:《"无名书稿"独创性》，见卜少夫、区展才主编:《现代心灵的探索:无名氏作品研究》，黎明文化事业股份有限公司 1989 年版，第 1 页。

人生。因而在20世纪40年代战争文学成为主潮、现实主义盛行的特殊历史时期，无名氏的《塔里的女人》《北极风情画》《一百万年以前》《无名书初稿》前三卷等长篇小说创作，绽放出了匠心独具的异色光芒。

无名氏，原籍江苏扬州。祖父卜庭柱，原为山东滕县人，中年后落籍江苏扬州。1917年1月1日，无名氏出生于南京下关，原名卜宝南，后改名卜乃夫。小名卜宁，也曾为无名氏一段时间所用之笔名。家中本兄弟六人，卜乃夫排行第四，大哥、三哥与五弟先后夭折。二哥卜宝源、六弟卜宝椿，后分别改名为卜少夫、卜幼夫。无名氏父亲去世后，被送到扬州外婆家，入黄珏桥小学读书，十岁时返南京，就读于下关龙江桥小学，后又转读南京国立东南大学实验小学（国立中央大学实验小学前身）。后先后入读南京私立安徽中学、南京私立青年会中学、南京私立乐育中学，又转考南京三民中学。1934年，无名氏在仅有两个月即可得到中学文凭之际，因联考制度的强制推行愤而退学。这段真实的人生经历也被他写入小说之中，"一个在这师范和它的附小前后读过十二年的学生，临毕业前一月，突然失踪了……这个失踪者叫印蒂……他走了，悄悄走了，事先未向任何一个师长和同学打招呼，事后也未留下任何一封解释信"[1]。并借"莎卡罗"的提问"我始终不明白：当时你为什么忽然要走"[2]，以及"印蒂"的回答"这原因，主要内容是爱情，形式却是三本马克思传，以及学校那座囚牢……在我们当时的年龄，爱情会烧到不合理的社会制度，包括那座学校监狱，更何况我当时坚决反对不近情理的联考制度"[3]，进一步揭示其退学之缘由及作品的"自叙传"特色——书写个人之史诗。

无名氏的小说创作主要集中于20世纪40年代，1942年在出版了第一部短篇小说集《露西亚之恋》，收《古城篇》《海边的故事》《日耳曼的忧郁》《鞭尸》《露西亚之恋》《骑士的哀怨》六篇。1943年11月至1944年1月，在

---

① 无名氏：《无名书初稿·第一卷·野兽·野兽·野兽》，时代生活出版社1946年版，第15-16页。

②③ 无名氏：《金色的蛇夜·下册》，上海文艺出版社2001年版，第30页。

《华北新闻》上以"无名氏"之名连载长篇小说《北极艳遇》，"无名氏"正式成为卜乃夫之笔名，享誉文坛。该书随后由《华北新闻》报社以《北极风情画》之名出版单行本。后于上海重新出版该书。1944年相继创作完成了长篇小说《一百万年以前》与《塔里的女人》。1948年2月、4月、10月，以及1949年5月，上海的真善美图书出版公司以《无名丛刊》第一种、第二种、第三种、第七种之名，重新再版了《北极风情画》《一百万年以前》《塔里的女人》三部长篇小说以及长篇小说断片《龙窟》。1946年，无名氏完成了《无名书初稿》第一卷《野兽·野兽·野兽》，由时代生活出版社出版发行。1947年，完成《无名书初稿》第二卷《海艳》的上册，由时代生活出版社出版发行。1948年，完成《无名书初稿》第二卷《海艳》的下册，由时代生活出版社出版发行。1949年，完成《无名书初稿》第三卷《金色的蛇夜》的上册，由时代生活出版社出版发行。需要指出的是，《无名书初稿》原计划共分为七卷，分别为第一卷《野兽·野兽·野兽》、第二卷《海艳》、第三卷《金色的蛇夜》、第四卷《荒漠里的人》、第五卷《死的岩层》、第六卷《开花在星云以外》、第七卷《创世纪大菩提》。其中，第四卷《荒漠里的人》与无名氏于1942年在贵阳《中央日报》副刊连载的小说《荒漠里的人》名称完全一样，但内容却完全不同，"著者前在贵阳某报曾以另一笔名发表长篇小说'荒漠里的人'，本书第四卷'荒漠里的人'内容与所发表者完全不同"[①]。此外，《无名书初稿》第四卷《荒漠里的人》因毁于战火，导致原本计划七卷本的《无名书初稿》最终问世六卷。

一、流变的个人心灵史诗

无名氏的鸿章钜字《无名书初稿》虽是小说，却由内而外、由表及里地呈现出心灵史诗的特质。从内容上看，无名氏是以巨大的社会变革、重大的

---

① 无名氏:《无名书初稿·第一卷·野兽·野兽·野兽》，时代生活出版社1946年版，文前。

历史事件、宏大的长篇叙事来映衬揭示个人心灵世界的变化发展，个人心灵世界的变化发展与社会历史息息相关，但社会历史的发展始终服务于个人心灵的流变。从文体形式上看，在体裁形式方面，无名氏将分段排列的散文诗体，或分行排列的自由诗体，"新诗采用了西文诗分行写的办法"[1]，同小说相混杂。尤其是每一章第一节为典型的诗体形式——以散文诗体为主，自由诗体为辅。缘何每一章第一节分段排列的文字不为散文而为散文诗，则源于《无名书初稿》的体裁内核——精美凝练、激情澎湃、意蕴深厚的诗性表述方式，以及暗示性意象的诗性建构，"意象，是诗歌艺术最重要的组成部分之一……或者说在一首诗歌中起组织作用的主要因素有两个：声律和意象"[2]。无名氏以诗性体裁内核进行文本建构的小说写作思维，使《无名书初稿》与其说是一部小说，倒不如说是一首诗——散文诗与自由诗的杂合，"'无名书初稿'则是情节疏淡，以人物的思想，感受为主，抒情诗体的文学作品……'无名书初稿'可以说是诗化的小诗，或诗小说"[3]。无论是文本内容还是文体形式，均是为无名氏的创作主旨——探秘与展现个人心灵史诗的流变所服务。

贯穿《无名书初稿》的动作为"找"，"我整个灵魂目前只有一个要求：'必须去找，找，找！走遍地角天涯去找！——找一个东西！'这个'东西'是什么？我不知道。正因为不知道，我才必须去找。我只盲目的感觉：这是生命中最可宝贵的一个'东西'，甚至比生命还要重要的'东西'"[4]。"找"既是贯通小说的人物动作，又是个人心灵史诗的象征性意象。"印蒂"的一生都在"找"——找寻人类的存在价值，探寻生命的终极奥义。在《无名书初稿》第一卷《野兽·野兽·野兽》中，"印蒂"临近毕业前突然退学，因为他发现

---

① 闻一多：《诗的格律》，《晨报副刊·诗镌》，1926年5月13日，第7号。

② 陈植锷：《诗歌意象论》，中国社会科学出版社1990年版，第13页。

③ 司马长风：《"无名书稿"独创性》，见卜少夫、区展才主编：《现代心灵的探索：无名氏作品研究》，黎明文化事业股份有限公司1989年版，第1-2页。

④ 无名氏：《无名书初稿·第一卷·野兽·野兽·野兽》，时代生活出版社1946年版，第21页。

"文凭为学生第二生命"①的人生理念并不是他所要"找"的对象，遂投身革命的洪流，先北上接受马克思主义的洗礼，又南下投入北伐战争。但在无名氏的笔下，外部的时代大潮和社会巨变只是历史发展到某个阶段的普通符号和简单标记，始终是为描绘与呈现内部的个人心理世界所服务。无名氏试图揭示个人心灵在不同人生阶段的状态与变化，"印蒂"初投革命之时，找寻到的生命意义为"改造"，"改造这个人类！改造这个世界！改造这个国家！改造这个社会！改造！不断的改造！永久的改造！世界需要改造！中国需要改造！时代需要改造"②。因此，他甘心放弃了亲情和舒适安逸的生活，勇敢无畏地投身于"改造"这一革命事业中去，此时他的个人情绪已然充溢、即刻四溅，亟待倾泻。

情绪是人类感情的一种存在方式，是人类的一种心理状态，是一种水月镜花似的东西，需要借助外在的某种渠道才能呈现出来。在文学中，则需要借助节奏，节奏是传达情绪的主要方式，"文学的本质是有节奏的情绪的世界"③。在《无名书初稿》中，无名氏由小说家化身诗人，将自我的感情——"印蒂"内在的个人情绪转化为具体的外在节奏——行文，"节奏之于诗是它的外形，也是它的生命，我们可以说没有诗是没有节奏的，没有节奏的便不是诗"④。无名氏以大量的排比、重复，大量的比拟、象征，大量的感叹、省略，以诗——散文诗与自由诗杂合的方式，先是谱写了一首热血青年个人情绪迸发的浪漫唱诗。诗化表述中随处可见的象征性意象进一步使作品由"小说"升华为"诗"，"一切社会活动只是假面跳舞会，人所看见的是面具，人

---

① 无名氏：《无名书初稿·第一卷·野兽·野兽·野兽》，时代生活出版社 1946 年版，第 16 页。
② 无名氏：《无名书初稿·第一卷·野兽·野兽·野兽》，时代生活出版社 1946 年版，第 35 页。
③ 郭沫若：《文学的本质》，见《郭沫若全集·文学编·第十五卷·文艺论集》，人民文学出版社 1990 年版，第 352 页。
④ 郭沫若：《论节奏》，见《郭沫若全集·文学编·第十五卷·文艺论集》，人民文学出版社 1990 年版，第 353 页。

所摸到的是面具，人所获得的是面具，人所要求的，也是面具……人类千万年进化的结果，先是由原始动物进化成人，再由人进化成面具人，这面具人相当于尼采的超人，是文化黄金时代的最高表现。这是一个伟大的面具时代"[1]。象征性意象"面具"与反讽技法"伟大的"，暗示了虚伪、禁锢、专制的黑暗现实，面对这个"面具时代"，热血青年"印蒂"唯有高呼"我不能忍受这一切，我只有逃走"[2]，拼力反抗。无名氏在创作过程中，根据"印蒂"内在情绪的起伏与迸发，以外在的具体节奏呈现在读者面前。

"印蒂"开始参与北伐，投身激烈残酷的战场后，这种内在的情绪与力量逐渐达到顶峰，一首首情绪外向型的激情唱诗由此生成。"爆炸了：'轰——哐——花''轰——哐——花''轰——哐——花''呱呱呱呱呱呱呱呱呱呱……'爆炸声一峰联着一峰，一座结着一座，一山骈着一山，一海连着一海，峰峰座座，山山海海，粗嘎而雕悍，妖娆而巫蛊，海龙卷大风暴似的崩吼着，气旋雷雨似的大啸着，疯喊着，雷震着。在一潮又一潮的大爆炸声，燧火更强恶了，火颜更耀烂了，火形更熏赫了。红铜色火柱子，巨人似的蟒舞着，马来亚疯热病者似的狂驰着，熛怒而燀烁，猖獗而粗棱。它舞着，驰着，驰着舞着，仿佛在怒吼：'烧死大城！烧死黑暗！烧死爆炸声！烧死人类敌人！烧死他！烧死他！烧死他！……'在火光与爆炸声中，分不清是燃烧的火在爆炸，还是爆炸在燃烧。烧着炸着，炸着烧着。大城像一座蜇蜂的窠巢，声音颜色，千千万万，凸凸凹凹，高高低低，红红紫紫，大大小小，长长短短，圆圆方方：尖锐的哨笛声，救火车声，警车声，枪声，呼喊声，马蹄声，奔跑声，人声，捕捉凶手声，建筑倒坍声，哭泣声，求救声，爆炸声！爆炸声！爆炸声！爆炸声！爆炸声！爆炸声！爆炸声！爆炸声！……混乱是一把无穷大的老虎铁钳子，把整个大城钳碎了，钳碎了！钳碎了！钳碎

---

①② 无名氏：《无名书初稿·第一卷·野兽·野兽·野兽》，时代生活出版社1946年版，第32页。

了！钳碎了！钳碎了！钳碎了！钳碎了！……………"①无名氏通过破折号、省略号、停顿、拟声词、长短句，以及大量的复沓、排比、对称、反复、并列等手法，使行文参差错落、跌宕起伏，内在的情绪通过外在的诗之节奏、诗之表述，诗意地呈现出来，使作品由"小说"升华为"诗"。

北伐结束后，革命阵营分裂，"印蒂"被捕，虽渴望自由，但信仰却依然坚定。面对敌人的拷打、利诱、父亲的劝说，仍然不向反革命势力妥协、投降。最后在父亲的积极斡旋下，也得益于"印蒂"未暴露身份，得以从狱中脱身。出狱后他仍渴望继续战斗，去寻找曾经的战友。与他一同被捕入狱的"项若虚"，不但破坏狱中的绝食活动，还厚颜无耻地写下"自白书"以换取自由，出狱后更是将自己伪装成英勇无畏的英雄人物，将自己的卑劣行径强加在"印蒂"身上，污蔑"印蒂"是投降分子。不明就里的战友们误信谗言，以"左狮"为代表的亲密战友的冷酷对待，尤其是组织命他悔过的通知，令"印蒂"内心感到失望直至绝望。曾经的坚定信念与战斗意志被误解背叛完全击碎，"十年来的信仰，已经崩溃了"②，革命激情消散无踪。此时，"印蒂"的个人心灵变得颓废与混沌、黑暗与痛苦，"他像一团碎裂的星球，被炸裂成无数碎片，流转在无极混沌中，无限黑暗中，无边无尽的永恒大海涛浪中。这一刹那又一刹那间，在一种大崩裂似的阵痛里，现实那只气球在他心里爆炸了。这一簇簇血腥屑片，给予他最后的惨厉剧痛，一种空前绝后的大痛楚。这以后，渐渐的，在大黑暗与大混沌中，他迷茫感到一线永恒的超脱光闪。可是，这光闪极微弱，只扑朔迷离的闪几闪，不久，他又被沉重的打落到痛苦幻海里。这个世界当真是一片黑，一片无开始无终结的黑。不，整个宇宙，从第一刹那起，就是一片黑，到最后一刹那也是一片黑。地球只是无穷黑流中的一块黑色浮景。世界不可能发光。人间不可能照明。人类也不可能放

---

① 无名氏：《无名书初稿·第一卷·野兽·野兽·野兽》，时代生活出版社1946年版，第148页。

② 无名氏：《无名书初稿·第一卷·野兽·野兽·野兽》，时代生活出版社1946年版，第437页。

亮"①。绝望中的他久病不起，是父母的悉心照料令其逐渐恢复，当得知父亲以性命担保救他出狱的内情后，他的内心从黑暗与混沌中挣脱出来。"印蒂"重新踏上了新的人生旅程，继续投入到人生的战斗中去，这次的战斗不再是革命，不再是拯救人类，而是"找"，重新找寻生命的意义与存在的价值，拯救自我。

在《无名书初稿》的第二卷《海艳》中，"印蒂"先是远赴南洋，南洋的阳光、海水以及热带的气氛，使他的精神世界进入了一个全新的领域，"极度人间的阴暗，被南洋的阳光照亮了。极度凝定的郁闷，被南洋海水冲掉了"②。但没想到远在南洋，依旧没有摆脱政治的影响，有人告发"印蒂"曾参加过革命，由此被当局驱逐。回国前，他找到了一个新的人生目标，"找一个山明水秀的风景区，好好过一点诗意的生活……不仅要写诗，也要生活在诗里"③。印蒂投身革命后，无论在北方接受马克思主义洗礼，还是在南方参加北伐，其经历似苦行僧般，刻意磨炼自我的心灵，压抑自我的欲望，将个人的激情和力量全部奉献给了人类的解放事业，从而消解了个人的诉求——亲情、爱情。而此时的"印蒂"实现了由集体到个人、由压抑到欢愉、由寡淡到诗意、由苦行到享乐的个人心灵蜕变。在回国的船上，"印蒂"遇见了一个喜爱看海的神秘女子，在每晚的相处交流中，被其深深吸引，"他像一团云彩，轻轻蠕飘四周一切动态都静止了。所有生命线条和形象都单一化了：化成一片橄榄体。一切色彩都泯没了，只融成一片不透明的却极温柔的青，他就走在这青里。他自己就是一片较深沉的青，一团较深沉的雾。他无思想无意志的飘着。他的感情烟一样的美丽而轻松。似乎并不是他在活动，而是他的感情在动。不是他在走，在呼吸，而是他的感情在走，在呼吸。他轻烟样地飘来荡

---

① 无名氏:《无名书初稿·第一卷·野兽·野兽·野兽》，时代生活出版社1946年版，第449-450页。

② 无名氏:《无名书初稿·第二卷·海艳·上册》，时代生活出版社1947年版，第534页。

③ 无名氏:《无名书初稿·第二卷·海艳·上册》，时代生活出版社1947年版，第535页。

去，一种并不深沉却很神秘的美浸透了他"①。此时的个人心灵之诗已然摆脱了革命浪漫激情，个人感受占据了主导地位，逐渐转向内敛与深邃、缥缈与柔情，哲理意味更加浓厚。

寂静的深夜——温柔的月光——壮丽的大海——若即若离的无名美丽白衣女子，彻底激发出了"印蒂"对女性、对爱情的渴望。他与女子热吻，下船时还想找寻她，恨自己未能获知她的信息。后来随母亲到杭州看望姨妈，与表弟"瞿槐秋"谈论人生，表弟表示喜欢独处，所以疏远女人。"印蒂"对表弟的观点极为反对，"在生命里面，假如还有什么动人的颜色，唯一动人的颜色是女人的颜色"②。《海艳》中的"印蒂"始终遵循着自己的内心诉求，除了对女性、对爱情极度渴望外，或探究他人秘密以满足自我的探秘之心，"不把别人灵魂四周的衣服剥光，他总不舒服"③，听出"唐镜青"愉快乐曲中的阴霾后，联系他殷实的家境和横溢的才华，"印蒂"想要探究是什么令他会有这一丝沉郁。或追求纯粹的快乐，泛舟西湖时，"印蒂"要求"唐镜青"演奏愉快的乐曲，不顾形象躺在船中，只为以最舒适的姿势来享受这愉快。

啊，今天！我从没有这样愉快过，充实过。我躺在金色阳光里，抽一支烟，蓝色的烟漩涡打着圈圈，梦样包围我……

人间本有欢乐，只因为痛苦的影子太沉重了，这才压倒它。人对欢乐要求太苛，经常像男人挑剔女友，发现她脸上一颗疤粒，就一脚踢翻她全部优美欢乐是人性的，不是神性的，它绝不是永久的持续，只是刹那与刹那的飞跃……

① 无名氏：《无名书初稿·第二卷·海艳·上册》，时代生活出版社 1947 年版，第 546 页。

② 无名氏：《无名书初稿·第二卷·海艳·上册》，时代生活出版社 1947 年版，第 684 页。

③ 无名氏：《无名书初稿·第二卷·海艳·上册》，时代生活出版社 1947 年版，第 667 页。

在生命里追求一种意义吗？那只有欢乐。特别是美的欢乐。哲学的欢乐极浅薄。宗教的欢乐不自然。政治的欢乐太卑俗。英雄的欢乐很虚妄。只有美的欢乐最深，最真，最崇高，也最自然。在一刹那的惊奇和撼动里，我们的感官彻底沉浸了……

我是一个失足落海者，美是我所能抓住的最后一根绳子，一块木片。我非抓住它不可……

琴师敲键盘，试验各簧声音。我敲击自己，试验"自我"所发出的各种声音。[1]

"印蒂"以一首纯粹、空灵、优雅的散文诗向世人宣告，从 20 世纪 20 年代进入 20 世纪 30 年代之后，"我"已由一个舍弃自我、舍弃情欲、积极入世的革命者，转变为一个隔绝社会、纵情享乐、超然出世的诗人。"印蒂"的个人心灵发生了极大的转变，从动到静、从快到慢、从入世到出世、从现实到浪漫、从苦行到享乐、从集体到个人、从追求全人类的解放到探索个体生命的价值，"过去那一大段生活太缺少个性，更缺少大自然色彩，他现在必须弥补这两个"[2]。在命运的安排下，他再次遇到了那个日思夜想的神秘白衣女子，意外的是，她竟然是"印蒂"十余年未曾谋面的表妹"瞿萦"。但"瞿萦"对"印蒂"极为冷酷，不愿再提船上的那段旧事。她的神秘、冷漠、美丽，深深吸引了"印蒂"，她的冷酷无情却使"印蒂"的个人心灵陷入了深深的痛苦之中，遂离开杭州准备再一次远行。"瞿萦"终追至他面前，放下伪装，二人敞

---

① 无名氏：《无名书初稿·第二卷·海艳·上册》，时代生活出版社 1947 年版，第 703-704 页。
② 无名氏：《无名书初稿·第二卷·海艳·上册》，时代生活出版社 1947 年版，第 708 页。

开心扉，疯狂地结合在一起，"印蒂"（"瞿萦"）的个人心灵再次充满激情，情绪亟待爆发，彼此的抒情独白——诗，是情绪的彻底释放，二人的抒情诗如火山般喷发，前一节全部是"印蒂"的告白，后一节则统统是"瞿萦"的倾诉。这次的激情与革命无关，而是一种人类最原始的情欲，个人心灵真正进入到了"唯自我"的境界。

"印蒂"和"瞿萦"陷入爱情之中，终日如胶似漆，情意绵绵，化成一首甜蜜的自由诗，"'萦！'/'蒂！'/'迷吗？''嗯。'/'晕吗？''嗯。'/'沉吗？'/'嗯。'/'想什么？'/'你！'/'再给我一个'"。[1] 他们在一起游玩、交流、思考、旅行，不分彼此，融为一体，纵情地享受人生、诗化人生，"欣赏了酒的各种声音后，终点才是一个——醉。/他们称每一餐为'海宴'。这个'海宴'，他们常常如下的设计着：/有一餐，他们专吃水果，各色各样的水果。/有一餐，他们专门吃糖果，各式各样的朱古力糖。/有一餐，他们专门喝饮料：咖啡，可可，红茶，绿茶，牛奶，羊奶，果子露，可口可乐。/有一餐，他们专门吃冰，各式各样的冰：菠萝刨冰，赤豆刨冰，橘子刨冰，香蕉刨冰，……/有一餐，他们专门在火上烤肉吃。/有一餐，他们专门喝各式各样的酒。这多半是在晚上。喝醉了，他们躺在沙滩上吹海风，让风吹醒酒意，月光照明酒意"[2] 二人恣意地沉浸在肉欲的欢愉之中，远离尘世与现实，恍如幻境，徜徉在自我的精神世界之内。激情过后，"印蒂"揭开了"瞿萦"的神秘面纱，征服了这个"高高在上的迷力"[3]。"印蒂"的内心却悄然发生了一些异变，"这片'高高在上'的没有了，一切平平凡凡，正常得几乎庸俗了"[4]，他的内心再次变得疲倦和迷茫。一次在湖滨饭店，"印蒂"意外偶遇

---

① 无名氏：《无名书初稿·第二卷·海艳·下册》，时代生活出版社1948年版，第906页。

② 无名氏：《无名书初稿·第二卷·海艳·下册》，时代生活出版社1948年版，第1010页。

③ 无名氏：《无名书初稿·第二卷·海艳·下册》，时代生活出版社1948年版，第1100页。

④ 无名氏：《无名书初稿·第二卷·海艳·下册》，时代生活出版社1948年版，第1100-1101页。

了"郑天遐""左狮""项若虚""贾强山"等之前的战友同志，随即与"郑天遐""左狮"进行了针锋相对的交流。这次会面加重了他的痛苦和迷茫，看似已探寻到的欢乐——与"瞿萦"的爱情，尤其是二人即将发生的婚姻，实际上并不是自己真正所要"找"的那个东西，婚姻更是令他感到恐怖。"印蒂"的个人心灵再次发生了蜕变，这次蜕变的导火线是"一九三一年九月十九日的号外"以及"庄隐""韩慕韩"远赴东北参加一支义勇军的邀约。"印蒂"在沉思中对自我进行了拷问，重新审视自我此时的诉求和欲望，找寻自我此时的人生目标与存在意义。"绝没有欢乐。假如有，那只是愚蠢官能的机械式的愚蠢重复……世界上没有一种药能治一切的病……人类当精神患病时，他却想用一种药来治一切病痛……这种药叫作'固执'……这是一个怎样活火山的时代？但我却在想这些冰窖里的哲理。我厌弃我身上的冰块了。我将暂时放下冰冷的解剖刀，走出实验室，投到那熊熊火山喷口硫黄熔岩里……我必须决定些什么，要不，我再无法拯救自己。我已经活到这样一天，每天一睁开眼，第一个问题就是：'今天我如何活下去？'这是可怕的"[①]。散文诗般的内心独白揭示出了自己那永不安分的奇妙灵魂以及永远都在探索的心灵。

因此，他残忍而又决绝地抛弃了曾经深爱的"瞿萦"，也改变了自己曾经设立的找寻一个女人、找寻一段爱情的某一阶段的生命意义。即使没有外部历史社会的变革——"九一八"事变作为导火线，"印蒂"依然会远离"瞿萦"，去寻找新的生命价值、存在意义，由此抑制、解救自我那复杂、矛盾、苦痛、不羁的灵魂。加入东北义勇军即是为了这个目的，"把正义的伤口和鲜血看作精神最高的巢与饮料"[②]。当加入的那支东北义勇军溃败后，这个时期的理想也就随之破灭。外部社会又爆发了"一·二八"事变，但已与"印蒂"无关，革命、抗战已无法满足他的个人心灵诉求，转而又继续寻找新的

---

① 无名氏：《无名书初稿·第二卷·海艳·下册》，时代生活出版社1948年版，第1199-1203页。

② 无名氏：《金色的蛇夜·上册》，上海文艺出版社2001年版，第24页。

目标，因为对时代已然失望，"这个时代所能安慰人的，就是失望"①。"印蒂"同以前的一众朋友做起了走私生意，开始了放纵的生命之旅，华尔兹、酒、鸦片、女人，这些20世纪20年代"印蒂"所痛恨、排斥与鄙视的东西，在这结束了"一·二八"事变的20世纪30年代，却成为了他的日常生活与正常诉求。"印蒂"在舞会上偶遇了曾经在狱中劝他投降的女特务"常绿"（"林美丽"），他决定与她"合奏一只插曲"②，这"插曲"——官能享乐，是他目前生活的主要情调，也是现阶段他内心所找寻到的价值与意义，"这种介乎妓女与圣女之间的女人，比一切女人更风情、更玄魅。而在他目前生活里，女人是和氮气氧气一样不可缺的"③。官能的放纵享乐已成为"印蒂"个人心灵的唯一"需要"，"他们地平线上，唯一活着的，只是'需要'"④，"道义""信用""法律""良知""忏悔"从他的精神世界中被全部摒弃。他和一众朋友及舞女们放浪形骸、荡舟狂舞，过着最疯狂、最原始、最无耻的生活。"地狱之花"——"莎卡罗"又成为了他个人心灵寻找的新对象，依然是出自征服与肉欲，此时的肉欲甚至占了上风，他的心灵也似乎被黑暗所笼罩。

在《无名书初稿》中，无名氏将外在的社会发展与时代变革，与自我丰沛的思想情感、丰富的人生体验相熔铸，把那饱满的诗情与哲理深思转化成抑扬顿挫、跌宕起伏的外在节奏——一曲"印蒂"个人心灵流变的史诗，由此揭示和反映现代人自由开放的情绪，特别是敏感多思的心灵世界，"《无名书》则属于人类情感（过程）的写实……与人类诗感觉的写实，以及中国时代精神（过程）生命精神（过程）的写实"⑤。《无名书初稿》亦是一部心理分析小说，在创作过程中，无名氏化身心理学家，精准地呈现"印蒂"个人心灵的变化，并揭示变化的根源与外部世界无关，而在于现代人那复杂的心

---

① 无名氏：《金色的蛇夜·上册》，上海文艺出版社2001年版，第43页。

② 无名氏：《金色的蛇夜·上册》，上海文艺出版社2001年版，第85页。

③ 无名氏：《金色的蛇夜·上册》，上海文艺出版社2001年版，第85页。

④ 无名氏：《金色的蛇夜·上册》，上海文艺出版社2001年版，第97页。

⑤ 陈思和：《金色的蛇夜·代序》，见《金色的蛇夜·上册》，上海文艺出版社2001年版，第3页。

灵世界，对个人心灵世界的探秘，是他的终极目标，全面书写和展现主人公"印蒂"在20世纪上半叶个人心灵的变化与发展，绘制一部完整的个人心灵流变史诗。

二、矛盾的个人心灵状态

无名氏在小说创作过程中，十分注重呈现主人公矛盾的心灵状态，这是心理分析小说的典型特质，"无名氏的创作是极其复杂的，他不是那种单色的作家，他的作品包含着丰富的哲学思想……也必然包含着深刻的矛盾"[①]。除了注重展现主人公"印蒂"矛盾的心灵状态，无名氏在《无名书初稿》的第一卷《野兽·野兽·野兽》的写作中，还着重描写了"印修静"与"印蒂"父子二人思想的碰撞，父子二人的心灵交锋为典型的理性情感与感性情绪的对立。"印蒂"矛盾的个人心灵状态、父子间感性心灵状态与理性心灵状态的对立，使《无名书初稿》极富艺术张力。艺术张力是英美新批评派提出的重要理论之一，英美新批评派的学者艾伦·退特在《论诗的张力》一文中将物理学中的"张力"理论引申到文学、诗学之中，指出艺术张力生成于两个方面，一是与物理学本源有关，两个反方向相互作用力的碰撞——在对立中生成艺术张力；二是感性与理性的对立统一能够激发出艺术张力。尤其是感性与理性的融合，是英美新批评派学者的主要探究成果，"即在诗中所能发现的全部外展和内包的有机整体"[②]。《无名书初稿》的艺术张力一方面源自无名氏将相互排斥、相互对立的心灵状态进行并置，另一方面则源于感性情绪与理性情感的融合，恰如艾略特所强调的，文学创作不仅要看进内心（感觉—感性—激情），"这还看得不够深……必须看进大脑皮层、神经系统，还

---

① 汪应果、赵江滨：《无名氏传奇》，上海文艺出版社1998年版，第3页。
② ［美］艾伦·退特：《论诗的张力》，姚奔译，周六公校，见赵毅衡编选：《"新批评"文集》，中国社会科学出版社1988年版，第117页。

有消化道"①（思维—理性—哲理）。

无名氏在文章伊始，就深入"印蒂"的内心世界，描写他从北方磨砺回乡后，面对乱世、面对过往、面对前路，内心的百感交集，挖掘刻画他矛盾的个人心灵状态，"在大黑暗中看见大火光，在大欢笑中听见大哭泣，在大豪华筵席上看见大死亡，在大绮丽歌舞中看见大地狱，他遭魔似的如醉如狂"②。"大黑暗"与"大火光"、"大欢笑"与"大哭泣"、"大豪华"与"大死亡"、"大绮丽"与"大地狱"，这一对对组合充满了对立冲突。无名氏将"印蒂"的心灵世界全数剖开，向读者呈现那矛盾的灵魂，既展现出"印蒂"强大的意志力、坚定的信仰、对前途的信心，又揭示了他对未来的不确定性，面对种种不确定性，内心始终处于一种搏斗的矛盾状态，"心灵的撒旦的搏斗"③。无名氏无时无刻不在解剖和描写主人公"印蒂"那矛盾的个人心灵状态，"而凡有太阳的地方，黑夜或许是免不了的。我说'或许'，而不说'必然'；因为，对于这类事件的分析，我目前只能站在'或许'阶段；从'或许'到'必然'，这当中还有一段长路要走。或许，根本就不能达到'必然'也难说"④。"太阳"与"黑夜"、"或许"与"必然"，又是典型的矛盾组合，细腻地揭示出"印蒂"激昂的感性情绪——革命激情中，那隐藏着的理性情感——辩证思维。对"或许"与"必然"的关系，"印蒂"做出了深刻的辩证思考。只不过此时在他的个人心灵中，感性情绪——对革命的坚定信念和狂热感情，已然占据了上风，超越了一切，自然将个人的理性情感隐藏起来。这也是"印蒂"在临近毕业前的一个月，弃父母和文凭于不顾，离开学校，离开温暖的小康之家，远赴北方接受革命洗礼的根源所在。"印蒂"知道，当时的他已然探寻到了生命的价值和人生的意义，并愿意为之努力奋

① ［英］T.S.艾略特：《玄学派诗人》，裘小龙译，见赵毅衡编选：《"新批评"文集》，中国社会科学出版社1988年版，第45页。

②③ 无名氏：《无名书初稿·第一卷·野兽·野兽·野兽》，时代生活出版社1946年版，第27页。

④ 无名氏：《无名书初稿·第一卷·野兽·野兽·野兽》，时代生活出版社1946年版，第33页。

斗，他将自我的理性情感进行了隐藏与压制，只留下浪漫激情的一面，为革命高歌呐喊。

如果说《无名书初稿》带有些许自叙传的色彩，"印蒂"身上映射着无名氏的某些身影。而对于"印蒂"的父亲"印修静"这个角色来说，却与现实中自幼丧父的卜乃夫的身世相去甚远。"印修静"在《无名书初稿》的第一卷《野兽·野兽·野兽》中，是一个极其重要的角色，象征着无名氏个人心灵的理性一面，而"印蒂"则是无名氏个人心灵的感性一面。"印修静"与"印蒂"父子在交流中，二人的思想发生了激烈的碰撞，迸发出强烈的火花。"印蒂"将自我充溢的感性情绪转化为对父亲的激情诉说："我只是环境拉线下的一个十足木偶。从今天起，那沉睡在黑暗心灵中的'我'，却第一次睁开眼睛，从漫长的噩梦中醒过来。这个'我'第一次决定开始做它躯壳的主人，而把原先所有各式各样的主人赶走。——一点也不错，在这以前，我有许多主人。这以后，这许多主人只凝成一个主人：'我！'"① 比喻、夸张、感叹、反复，构成了"印蒂"向父亲的浪漫激情诉说，是"印蒂"——无名氏感性情绪的爆发与倾泻，"印蒂"此时的个人心灵始终处于情绪倾泻的状态，"我四周却是北极冰山，以及那北极漫漫黑夜。我的心需要自由，但所得的却是捆绑和绳索……一切社会活动只是假面跳舞会，人所看见的是面具，人所摸到的是面具，人所获得的是面具，人所要求的，也是面具……人类千万年进化的结果，先是由原始动物进化成人，再由人进化成面具人，这面具人相当于尼采的超人，是文化黄金时代的最高表现。这是一个伟大的面具时代……改造这个人类！改造这个世界！改造这个国家！改造这个社会！改造！不断的改造！永久的改造！世界需要改造！中国需要改造！时代需要改造！"②

在"印蒂"的个人心灵中，自我的生命价值与人生意义就是"找"，"我

---

① 无名氏：《无名书初稿·第一卷·野兽·野兽·野兽》，时代生活出版社1946年版，第30页。

② 无名氏：《无名书初稿·第一卷·野兽·野兽·野兽》，时代生活出版社1946年版，第32-35页。

整个灵魂目前只有一个要求：'必须去找，找，找！走遍地角天涯去找！——找
一个东西！'这个'东西'是什么？我不知道。正因为不知道，我才必须去
找。我只盲目的感觉：这是生命中最可宝贵的一个'东西'，甚至比生命还要
重要的'东西'"[1]。印蒂的个人心灵中不仅有着勇于探索、勇于寻找的人生目
标，更是将这种人生目标转化为实际的行动，"行动是思想的唯一见证者，至
少社会思想和人生哲学思想如此。不管一个人的思想怎样高明，假如没有行
动印证，这种思想只是架空的……没有行为的思想只能算半个真理。实际上，
行为比思想更能有力的刻划一个人，代表一个人。生命本身就是一连串的动，
一连串的行为……最成熟的大智慧不仅包括思想，更包括实践思想的行动意
志与行动毅力。从思想到行动，这才是个全人。自然，思想本身也是一种行
动，但却是较肤浅的行动。神经所构成的行动，总没有手足和胸膛所构成的
深沉有力"[2]。由此来看，无名氏将《无名书初稿》的主人公命名为"印蒂"深
意十足，"这个名字本身就有着'印证自己根蒂'的哲理含意"[3]。而将"印蒂"
的父亲命名为"印修静"，亦是深意十足，他恰恰是"印蒂"的反面，"印蒂"
好"动"，而父亲却人如其名的好"静"，如修行的僧侣、道士那样，善于静
思，超凡脱世，"他的脸型显得飘潇而充谦。他身材瘦长，动作沉静，仪态温
逊。由于他的脸，身形，态度，假如他穿上一件黑色长袍，即使不再加其他
装扮，人也很容易联想起一个古代云游道士。他的生活，其实也和道士差不
多……他唯一的兴趣，就是搜集标本"[4]。父子的思想、追求、性格、理念、做
派又是一对典型的矛盾组合，父与子的对立统一，似乎向读者暗示了无名氏
本人个人心灵的矛盾状态。

---

① 无名氏：《无名书初稿·第一卷·野兽·野兽·野兽》，时代生活出版社 1946 年
版，第 21 页。

② 无名氏：《无名书初稿·第一卷·野兽·野兽·野兽》，时代生活出版社 1946 年
版，第 268 页。

③ 汪应果、赵江滨：《无名氏传奇》，上海文艺出版社 1998 年版，第 9 页。

④ 无名氏：《无名书初稿·第一卷·野兽·野兽·野兽》，时代生活出版社 1946 年
版，第 39-40 页。

面对"印蒂"奔涌激荡的感性情绪,父亲"印修静"则以冷静深沉的理性情感进行回应,"人的思想意识,正和这瘰蛑的眼睛一样。瘰蛑的眼睛,随外来的光线明暗而变化,人的思想意识,也随外在的内在的光线明暗而变化。外在的是客观的物象情调,内在的是主观情调。你现在满脑子满心所装的:正是五年前你所厌恶的一些机械的'反应'。你反应且适应这个时代情调和你自己的年龄情调。正像瘰蛑的眼睛一样,你的思想颜色按期会规律的变迁,你现在的思想,用不着我驳辩,将来它会自动变色的"①。父亲一针见血地指出人类思想意识的变化性和不确定性,尤其是"印蒂"思想意识——个人心灵的变化性和不确定性。在《无名书初稿》中,"印蒂"不断确立、更改、寻找自我的生命价值和人生意义,恰恰印证了"印修静"理性客观的思索和剖析。二人思想的交锋,也恰如一个人的矛盾心灵状态——感性情绪与理性情感的对峙。随着"印蒂"的成长,他越来越认同父亲的思想,个人心灵中的感性情绪逐渐减弱,理性情感逐步增长。"印蒂"的个人心灵成长史如同一个缩影,折射出大时代背景下千千万万个青年知识分子,甚至是无名氏本人的精神世界。在《无名书初稿》中,无名氏以"印蒂"与"印修静"的思想碰撞——感性情绪与理性情感的对立统一,建构了一种现代知识分子的矛盾心灵状态模式。借助这个矛盾模式,一方面剖析了现代人复杂的心灵世界,探索了现代人的生命价值与人生意义,从而谱写"印蒂"个人的心灵史诗。另一方面,则使作品充满了辩证式的哲理思维,迸发出强烈的艺术张力与艺术感染力。

无名氏谱写"印蒂"个人心灵史诗的一大特质即为矛盾。北伐结束,革命阵营发生分裂,"印蒂"被捕。外部的社会变革与形势变化依然是为内部的心理剖析服务,无名氏深入"印蒂"的内心世界,以外在的诗之节奏、诗之表述,一方面诗化地展现"印蒂"面对敌人的糖衣炮弹和严刑拷打的坚定信念与强大意志,"鞭打吧!鞭打吧!鞭打我的头!鞭打我的脸!鞭打我的

---

① 无名氏:《无名书初稿·第一卷·野兽·野兽·野兽》,时代生活出版社1946年版,第45页。

眼！鞭打我的嘴！鞭死我吧！鞭死我吧！你们可以把我鞭成碎片，你们不能把真理鞭成碎片！真理是鞭不死的！光明是鞭不死的！仇恨是鞭不死的！革命是鞭不死的！鞭死的是你们那群发臭发霉的灵魂！是你们那群又脏又烂的心！鞭我吧！打我吧！屠杀吧！谋害吧！历史是无从谋害的！正义是无从谋害的！良心是无从谋害的"①。同时，也开始揭示深处监狱中的"印蒂"的心理变化，"然而，在无声的声音中，一个有声的声音在印蒂心中响了：/ 我为什么要满身血淋淋的，躺在痛创里？我为什么要受苦？我为什么要死？/ 世界是静静的，人类是静静的，历史是静静的，森林是静静的，——但我却要死。/ 蓝天是美丽的，河流是美丽的，少女是美丽的，爱情是美丽的，——但我却要死。/ 孩子们在草地上跳绳，母猫在太阳光里舔小猫，蝴蝶在花间里飞，水手在海上唱 PALOMA，——但我却要死。/ 豪华大筵席上正在上第十四道菜，高贵客厅里正在打桥牌戏，夜沙龙里文士们正在喝咖啡，嚼朱古力，谈伊利沙伯时代文学，——但我却要死。/ 在伦敦，高帽绅士们正吸着黑板烟，挥着黑手杖，牵着英格兰潘因特种狼犬，在海德公园悠闲散步。在巴黎，大歌剧院里正飘出'蝴蝶夫人'。在纽约，人们正疯狂的沉醉在黑人爵士舞里。在东京，银座的灯火正辉煌如白昼。——但我却要死。/ 武家坡的西皮流水板正响在大舞台上，轮盘赌轰闹在大赌场里，Draga 的小夜曲正飘在少女窗前，参加夜舞会的贵妇正在明镜前扣着发针，银幕上正显出嘉宝和吉尔勃的热吻镜头，教堂里大风琴正奏出和平的圣母颂。——但我却要死。/ 我为什么要死？我为什么要死？我为什么要死？我为什么要受苦？要受苦？要受苦"②。无名氏以分行排列的自由诗，刻画了此时"印蒂"怀疑、恐惧、孤独、痛苦的心灵，这是人类面对现实异变的真实心理写照。

无名氏真实细致地呈现了"无名氏"被捕后矛盾的个人心灵状态——牺

---

① 无名氏：《无名书初稿·第一卷·野兽·野兽·野兽》，时代生活出版社 1946 年版，第 333 页。

② 无名氏：《无名书初稿·第一卷·野兽·野兽·野兽》，时代生活出版社 1946 年版，第 342-343 页。

牲与怀疑、奉献与痛苦、无畏与恐惧、坚定与孤独。除了被捕后个人矛盾心灵状态的呈现外，无名氏还着重刻画描绘了"印蒂"参加革命与脱离革命两个不同时期，个人欲望的禁抑与放纵的矛盾状态。北上接受革命的洗礼后，"印蒂"就将心灵中的个人欲望压抑消解，过起了苦行僧般的生活，以此磨砺自我，"我只赚最低生活所必需的钱。我拿我的生命一小部去兑换这点实物，而拿大部分去兑换一些远较抽象的东西……大部分时间消磨在图书馆里，我把它当作我唯一的灵魂的巢。有的新书，图书馆没有，我便租了看。有几次，在一个小书店里，我从早上七点钟坐到晚上八点钟，没有吃一点东西；出门时，伙计们眼睛瞪得比核桃还大。在北平住了五年，我没有逛过西山，没有玩过颐和园，万寿山，没有到过三大殿，什刹海，天坛，万牲园，北海，我整个人严肃得像块岩石"[1]。在狱中，面对性感美丽的"林美丽"的色诱，"印蒂"坚守底线，痛斥了她的无耻。当"印蒂"在轮船上与神秘的美丽白衣女子（表妹"瞿萦"）聊天时，也明确表态，"我从没有接近过女人"[2]。"印蒂"的个人心灵此前一直处于禁欲的状态，他的全部精力与生命都投入到了个人信仰与革命事业中去了。当被战友误会、怀疑、背叛之后，"印蒂"原先的信念坍塌，遇到"瞿萦"后，他开始重新确立生命的价值、人生的意义——爱情与享乐。此时他的个人欲望开始悄然崛起，但还未进入放纵的阶段，个人的心灵状态依然处于普通人正常诉求的阶段。

当爱情的新鲜感丧失，尤其是即将到来的婚姻的恐惧感和外部社会的刺激——"九·一八"事变的爆发，"印蒂"又开始重新寻找新的生命价值和人生意义，加入"庄隐""韩慕韩"组织的某支东北义勇军，接受血与火的淬炼，当战斗失败后，"印蒂"已然对抗战、革命失去了热爱。抗战、革命、爱情已经不在"印蒂"的生命价值之列，他陷入了精神困境之中，只能以个人

---

① 无名氏:《无名书初稿·第一卷·野兽·野兽·野兽》，时代生活出版社1946年版，第34页。

② 无名氏:《无名书初稿·第二卷·海艳·上册》，时代生活出版社1947年版，第571页。

欲望的放纵来支撑自己脆弱的灵魂,"夜总会、舞会、孔雀筵、香槟酒、华尔兹、轮盘赌、捧坤角、争舞女、钻门子、演醉八仙、印度鸦片、艳丽肉体、黄金、股票、撒谎、架空、世纪末、财富的追逐,以及属于这个淫城黑暗核心的各种奇异刺激,——全像流线型霓虹灯样轮转于他生活的黑夜……庄严的堕落,比之小丑式的虚幻上升,要深刻而豪华得多。在他目前生活中,只横摆着两件事:想尽千方万法把钱口袋塞满,再把它们一袋袋投到官能的无底洞中。白天,他大部分精力消耗于商业琐务,夜晚,则全部使用在各式官能幻景上……这中间,没有那个最倒霉的字眼:'爱情',也没有粉饰这个无聊社会的彩色金箔:'道义','信用','法律','良知',或'忏悔'。他们地平线上,唯一活着的,只是'需要'。需要可以把他们从两条被窝筒内拉凑到一条被窝筒内,也可以把他们从一张床上踢向南北极……这是印蒂生活状态和精神状态,也大体是他那一圈圈里的人的生活和精神状态"[①]。无名氏将"印蒂"放纵的生活状态,特别是精神状态暴露于世,此时的他已经全然抛弃了以往的理念信仰,"印蒂"的生命价值只剩官能享乐,过着原始野兽般的生活。个人欲望的禁抑与放纵的两种心灵状态,形成了巨大、强烈的反差与对峙,令人深思。这种极端矛盾的个人心灵状态,凸显出了以《无名书初稿》为代表的无名氏小说创作的思想深度和深邃的生命哲学,同时,也激发出了作品强烈的艺术张力。

无名氏在《无名书初稿》的创作中,一方面借"印修静""印蒂"父子,来映射个人感性情绪与理性情感的对立统一。另一方面,则对主人公"印蒂"矛盾的个人心灵状态进行了全面深刻的剖析与绘制。这种有意识地制造矛盾,是现代作家对恬静与和谐的传统审美观念的拒绝与排斥,从而赋予文学创作全新的内涵,这种内涵就是去主动寻求、制造、描写矛盾,在感性与理性的交融中去激发作品的艺术张力。在无名氏的笔下,矛盾已经渗透进了个人心灵世界的各个角落,无名氏以此来深刻反思人性、人生等种种复杂的哲学

---

① 无名氏:《金色的蛇夜·上册》,上海文艺出版社 2001 年版,第 97-98 页。

问题。

三、形而上的个人心灵感悟

"形而上"语出《周易·系辞上》，"是故形而上者谓之道，形而下者谓之器"①。"形而上者"指无形体、无形迹的抽象存在——"道"：思想意识、理论方法、制度等；"形而下者"则指有形体、有形迹的具体存在——"器"：动物、植物、器械等。"形而上"即为一种抽象深奥的哲学问题，人类自古以来就有思索形而上的热情，追索宇宙的来源、生命的奥秘、人类的起源、生存的意义等，这种传统也被无名氏所承继，"无名氏就是这样一个追求形而上的作家"②。在无名氏的小说中，无名氏常常化身为哲学家、思想家，思索各式各样的形而上的哲学问题。尤其是在多卷本的《无名书初稿》中，主人公"印蒂"极好思索诸如宇宙、自然、生命、人性、社会、历史、政治、信仰、传统、宗教等各式形而上的哲学问题，"《无名书稿》体现了作家形而上的思考，其中思想的火花、睿智的对话、富有哲理的警句几乎俯拾即是"③。无名氏深入主人公"印蒂"的内心世界，将"印蒂"的深刻思考——形而上的个人心灵感悟，深入、细致、全面地挖掘与呈现出来。这既是无名氏小说创作的一大特质，体现出其小说深刻的思想性。另一方面，亦揭示出中国新文学创作的优良传统，以鲁迅为代表的"五四"学人，他们的身份是双重的——文学家与思想家。他们在进行文学创作的同时，思考着各种形而上的哲学问题，或者说他们的文学创作是为他们形而上的思考所服务的——探索、找寻国人乃至全人类的终极出路。

"印蒂"形而上的个人心灵感受满盈于《无名书初稿》之中，第一卷《野

---

① 《周易·系辞上》，见杨天才、张善文译注：《周易》，中华书局2011年版，第600页。

② 汪应果：《关注形而上 解读形而上（序）》，见赵江滨：《从边缘到超越——现代文学史"零余者"无名氏学术肖像》，学林出版社2005年版，第3页。

③ 汪应果、赵江滨：《无名氏传奇》，上海文艺出版社1998年版，第14页。

兽·野兽·野兽》尤为充溢。在楔子中，无名氏——"印蒂"，首先思考了人类的起源问题，"人的母亲的母亲的母亲是谁呢？那伟大的永不熄灭的火焰，是怎样被孕育的呢？人的母亲的母亲的母亲是——虚无。那伟大的太阳是被虚无所孕育出来的"①。人类的起源为"虚无"，它无始无终，无极无限，人就是从虚无里面爬出来的，虚无——火——冰——阿米巴演——蜥蜴——杯形龙——三觭龙——巨齿羊——象——猴——最伟大的人。当梳理出一条完整的人类进化链条后，继而又进一步思考探究"虚无"的起源，"虚无的母亲呢……假如虚无只是无有，而非无无，换言之，就是有无。有无的虚无是虚有，而不是绝对真空的虚无。假如这个虚无本非绝对真空，那么，这个无也只是有的一种类性，在这种有和无之外，可能没有它们的母体，也可能有母体"②。又从时空范畴、无时间性、无空间性、观念、想象、实体等多个方面思考探究"虚无"母体的形式与存在。无名氏在开篇对"人的起源""虚无的起源""虚无的母体"三个形而上的问题进行深刻思考，由此为无名氏的创作定调——《无名书初稿》既是小说，更是多卷本的哲学大书。"印蒂"不仅善于"思"更长于"悟"，在思考完三大问题后，顺势抛出了自我的心灵感悟：人——时间——历史，"就在这样苍茫的无边幻海上，偶然出现一座桥的形象——时间……用一种符号记录下来，称之为'历史'……一种叫作'人'的动物，站在时间浮桥上看朦胧海景"③。一方面配合个人流变的心灵史诗书写，另一方面，则揭开了个人心灵史与社会变革史——《无名书初稿》的序幕。

在《无名书初稿》中，除了主人公"印蒂"外，还有一个十分重要的人物形象"印修静"——"印蒂"之父，《无名书初稿》中那些"睿智的对话"

---

① 无名氏：《无名书初稿·第一卷·野兽·野兽·野兽》，时代生活出版社1946年版，第11页。
② 无名氏：《无名书初稿·第一卷·野兽·野兽·野兽》，时代生活出版社1946年版，第12页。
③ 无名氏：《无名书初稿·第一卷·野兽·野兽·野兽》，时代生活出版社1946年版，第14-15页。

和"思想的火花"主要迸发于"印蒂"与"印修静"之间的父子对话。无名氏在思索完人类起源这一宏大问题后，继而借印氏父子二人的谈话，思索和探究生命的意义。"印蒂"在北方接受完革命洗礼准备赴广州起事前，回到家中看望久未谋面的父母，此时的他，正是革命热情、激情最浓烈之时，感性情绪占据了个人情感的主导地位。因此，"印蒂"认为生命的意义——"探究生命，找寻生命"[①]，在于"信仰"——"改造"，"这信仰是：生命只是一种改造。改造这个人类！改造这个世界！改造这个国家！改造这个社会！改造！不断的改造！永久的改造！世界需要改造！中国需要改造！时代需要改造"[②]。反观"印修静"，生物学专业出身，在岁月的累积中，看透了人情世故、世事变迁，有着丰富的人生经历与社会经验，故而理性情感主导着他的个人感情。他认为生命的意义在于，深沉地观察大自然，了解人类在自然、在宇宙中的地位和发展，去探寻永恒的真理和智慧，"人过去是生物，现在是生物，将来也是生物。是生物，就是自然的一部分。人只有在精密观察自然时，才能了解人在自然宇宙中的地位和发展……一切总要变，但不断变的结果，有一天就会捕捉到一种不变的事物。你现在所抓住的，只是浮动的，变化的，表象的，你还不能突入那较深沉较不变较永恒的存在里。假如你能常常深沉的观察大自然，就能拥抱那永恒的真理和智慧"[③]。

"印修静"对生命意义的思考和感悟，超越了当下社会、跨越了历史巨轮，跳出了世俗纷争，是在整个宇宙及大自然的宏大体系中，考察和思索生命的价值，"在大自然的永恒运转中，你这个'时代需要'算得什么东西呢……大自然估量生命是以十万年百万年为单位，不是以一年十年为单位……把所有人类历史上的革命火焰加起来，放在大自然的永恒神秘黑暗里，也抵不上一只萤火光那样亮，而迟早，这萤火光也得给黑暗所卷没。我们的

---

① ② 无名氏：《无名书初稿·第一卷·野兽·野兽·野兽》，时代生活出版社 1946 年版，第 35 页。

③ 无名氏：《无名书初稿·第一卷·野兽·野兽·野兽》，时代生活出版社 1946 年版，第 44-45 页。

所有努力，挣扎，只不过为了或迟或早投到那永恒黑暗的毁灭里而已"①。与"印蒂"的"动"相比，"印修静"恰如其名的以"静"来处事，这种"静"即为一种超俗、一种跨越、一种跳出。他的个人心灵感悟也印证了"印蒂"之后的个人命运，"印蒂"在革命阵营分裂后被捕入狱，在狱中既抵挡住了阴谋利诱，又忍受住了严刑拷打，还参与了绝食斗争。他付出的一切，最终换来的却是战友的怀疑、质问与抛弃，这一打击使他的人生信仰和生命价值瞬间崩塌，如"印修静"所说，终"给黑暗所卷没"。严重的精神危机促使"印蒂"那不安定的灵魂重新思考和探寻新的生命价值，他逐渐认可父亲"印修静"对生命价值的思考与感悟。这也是后来父子二人的谈话不再像文章伊始那样，充满着碰撞、对峙与冲突，二人的心灵逐渐走向了相知、默契与融合。经过社会的变革、现实的冲击、阅历的提升之后，"印蒂"开始读懂父亲深邃的思想，个人的心灵世界也随之发生蜕变，这也是他在退出革命阵营之后，语言行动、处事态度发生巨大转变的根源所在。有关生命意义的讨论，是贯穿《无名书初稿》的个人心灵拷问，也是无名氏——"印蒂"所一直不停找寻的，"我整个灵魂目前只有一个要求：'必须去找，找，找！走遍地角天涯去找！——找一个东西！'这个'东西'是什么？我不知道。正因为不知道，我才必须去找。我只盲目的感觉：这是生命中最可宝贵的一个'东西'，甚至比生命还要重要的'东西'"②。

除了与父亲"印修静"的交流，"印蒂"与"杜古泉""唐镜青"等人的交谈，同样碰撞出了玄奥思想的花火，幽婉而又深邃，发人深省。他们同"印蒂"一道，呈现了现实中无名氏形而上的个人心灵感受。譬如在《海艳》上册开篇中，"印修静"的老友"杜古泉"对生命价值的思考——"死"和"过去"的意义，"死的色彩，才分外叫人感到诱惑……回忆的事物，常常要

① 无名氏：《无名书初稿·第一卷·野兽·野兽·野兽》，时代生活出版社 1946 年版，第 47-48 页。

② 无名氏：《无名书初稿·第一卷·野兽·野兽·野兽》，时代生活出版社 1946 年版，第 21 页。

比活站在面前的有魔力……人类无法抓住渺茫的将来，所能捉到的现在也很短促，不过几十年，但人类却可以抓得住几十万年的过去……真理正是如此。人类的真正财产只是'过去'。所有真理中最真的，是历史，一个真正爱生活的人，也应该爱'过去'"[1]。"杜古泉"形而上的个人心灵感悟的核心是"过去"——"历史"，这也是他醉心于考古的根源。他认为"现在"与"将来"是缥缈与虚无，只有"过去"和"历史"才是真实可靠的，能够令人感到一种坚硬、一种醇香、一种沉重。因此，对于"过去""现在""未来"三者，"杜古泉"坚定地选择了"过去"，"我感觉我们所做所说，无一不为装饰后代历史博物馆。我们的活泼新鲜形态，只不过掩藏了一层古物。我们的活蹦乱跳不会超过七八十年，但扮演古物一角，却可以延长到三十万年，五十万年"[2]。在他的玄思中，生命价值即为"过去"——"历史"，因为只有"过去"——"历史"才能蜕变为永恒，这种"过去"——"历史"会永存于世界、永存于自然、永存于宇宙，永不消逝。"杜古泉"的玄思与"印修静"有着异曲同工之妙，这也是二人能够成为朋友的缘由所在。而此时"印蒂"的思想也开始发生了蜕变，与"杜古泉"的思想交流自然变得顺畅，而不似年轻时那样，处处针锋相对。他似乎也从"杜古泉"与"印修静"形而上的个人心灵感受中汲取了某种认知、某种力量，使自我的认知得到了拓展，使自我的心灵得到了升华。

在《海艳》中，"唐镜青"是"印蒂"新结识的朋友，他的个人心灵异常活跃与敏感，他对生命价值的深刻思考同样给予了"印蒂"全新的认知与感悟。"印蒂"到杭州后结交了一批志同道合的新朋友，大家经常聚在一起谈天说地。在一次与"唐镜青""瞿槐秋""郑天漫"（"郑天退"的弟弟）等人讨论艰难的时局形势时，"唐镜青"语出惊人地指出日本并不可怕、亡国并不可

---

① 无名氏：《无名书初稿·第二卷·海艳·上册》，时代生活出版社1947年版，第606-609页。

② 无名氏：《无名书初稿·第二卷·海艳·上册》，时代生活出版社1947年版，第608页。

怕、没有溜鲫鱼丸子吃也并不可怕，可怕的是另一种东西——"实在"，"人类抓不到真'实在'，没有真正的'实在'观念，最可怕"①。当他将自我的个人心灵感受抛给大家后，众人纷纷指出他的思想有点"玄"。因此，"唐镜青"进一步解释了何为"实在"，"希腊会亡。罗马会亡。中国会亡。日本也会亡。英国美国也会亡。但有一个东西永不会亡；'实在！'……只要人能捉住真实在，知道真实在，即使全地球亡了，毁了，他也不觉可怕。我们现在所以觉得一切很可怕，主要原因是：我们精神上先有一片可怕的空虚。日本人飞机大炮未来毁坏我们的生活观念以前，我们的生活源泉：对实在的真正观念，先就已溃灭了。我们全部感觉和智慧都在绝对无政府状态，这是最可怕的"②。针对"唐镜青"形而上的思想，在座的知识分子分成了两派，"郑天漫"指出他的玄思并不能解决实际问题，"瞿槐秋"则认同他的思想。两派的分歧真实地反映出当时社会上的两种观点，理论救国论与器物救国论，这也是自晚清以来所一直讨论的问题。在"唐镜青"心中，抽象的理论——"实在"，是一种看不见摸不着的信仰与理想，这种信仰与理想不是某个人、某个国家的，而是全人类、全世界的，当全世界拥有了这种共同的信仰与理想，人类文明就会延续发展下去。

"唐镜青"明确指出人类并没有找到"实在"，从而陷入了一种困境之中，"人类今天所有问题，其中最大的，或许是实在问题。旧的实在观念早就被毁了。新的还没有出来。一部份人在彷徨，苦闷。一部份人不能忍受彷徨，又躲到旧观念中，因此反而加深了老问题"③。他与"印修静""杜古泉"对生命价值的玄思类似，均是跳出了小自我、小社会、小国家、小时局的狭隘范畴，思考的是大人类、大自然、大宇宙、大时代的宏大格局。但与"印修静""杜

---

① 无名氏：《无名书初稿·第二卷·海艳·下册》，时代生活出版社 1948 年版，第 1063 页。

② 无名氏：《无名书初稿·第二卷·海艳·下册》，时代生活出版社 1948 年版，第 1064 页。

③ 无名氏：《无名书初稿·第二卷·海艳·下册》，时代生活出版社 1948 年版，第 1065 页。

古泉"相比,"唐镜青"的个人心灵感悟是无比悲观的,"生命总是在这种又暗淡又寂寞的河流上航行"[①]。这种世纪末的悲观主义感受,被"印蒂"所批判,"我抗议你这套世纪末的苍白观念!我绝不以为生命是暗淡的,寂寞的。宇宙间到处是光是亮,你为什么不去找?去抓?去抢?"[②]此时的"印蒂"刚刚探寻到了新的生命意义——爱情,得到了自己日思夜想的女神"瞿萦"的爱与肉体,此刻他的内心世界充满了阳光与欢乐,他实现了自我的生命价值。但原有生命价值的实现也意味着新的生命价值的生成,"印蒂"的内心世界随即开始变得孤独与迷茫、暗淡与寂寞,从而渴望去寻找新的生命价值和人生意义,如此循环往复。此时的他也变得同"唐镜青"那样,充满了悲观与无奈。这种悲观与无奈——世纪末的悲观主义也是无名氏在《无名书初稿》中极力想要传递与呈现的,在《金色的蛇夜》上册伊始,无名氏就以画家"兰素子"的一幅"末日"/"彭贝的毁灭"为开篇,"在生命里面,哪里没有可怕的呢?假如这个宇宙有创造主,他本身便是最可怕的"[③],"兰素子"的学生"马尔提"甚至将其称为"我们的时代"[④],更加印证了这种末世情绪的弥漫。因此,在末世情绪的感染下,以"印蒂"为代表的青年一代疯狂了,在《金色的蛇夜》中,他们彻底沦为了"野兽",释放出最原始的兽性,放纵最原始的兽欲,将"我们的时代"变为了"肉欲的时代""疯狂的时代""毁灭的时代"。

对于"思"与"行"的辩证关系,特别是"行"的重要性,无名氏——"印蒂",同样进行了形而上的深刻思考。"印蒂"不仅勤于"思",还敏于"行","行动是思想的唯一见证者,至少社会思想和人生哲学思想如此。不管一个人的思想怎样高明,假如没有行动印证,这种思想只是架空的……没有行为的思想只能算半个真理。实际上,行为比思想更能有力的刻划一个人,

---

① 无名氏:《无名书初稿·第二卷·海艳·下册》,时代生活出版社 1948 年版,第 1066 页。

② 无名氏:《无名书初稿·第二卷·海艳·下册》,时代生活出版社 1948 年版,第 1066-1067 页。

③④ 无名氏:《金色的蛇夜·上册》,上海文艺出版社 2001 年版,第 4 页。

代表一个人。生命本身就是一连串的动，一连串的行为……最成熟的大智慧不仅包括思想，更包括实践思想的行动意志与行动毅力。从思想到行动，这才是个全人。自然，思想本身也是一种行动，但却是较肤浅的行动。神经所构成的行动，总没有手足和胸膛所构成的深沉有力"[1]。"印蒂"的实践和行为，均是经过形而上的个人心灵感悟后所发动的，实现了"思"与"行"的统一。因此，"印蒂"是"思"的智者，更是"行"的巨人。"印蒂"内在的个人心灵流变，均配以相应的外在行为，果断而又决绝：思考生命价值（思）——临近毕业放弃文凭，抛弃慈父贤母与小康家庭，投身革命，牺牲自我的一切欲望，忍受一切苦难与折磨（行）；思考生命价值（思）——脱身革命阵营，追求爱情与愉悦（行）；思考生命价值（思）——冷酷抛弃曾经的挚爱"瞿萦"，投身东北某义勇军，再次感受血与火的淬炼（行）；思考生命价值（思）——做起走私生意，只为赚取金钱享受生活，尤其是获得官能的享乐，追求最纯粹的快感与肉欲（行）。

结　语

无名氏将以"印蒂"为代表的各色知识分子的心灵世界，进行了全面的挖掘、剖析与呈现，进而化身哲学家，在《无名书初稿》中，对"人类的起源""人类与宇宙、自然、历史的关系""生命的意义与价值""人类的欲望""思与行的辩证关系"等种种抽象深刻的哲学问题进行了形而上的思考与探索，从而使"印蒂"的个人心灵盘桓于宇宙的蕴动之下，翱翔于历史的演变之中，徜徉在生命的流转之内，跳跃于自然的进化之中。由此，无名氏为卷帙浩繁的《无名书初稿》插上了诗与哲理的双翅，使《无名书初稿》成为了浪漫史诗、心灵史诗、哲理史诗杂糅的典范。

---

[1]　无名氏：《无名书初稿·第一卷·野兽·野兽·野兽》，时代生活出版社 1946 年版，第 268 页。

第十三章
中国社会精神史的锐意书写
——路翎现代小说创作论

引　言

　　作家路翎以独到深刻且富有力度的精神世界剖析与社会关系透视，化身心理学家和社会学家，凭借着"全心充满着火焰似的热情"[①] 和"人民的原始的强力"[②]，去书写中国人民的社会精神史，"从社会的人（作为社会关系的总和的人）内心的矛盾和灵魂的搏斗过程中间，去掘发和展露社会的矛盾和其具体关系"[③]。路翎对中国社会精神史的有力书写，使其小说"在中国的新现实主义文学中已经放射出一道鲜明的光彩"，也使七月派的小说在中国现代小说史上占据了重要地位。通过对激荡的热烈欲望、搏斗的痛苦灵魂、异化的丑恶人性的刻画与剖析，路翎的小说构成了一部属于中国人民的厚重的社会精神史。

　　路翎，原名徐嗣兴，1923 年 1 月生于江苏省南京市，生父赵树民早逝，

[①]　唐湜:《路翎与他的"求爱"》,《文艺复兴》, 1947 年 11 月, 第 4 卷第 2 期。

[②]　胡风:《〈饥饿的郭素娥〉序》, 见《路翎文集·第三卷》, 安徽文艺出版社 1995 年版, 第 4 页。

[③④]　荃麟:《饥饿的郭素娥》,《青年文艺》, 1944 年, 第 1 卷第 6 期。

母亲改嫁张继东，遂改从母亲徐丽芬之姓氏。曾就读于南京莲花桥小学幼儿园部、小学部，江苏省立江宁中学。1937年冬，全家入川，就读于国立四川中学。1939年9月，创作短篇小说《"要塞"退出以后——一个青年"经纪人"底遭遇》，于1940年5月以"路翎"之笔名发表于《七月》第5集第3期，为"新作家五人小说集"第一篇，自此便以此笔名行世，此外还有笔名冰菱、未明、烽嵩、莎虹、余林、嘉木、木纳等。并由此结识胡风，逐渐成为七月派的代表小说家。

20世纪40年代是路翎小说写作的井喷期，1940年至1945年的创作主要有1941年4月刊载于《七月》第6集第3期的短篇小说《家》、1941年6月刊载于《七月》第6集第4期的短篇小说《何绍德被捕了》、1941年9月刊载于《七月》第7集第1-2期合刊的短篇小说《祖父底职业》《黑色子孙之一》、希望社1942年出版的短篇小说集《青春的祝福》中的《棺材》《青春的祝福》《谷》、希望社1943年出版的中篇小说《饥饿的郭素娥》、1943年5月刊载于《文学创作》第3卷第1期的《蜗牛在荆棘上》、1945年1月刊载于《希望》第1集第1期的短篇小说《罗大斗的一生》、1945年5月刊载于《希望》第1集第2期的短篇小说《感情教育》《可怜的父亲》《秋夜》《王家太婆和她底小猪》《瞎子》《新奇的娱乐》《一封重要的来信》、1945年7月25日刊载于《新华日报》副刊的《草鞋》、1945年8月刊载于《希望》第1集第3期的短篇小说《两个流浪汉》、1945年8月15日刊载于《新华日报》副刊的《英雄底舞蹈——"后方小景"之一》、1945年9月12日刊载于《新华日报》副刊的《棋逢敌手——"后方小景"之二》、1945年9月刊载于《文艺杂志》第1卷第3期的《破灭》、1945年12月刊载于《希望》第1集第4期的短篇小说《旅途》《英雄与美人》《翻译家》《中国胜利之夜》《乡镇散记》。

1946年至1949年的创作主要有1946年1月刊载于《中原、文艺杂志、希望、文哨联合特刊》第1卷第1期的短篇小说《悲愤的生涯》、1946年2月刊载于《中原、文艺杂志、希望、文哨联合特刊》第1卷第3期的短篇小说《滩上》、1946年3月刊载于《中原、文艺杂志、希望、文哨联合特刊》第1

卷第 4 期的短篇小说《一个商人怎样喂饱了一群官吏》、1946 年 6 月刊载于《文艺复兴》第 1 卷第 5 期的短篇小说《程登富和线铺姑娘底恋爱》、1946 年 6 月刊载于《希望》第 2 集第 2 期的短篇小说《王炳全底道路》、1946 年 6 月刊载于《中原、文艺杂志、希望、文哨联合特刊》第 1 卷第 6 期的短篇小说《求爱》、1946 年 9 月 8 日至 11 月 11 日连载于《联合晚报》的中篇小说《嘉陵江畔的传奇》、1946 年 10 月刊载于《希望》第 2 集第 4 期的短篇小说《张刘氏敬香记》《平原》《易学富和他的牛》、海燕书店 1946 年出版的短篇小说集《求爱》中的《人权》《江湖好汉和挑水夫的决斗》《俏皮的女人》《幸福的人》《老的和小的》、1947 年 3 月 10 日至 3 月 13 日连载于《时代日报》的短篇小说《人性》、1947 年 9 月刊载于《泥土》第 4 辑的短篇小说《凤仙花》《路边的谈话》、1947 年 12 月 14 日刊载于《时代日报》的短篇小说《这个家伙》、1947 年 12 月连载于《人世间》复刊第 2 至 3 期的短篇小说《闲荡的小学生》、1948 年 3 月 7 日刊载于《时代日报》的短篇小说《歌唱》、1948 年 5 月刊载于《蚂蚁小集》之二的短篇小说《预言》、1948 年 5 月刊载于《蚂蚁小集》之三的短篇小说《泥土》、1948 年 5 月刊载于《泥土》第 6 辑的短篇小说《饥渴的兵士》、1948 年 5 月完成长篇小说《燃烧的荒地》由上海作家书屋 1950 年出版、1948 年 11 月刊载于《泥土》第 7 辑的短篇小说《码头上》、1948 年 11 月刊载于《蚂蚁小集》之四的短篇小说《爱民大会》、1949 年 5 月刊载于《蚂蚁小集》之六的短篇小说《屈辱》、1949 年 7 月刊载于《蚂蚁小集》之七的短篇小说《泡沫》、1949 年 11 月 18 日《天津日报·文艺周刊》第 35 期的短篇小说《朱桂花的故事》、海燕书店 1949 年出版的短篇小说集《在铁链中》中 20 世纪 40 年代创作的小说《在铁链中》、知识书店 1950 年出版的短篇小说集《朱桂花的故事》中 20 世纪 40 年代创作的小说《试探》《替我唱个歌》《荣材婶的篮子》《女工赵梅英》《"祖国号"列车》《劳动模范朱学海》、作家书屋 1952 年出版的短篇小说集《平原》中 20 世纪 40 年代创作的小说《女孩子和男孩子》《契约》《小兄弟》《客人》《重逢》《高利贷者》《蠢猪》《爱好音乐的人们》《学徒刘景顺》《在一个冬天的早晨》。

一、激荡的热烈欲望

路翎对社会精神史的书写，先以人的欲望为切入。对人类欲望的挖掘、剖析，是中国传统文学匮乏与贫瘠的一面，这与传统文学深受儒家思想影响息息相关，"人化物也者，灭天理而穷人欲者也。于是有悖逆诈伪之心，有淫泆作乱之事"①、"人心私欲，故危殆。道心天理，故精微。灭私欲则天理明矣"②、"孔子所谓'克己复礼'；《中庸》所谓'致中和、尊德性、道学问'，《大学》所谓'明明德'；《书》曰'人心惟危，道心惟微，惟精惟一，允执厥中'，圣贤千言万语，只是教人明天理，灭人欲"③。由此可见，"人欲"自古即被设置为"天理"的对立面，虽然朱熹所指的"灭人欲"并非为消灭人类的正常欲望，而是抑制人类的过度欲望，"问：'饮食之间，孰为天理，孰为人欲？'曰：'饮食者，天理也；要求美味，人欲也'"④。实际上，"要求美味"与"饮食"一样，既是人类的正常欲望，也是人类社会发展与进步的重要标志。对"要求美味"的限制，造成了人们欲望的压抑与萎靡。在新文学中，人类的欲望成为作家创作的着力点之一，这是由新文学的精神内核所决定的。路翎则在小说创作过程中，对人类的欲望进行了深刻的描写与呈现，其力度、深度、广度可谓卓荦超伦。借助"欲望"，路翎透视了黑暗的社会现实，梳理了复杂的社会关系，揭示了传统的社会秩序。

在马斯洛的需求层次理论中，人类最基本的欲望——最低层次的需求为"生理需要"——食欲，"一个同时缺乏食物、安全、爱和尊重的人，对于食

---

① ［西汉］《礼记·乐记》，见胡平生、张萌译注：《礼记（下）》，中华书局 2017 年版，第 718 页。
② 陆学艺、王处辉主编，庞绍堂等选编：《中国社会思想史资料选辑·宋元明清卷·河南程式遗书卷第二十四》，广西人民出版社 2007 年版，第 101 页。
③ ［南宋］黎靖德编：《朱子语类》，中华书局 1986 年版，第 199 页。
④ ［南宋］黎靖德编：《朱子语类》，中华书局 1986 年版，第 222 页。

物的渴望可能最为强烈"[①]。在《饥饿的郭素娥》中，女主人公"郭素娥"的"饥饿"——"欲望"，首先就来自食欲，"她饥饿，用流血的手指挖掘观音泥"[②]。之后，她甘愿作了鸦片鬼"刘寿春"的女人。无论是用流血的手指挖掘观音泥还是嫁给"刘寿春"，都是饥饿所导致的，"整个机体的特点就是饥饿，因为意识几乎完全被饥饿所控制"[③]，她饥饿的根源则是落后、贫困、动荡、战乱的中国社会。当"郭素娥"的食欲得到满足之后，她必然去追求实现其他的欲望/需要，如"归属和爱的需要"，"如果生理需要……得到了满足，爱、感情和归属的需要就会产生……对爱的需要包括感情的付出和接受"[④]。在自私、刻薄、阴鸷、病态、羸弱、丑陋的"刘寿春"那里，没有爱与性，"郭素娥"无法实现个人感情的付出和接受。因此，她同"张振山"——"那些她所渴望的机器工人里面的最出色的一个"[⑤]偷情。她愿意为"张振山"付出感情，她虽然迷恋他那强健的肉体，却不仅仅是性欲的满足，这也是"张振山"在给她二十元钱或是要给她一笔钱做小买卖时，"郭素娥"愤怒与失望的缘由。她并不想只与"张振山"保持肉体的关系，而是希望实现"感情的付出和接受"，这也是由另一个欲望——"自尊需要"所驱使，"社会上所有的人都有一种获得对自己稳定的、牢固不变的、通常较高的评价的需要或欲望，即一种对于自尊、自重和来自他人的尊重的需要或欲望"[⑥]。工厂在乡村建立起来之后、在与"张振山"的肉体碰撞过程之中，她的欲望再次升级——"自

① ［美］亚伯拉罕·马斯洛:《动机与人格》(第三版)，许金声等译，中国人民大学出版社 2007 年版，第 19 页。

② 路翎:《饥饿的郭素娥》，见《路翎文集·第三卷》，安徽文艺出版社 1995 年版，第 9 页。

③ ［美］亚伯拉罕·马斯洛:《动机与人格》(第三版)，许金声等译，中国人民大学出版社 2007 年版，第 19-20 页。

④ ［美］亚伯拉罕·马斯洛:《动机与人格》(第三版)，许金声等译，中国人民大学出版社 2007 年版，第 26 页。

⑤ 路翎:《饥饿的郭素娥》，见《路翎文集·第三卷》，安徽文艺出版社 1995 年版，第 10 页。

⑥ ［美］亚伯拉罕·马斯洛:《动机与人格》(第三版)，许金声等译，中国人民大学出版社 2007 年版，第 28 页。

我实现的需要"，"一个人越来越成为独特的那个人，成为他所能够成为的一切"①。对"郭素娥"来说，这终极的欲望就是做"张振山"的女人，跟他离开这个压抑、痛苦、饥饿的乡村，到城市里去，"逃走哦，到城里去。到城里，死了也干净"②，只有这样，她才能真正成为自己所期望的那个人，实现自身的价值。

在路翎的小说中，十分常见的一种现象是女性大胆践行自我欲望、实现自我欲求。《燃烧的荒地》中的女主人公"何秀英"与"郭素娥"类似，她比"郭素娥"幸运的是拥有自己的房屋和田地，因此，她的"生理需要"——食欲，已经能够得到基本的满足。"何秀英"的高层次需求是实现"安全需要"，"一个安全、可以预料、有组织、有秩序、有法律的世界。这个世界是他可以依赖的"③。对"何秀英"来说，男性——家庭——房屋——田地——财产，就是自我的安全需要，男性是其中的核心与主导因素。这就是她在丈夫"王合平"去世仅半年后，全然不顾他人的非议与传统道德的束缚，马上与"张老二"结合的根源所在。她的人生需求即为稳定的家庭，"王合平"在死之前已经给予了她房屋和田地，唯独缺少一个象征稳定家庭的主宰——封建男权社会的统治者——男性。开始时，脾气和顺、性格内向的"张老二"从不打骂"何秀英"，这让她感到十分的不满，"人家总是亲密地关切他们的女人们的，或者就打骂女人们，但他却不对她亲密也不打骂她"④。而当"张老二"被悲惨的生活和"何秀英"的强力压抑得喘不过气之后，毒打了她，竟使她获得了一种踏实的感觉，"张老二继续毒打她……她心里还充满了感激，觉得自己生

① ［美］亚伯拉罕·马斯洛：《动机与人格》（第三版），许金声等译，中国人民大学出版社2007年版，第29页。
② 路翎：《饥饿的郭素娥》，见《路翎文集·第三卷》，安徽文艺出版社1995年版，第11页。
③ ［美］亚伯拉罕·马斯洛：《动机与人格》（第三版），许金声等译，中国人民大学出版社2007年版，第23页。
④ 路翎：《燃烧的荒地》，见《路翎文集·第三卷》，安徽文艺出版社1995年版，第175页。

来是挨打的，有错的，罪恶的，应该承受"①。男性的殴打——男权的统治，反而使她的欲望得到了满足——稳定的家庭关系所带来的牢固传统的社会秩序。

"何秀英"与"郭素娥"一样，充满了生命的强力，"有着一种莽撞的力量"②。她们敢于反抗一切、蔑视一切，"郭素娥"为了能够满足实现自己的不同欲望，大胆地向"刘寿春""张振山""外省的军官"，出卖自己的肉体，"七年前，一个外省的军官在这峡谷里引诱了她"③。为了能够实现自己的欲望，她忍受着"刘寿春""黄毛""陆福生"的毒打、折磨，宁死也不让自己被卖给绅粮"吴朗厚"。"何秀英"为了保住前夫留给自己的田地房屋，与"王合平"的家人、甚至兴隆场这片土地的统治者"吴顺广"，放肆无忌地对骂争吵。当"何秀英"与"张老二"关系破裂后，"郭子龙"趁机狂暴地占有了她，与老实的佃户"张老二"相比，地主出身、读过书、当过营长打过仗、见过大世面且孔武有力、霸道蛮横的"郭子龙"，似乎更符合她"安全需要"的欲望。"郭子龙"希冀把粗鄙、强健、纯朴的"何秀英"打造成城市里那种能与自己进行精神对话的太太。但"何秀英"与"郭子龙"相处之后，逐渐发现她的终极欲望并不是稳定的家庭关系，而是"自我实现的需要"——通过辛勤的劳动实现自我的价值，"但不久她就觉得了痛苦和空虚，并且对一切花衣服失去了兴趣。她渴望劳作，渴望活动，主宰一些事情，操心和忙碌"④。"何秀英"像"郭素娥"那样，也实现了欲望的升级与跨越，这是由社会的发展变迁所决定的。"何秀英"和"郭素娥"是混乱、动荡、变革的中国社会中，万千农村妇女的缩影，她们的初始欲望——食欲、稳定的家庭，是由几

---

① 路翎:《燃烧的荒地》，见《路翎文集·第三卷》，安徽文艺出版社1995年版，第222页。

② 路翎:《燃烧的荒地》，见《路翎文集·第三卷》，安徽文艺出版社1995年版，第186页。

③ 路翎:《饥饿的郭素娥》，见《路翎文集·第三卷》，安徽文艺出版社1995年版，第27页。

④ 路翎:《燃烧的荒地》，见《路翎文集·第三卷》，安徽文艺出版社1995年版，第238页。

千年来中国封闭的、自给自足的社会经济所决定的，随着资本主义经济的入侵、封建经济的逐步瓦解，以及战乱的爆发、社会的发展，她们的欲望也在逐渐发生转变，欲望的转变恰恰揭示出社会关系的变革与复杂。

对于稳固的男权社会来说，透视与剖析女性的欲望，更具问题意识。"何秀英"始终以一种粗犷、原始、莽撞、强横的态度去实现自我的欲望，"郭素娥"则始终处于"饥饿"的状态，大胆地追求满足自我的欲望、实现自我的人生追求。她们的欲望迸发于天地，激荡在人世，让人感到一种实实在在的生命强力。但这种欲望和强力在面对森严、牢固的社会关系与伦理制度之时，却如此的脆弱与无力，"郭素娥""何秀英"依然无法逃脱被侮辱被损害，甚至是死亡的悲剧命运，与社会相比，又是如此渺小，令人慨叹，发人深省。

二、搏斗的痛苦灵魂

路翎对社会精神史的书写，又以人的灵魂——"心理状态"为切入，"心理活动的那种在一定期间内能够表明各种心理过程的独特性的一般特征，这种特征既决定于所反映的现实的对象和现象，也决定于个性的过去的状态和个别的心理特性"[①]。路翎十分善于在小说中描写和呈现人的精神——心理状态。可以发现，路翎笔下主人公的心理状态均处于一种痛苦、纠结、挣扎的搏斗状态——具有一种搏斗的痛苦灵魂。面对中国复杂的社会背景、社会现实和社会关系——传统与现代、农业与工业、乡村与都市、手工与机械、愚昧与文明、专制与民主、人治与法治的对立，面对旧与新的两种思想、两种势力的激烈碰撞，身处时代洪流之中的人们的灵魂，必然充满困惑、苦痛与迷茫，从而形成一种极其复杂的心理状态。对于此种心理状态，在以往的小说创作中虽有作家进行过涉猎，但路翎涉猎程度更深、更广，"凭借自己超凡的感受力，思想力和热情，试图搅扰古老民族貌似沉睡、实际上躁动不安的

---

① ［苏］尼·德·列维托夫：《性格心理学问题》，佘增寿译，人民教育出版社 1959年版，第 94 页。

灰色灵魂，努力和他的人物们一起向时代精神的顶点攀登"①。路翎试图通过对人类苦痛灵魂的描绘，由此透视与剖析复杂的社会关系与社会现状，思考造成这种苦痛灵魂的社会根源与社会问题所在。

在稳固的社会关系中，人们内心挣扎、纠结、困惑、迷茫的状态是稳定与持续的，因此，在小说中，一个个被放大、被艺术化的灵魂是无比苦痛的。《财主底儿女们》的第一、二部，路翎分别以青年知识分子"蒋少祖"和"蒋纯祖"开篇，开宗明义地向读者展现了两个具有代表性的搏斗着的苦痛灵魂，从而为整部作品定调，"以青年知识分子为辐射中心点的现代中国历史的动态。然而，路翎所要的并不是历史事变的纪录，而是历史事变下面的精神世界底汹涌的波澜和它们的来跟去向，是那些火辣辣的心灵在历史运命这个无情的审判者前面搏斗的经验"②。"蒋少祖"十六岁便从苏州离家到上海读书，这个行动使他和父亲"蒋捷三"决裂，他是蒋家第一个叛逆的儿子。与"蒋蔚祖""蒋纯祖"不同，"蒋少祖"困惑、迷茫、忧郁的灵魂更多是与生俱来的天性，复杂的社会关系只是一种外部诱因，加剧了他的苦痛。大学毕业和朋友们办报纸使他突然的"忧郁"、与同学"陈景惠"自由恋爱的婚姻使他感到莫名的"痛苦"。随着他真正进入社会，与社会发生了密切关联之后，其灵魂愈加苦痛。参加政治活动后，感觉自己加入的社会民主党充满空想、成员平庸，另一个政党则象征着苦闷与迷失，觉得它阴暗、专制，由此感到作战的"孤独"。战争爆发后，他的灵魂更是无时无刻不在搏斗，面对医院中惨烈负伤的士兵，他一面脱下帽子眼里含着泪水，"他觉得他心里有了一个热烈的、静穆的东西"③，另一面与生俱来的困惑、忧郁的心理状态又使他突然觉得苦闷，"既然在人类里面有着这样的绝望而可怖的境遇，那么这种境遇便很可

---

① 绿原:《〈路翎文集〉序》，见《路翎文集·第一卷》，安徽文艺出版社1995年版，第1页。

② 胡风:《〈财主底儿女们〉序》，见《路翎文集·第一卷》，安徽文艺出版社1995年版，第1页。

③ 路翎:《财主底儿女们（第一部）》，见《路翎文集·第一卷》，安徽文艺出版社1995年版，第40页。

能即刻就落在自己身上……不解决这个为什么还能生活"①。在时代洪流冲击下的"蒋少祖",面对汹涌而来的种种新问题、新情况、新变化,使他本身那纠结、挣扎的灵魂愈发的迷茫、苦闷。"蒋少祖"反抗现实的失败和最终的妥协,既是由于"知识分子底反叛,如果不走向和人民深刻结合的路,就不免要被中庸主义所战败而走到复古主义的泥坑里去"②,更源于他同自我灵魂搏斗的失败。

与"蒋少祖"不同,"蒋蔚祖"那搏斗的痛苦灵魂完全是由外部力量所造成的。一方面,作为现代社会的现代人,他始终被古老家庭中那具有"强力的性格"的父亲所钳制,被"囚禁"于这个封建大家庭之中,做一个孝子贤孙。另一方面,他单纯软弱,被具有现代开放思想的强势妻子欺瞒操纵。面对妻子对家业的诈骗、攫取和侵吞,他深感愧对疼爱自己的父亲。面对妻子的淫邪放荡,作为深爱对方的丈夫,更是痛心不已、万念俱灰。他终日徘徊于父亲与妻子之间,既要忍受满足父亲的期许,又要忍受满足妻子的欲望,他的灵魂早已被折磨得千疮百孔、痛苦不堪。"蒋捷三"象征了传统的糟粕,"金素痕"则代表了现代的渣滓,小家庭亦是大社会的缩影,正是复杂的家庭(社会)关系、黑暗的家庭(社会)现实,最终促使"蒋蔚祖"灵魂的毁灭,心理状态的崩溃,最终被逼疯、被逼死,他跳崖以求解脱的悲惨结局令人唏嘘不已。

在《财主底儿女们》的第二部中,路翎描写了"蒋纯祖"逃离南京,沿长江漂泊,在川渝之地四处碰壁的苦难人生经历与撕心裂肺的灵魂搏斗历程,与之类似的还有《燃烧的荒地》中的"郭子龙"。纵然,"蒋纯祖"的心灵比"郭子龙"要纯洁千万倍,他的善良忠厚亦非"郭子龙"辈所能相比,但二人在复杂的社会关系中、在乱世下,那痛苦挣扎的灵魂搏斗却是何其相似。"蒋

---

① 路翎:《财主底儿女们(第一部)》,见《路翎文集·第一卷》,安徽文艺出版社1995年版,第41页。

② 胡风:《〈财主底儿女们〉序》,见《路翎文集·第一卷》,安徽文艺出版社1995年版,第4页。

纯祖"的灵魂始终处于痛苦的搏斗状态，抗战爆发后，他准备勇敢地投身于战斗之中，面对艰苦的战争形势却失去了勇气，"怯懦地从它逃亡……这个世界是过于可怕，过于冷酷，他，蒋纯祖，是过于软弱和孤单"[1]，残酷的社会现实击碎了他最初的勇气，以及幻想和雄心，让他的灵魂苦痛。在逃难过程中，社会秩序崩坏，文明、民主、法律消失殆尽，野蛮、强权、兽性统治了一切，青年知识分子"蒋纯祖"本就手无缚鸡之力，为了生存，只能依附于生存强者"朱谷良"和"石华贵"，"在这片旷野上，蒋纯祖便不再遇到人们称为社会秩序或处世艺术的那些东西了……他所遇到的那些实际的、奇异的道德和冷淡的、强力的权威，是使他常常地软弱、恐惧、逃避、顺从"[2]。这对于一个来自现代社会的现代人、特别是现代青年知识分子来说，无疑是分裂与痛苦的。

在加入演剧队后，"蒋纯祖"真正卷入了复杂的社会关系网中，要学着与他人、与爱人、与组织相处，但这个社会关系网并不是"蒋纯祖"理想中的它，当发现了它的缺点——污浊的世俗、僵硬的教条、无形的桎梏，他感到无比的苦闷与忧郁。在社会现实与道德准绳的激烈碰撞下，尤其是他那"虚荣的骄傲"[3]和"只要求他的内心"[4]的对峙，使他愈加苦痛。因此，他逃离了这个令他窒息的团体，"这里的一切不是我的，这里不需要我，我也不需要他们，那么，让我流浪，让我落荒而走吧"[5]，重新寻找真正的理想之地。他来到石桥场，"石桥场肮脏、狭窄、丑陋……在这片秀美的、富饶的土地上……经

① 路翎:《财主底儿女们（第二部）》，见《路翎文集·第二卷》，安徽文艺出版社1995年版，第2页。

② 路翎:《财主底儿女们（第二部）》，见《路翎文集·第二卷》，安徽文艺出版社1995年版，第69页。

③ 路翎:《财主底儿女们（第二部）》，见《路翎文集·第二卷》，安徽文艺出版社1995年版，第80页。

④ 路翎:《财主底儿女们（第二部）》，见《路翎文集·第二卷》，安徽文艺出版社1995年版，第237页。

⑤ 路翎:《财主底儿女们（第二部）》，见《路翎文集·第二卷》，安徽文艺出版社1995年版，第309页。

常地发生着殴斗、奸淫、赌博、壮丁买卖、凶杀、逃亡"①，这里就如同《燃烧的荒地》中兴隆场的乱石沟，"呈现着一种带着特别尖锐的凄惨的性质的繁荣……它是流氓光棍们最活跃的处所，道德和感情最混乱的地方，经常地发生着抢劫、凶杀、强奸一类的事情"②。无论是石桥场还是兴隆场，均是传统与现代、农业与工业、乡村与城市碰撞、对抗、杂糅后生成的"畸形儿"，失去了乡土的质朴、摒弃了都市的文明，只剩野蛮、落后、混乱与专制。权力、金钱、武装即为秩序，面对强大的传统封建势力，个人显得如此渺小。"郭子龙"刚回到兴隆场时，充满雄心壮志，要报复"吴顺广"，夺回属于他的一切，实际也是要向自己出生的这片土地进行挑战，找寻丢失的家族荣耀。他是进步学生，追求自由民主；他是铁血军人，追求秩序纪律；他是地主恶霸，追求权力金钱。这多重的身份，特别是引以为傲的知识分子的身份背景，令他痛苦、迷茫、纠结、挣扎，这恰恰是复杂的社会关系和社会现实导致的。最终，面对森严、牢固、强大的旧秩序，等待他的只有失败。他由一个强悍霸道、凶恶狠辣的狂徒变成了向世俗妥协的"祥林嫂"，不停向人们倾诉自己，喝酒后便拉着他人反复诉说自己的故事，最终让自己沦为兴隆场的笑柄、"破草鞋"。他有着"蒋纯祖"所没有的丰富的社会经验和人生经历，以及强硬、狠辣、凶恶的手段和能力，他的失败也能让人预见"蒋纯祖"在石桥场的铩羽。现代人"蒋纯祖"深知现代中国需要个性解放、需要民主文明，他也明白这些理想和追求在现实中难以实现，却依然勇敢地独自挑战传统的冷酷、愚昧、麻木、黑暗，他的灵魂也始终处于痛苦的搏斗状态，等待他的只是精神与肉体的双重灭亡。

在创作过程中，路翎十分注重呈现与剖析人物，特别是知识分子的心理状态，细致刻画人物搏斗的痛苦灵魂。在封建社会中生活了几千年，在殖民

---

① 路翎：《财主底儿女们（第二部）》，见《路翎文集·第二卷》，安徽文艺出版社1995年版，第340页。

② 路翎：《燃烧的荒地》，见《路翎文集·第三卷》，安徽文艺出版社1995年版，第141页。

地里又生活了几十年得中国人民，尤其是中国的知识分子阶层，精神和心理上的积压，沉重压抑得恐怖至极。在这个过程中，内在的搏斗的痛苦灵魂，始终是与外在的社会关系、社会现实、社会秩序相连接，外在的新旧势力、新旧文明的激烈碰撞甚至主导着内在灵魂的挣扎、纠葛，在挣扎与纠葛后，只剩苦痛。路翎通过对苦痛灵魂的提炼，将自我对人生、对社会、对时代等重大问题的深刻思考熔铸于文本之内，在深沉与厚重的社会历史中，书写属于中国人民、中华民族的社会精神史。

三、异化的丑恶人性

路翎对社会精神史的书写，还以人性为切入。人性自古以来就是东、西方学者、哲人所关注探讨的重点问题。对人性的认知，各派各家则莫衷一是，有性善论、性恶论、自由论、德性论、社会关系论等。人性是相对于神性和兽性所言，是人所特有的一种"本质属性"[1]。在苏格拉底看来，"因为人性的本质在于理性，所以，人生的最高目标就应当追求正义和真理……人只有通过接受良好教育，认识到自己内心的道德理性，才算明白了人之为人的特性"[2]。苏格拉底指出，假若人能够接受良好的教育——外部条件，就会认知与通晓人性的内涵，这也是马斯洛所提倡的，"如果有'良好的环境条件'，人们就会渴望表现出诸如爱、利他、友善、慷慨、仁慈和信任等高级品质……在这些人身上很难找到情感压抑、情感障碍、情感麻痹和人类智能削弱的情况"[3]。"良好的环境条件"就是自然、社会等诸多外部条件，"人类如果过去和现在都生活在良好的环境条件下，那么，人类就可以保持'善'的本性，也

---

① 高建国：《人性心理学》，中国经济出版社 2013 年版，第 17 页。

② ［英］罗伯特·艾伦：《哲学的盛宴》，刘华编译，新世界出版社 2013 年版，第 13 页。

③ ［英］罗伯特·艾伦：《哲学的盛宴》，刘华编译，新世界出版社 2013 年版，第 318-319 页。

就是通常所说的符合伦理的、有道德的、正直的本性"①。由此可见，虽然外部条件不是人性塑造的唯一要素，但绝对是决定性的因素之一。反之，假若环境条件糟糕或者恶化，人性也将受到异化和扭曲。因此，路翎在写作小说之时，十分注重反思人性、探索人性、刻画人性，尤其是异化的丑恶人性。因为异化的丑恶人性与外部的社会关系、社会现实息息相关，路翎依然试图通过对异化人性的刻画，去揭示黑暗的社会现实，去剖析复杂的社会关系，反思造成人性异化的社会问题，继而升华到对国民性的思考与暴露。

异化是一个典型的外部施压过程，"劳动对劳动者是外在的即不属于他的本质，因之，他在他的劳动中并不肯定自己，反而否定自己，并不感到幸福，反而感到不幸，并不展开自由的肉体的和精神的劲力，反而使他的肉体受到苦行，并使他的精神陷于荒废"②。马克思认为资本主义制度是人类异化的根源，人的异化实际并不只限于马克思所提及的资本因素，还包括社会环境、社会关系的变迁等。而路翎的小说展现了在半封建半殖民地的中国，随着社会环境、社会关系的变迁——封建文明和资本主义文明杂合，导致的人性异化。《罗大斗的一生》中的主人公"罗大斗"，就是一个在社会环境、社会关系变迁中，人性异化的典型。他的人性异化首先是家庭环境的变故，"他的家庭，原来是相当富有的，有过一栋屋子，一些田地，甚至有过一些奢侈品。但在他父亲的这一代，便完全败落了，最后就只剩下了……破烂的茅屋"③。"罗大斗"成为了一个破落户子弟，假若他能有一个温和善良的母亲、上进勤奋的父亲，他的人性不会滑向丑恶。不幸的是，颓废的父亲是一个鸦片鬼，无比娇纵他，愚蠢强悍、心态失衡的母亲则把他作为发泄的对象，终日毒打他。外部糟糕的环境条件导致了"罗大斗"的人性开始异化，"心里充满了有

① ［英］罗伯特·艾伦：《哲学的盛宴》，刘华编译，新世界出版社 2013 年版，第 319 页。

② ［法］茄罗蒂：《论自由》，江天骥、陈修斋译，何钦校，生活·读书·新知三联书店 1962 年版，第 99 页。

③ 路翎：《罗大斗的一生》，见《路翎文集·第四卷》，安徽文艺出版社 1995 年版，第 139 页。

毒的恐怖……学会了谎骗、卖乖、带着强烈的虚荣心"[1]。"罗大斗"成长的黄鱼场，"附近开设了一所工厂，一所中学，并且建立了一些阔人们的别墅的缘故，是繁华了起来；经常有漂亮的人们经过，店铺里也陈列着各种华丽的东西"[2]，以及后来跟随恶棍们混迹的云门场，均像《燃烧的荒地》中的兴隆场、《财主底儿女们》中的石桥场。它们是肮脏、罪恶、丑陋、畸形的代名词，是封建文明与资本主义文明、乡村与都市、农业与工业、传统与现代，杂合造就的光怪陆离、扭曲变形的怪胎——褪去了乡土的朴实，中国传统的政治伦理秩序依然根深蒂固，现代文明中的人文精神、民主意识、宗教情感等核心成分被排斥、被冷落，那些与中国封建传统糟粕不谋而合的渣滓，如凶杀、拐卖、色情、暴力、淫乱、欺诈等，横行于世。变迁的社会关系、畸形的社会环境，加速了生长于这片土地上的"罗大斗"人性的异化，终使他成为了一个卑劣、邪恶、丑陋的奴才。他就像是"阿Q"的后代，这后代那异化的人性，甚至让"阿Q"都望尘莫及、向若而叹、自惭形秽。

当"罗大斗"接连走进黄鱼场、云门场后，他那异化的丑恶人性就完完全全地暴露于纸面之上。这异化的丑恶人性像一面神奇的镜子，映射出黄鱼场、云门场乃至半殖民地半封建中国的异化人性。这是一个"互相践踏、渴望爬高"[2]的弱肉强食的世界，在这个世界里，"罗大斗"无师自通地迅速掌握了向强者屈膝、向弱者耍横的处世法则。他替一个穿西装的青年人担行李，到了地点后，这个不守信用的青年人只给了他一半的钱，并打了他两个耳光。"罗大斗"向黄鱼场的熟人们哭诉，被一个缺牙的男人所鄙视，"罗大斗"本想教训这个男人，当看到他强壮的体魄和强横的态度后，顿时"萎缩"了。这也铸就了"罗大斗"的人生理想，"成为一个真正的男子，就是说，成为一

---

① 路翎：《罗大斗的一生》，见《路翎文集·第四卷》，安徽文艺出版社1995年版，第139-140页。

①② 路翎：《罗大斗的一生》，见《路翎文集·第四卷》，安徽文艺出版社1995年版，第143页。

个光棍，有一天能够站在街上，如缺牙的光棍欺凌他似的，欺凌别人"③。他偷走长工"刘长寿"的剪刀，对方索要时，"萎缩"的他，战栗又疯狂地否认，等"刘长寿"走后，才敢把枯树当作"刘长寿"的替身耍起横来，对着枯树凶恶、威风、轻蔑地咒骂，可笑、可怜又可怕。"周家大妹"是被侮辱被损害的对象，她被自己的父母数次转卖，被主人毒打欺压。她本该同"罗大斗"结婚，却在花轿中被财主派人劫了回去。"罗大斗"混迹云门场后，二人再次相遇，光棍们的首领——保长"张有德"在一个夜晚把她送到了"罗大斗"跟前，两个孤苦无依的底层人结合在了一起。算得上"罗大斗"妻子的"周家大妹"，对他敞开心扉，照顾有加，也不嫌弃他的肮脏、卑鄙、下流。"罗大斗"对可怜善良的"周家大妹"，却耍起了旧式丈夫对妻子的威风，欺骗、苛求、咒骂、殴打、折磨，无比的阴鸷与狠毒，他的丑恶人性暴露得淋漓尽致，令人愤慨与作呕。他偷了两次东西被捉挨了毒打后，光棍们抛弃了他，他变成了狼狈、凶恶的乞丐，时常被流氓们欺侮、殴打。面对一个冻倒在路边的乞儿，他竟然拿着石头向乞儿丢去，砸死了这个比他更弱小、更可怜的人。他将自己的不顺心、不如意都归咎于这个乞儿身上，在乞儿死后，还放肆地咒骂，狠踢乞儿的尸体。前一刻面对着"周家大妹"还作威作福、放肆耍赖的"罗大斗"，在见到"周家大妹"的东家少爷后，"罗大斗"的气焰顿时消散了，先是呆呆地站着，然后突然向东家少爷跪了下去，不停地叩头。

对于"罗大斗"来说，穿西装的青年人、"周家大妹"的东家少爷、云门场的保长"张有德"等，他们是更高的阶层，高的阶层意味着权力和势力。这也是"罗大斗"被抓走充当壮丁后，他的母亲拉着他的妹妹向联保主任、绅粮、黄鱼场的老保长磕头求情的缘由。而缺牙的男人、欺侮他的流氓们，则是和"罗大斗"一样的社会渣滓，但他们比"罗大斗"更凶恶、更暴力、更狠毒。面对比自己强的强者，"罗大斗"就向他们屈膝。而面对"刘长寿""周家大妹"以及冻倒在路边的乞儿，这些比他更弱小、更无助的可怜人

---

③ 路翎：《罗大斗的一生》，见《路翎文集·第四卷》，安徽文艺出版社1995年版，第142页。

时，他就变成了流氓恶棍，向他们摆谱耍横，对他们进行欺侮打骂，甚至剥夺对方的生命。在被抓走充当壮丁后，他依然希望去讨好一个用鞋子击打他头部的光棍，只因那个光棍比他更加凶恶有力。这个时候仗义执言，怒斥光棍恶行的却是同样被抓了壮丁的"刘长寿"，一个曾被"罗大斗"欺骗咒骂的长工。大部分人的人性已然异化了，像"罗大斗"一样麻木、愚昧、屈膝，"县政府派来的兵役科科长，显得非常的严厉，走了出来。警察向他敬礼，妇女们屏息着，敬畏地看着他"。①在"罗大斗"的身上，我们能够看到以前、现在、将来的某些人，甚至自己的影子，这让人沉思、惊颤和恐惧。罗大斗被抓后，曾梦到"狼吃人"的幻象，"他梦见了他的妹妹，她在衣襟上插着桃花，从桃花里跑了出来。忽然桃林不见了，一匹狼跑了出来，衔走了周家大妹，接着就有了更多的狼，四面八方地围绕着他，用它们的狞恶的绿色的眼睛凝视着他"②，这在《阿Q正传》、在鲁迅的文艺作品中似曾相识，"什么是鲁迅精神？岂不就是生根在人民底要求里面，一下鞭子一个抽搐的对于过去的袭击，一个步子一印血痕的向着未来的突进？在这个意义上，不管由于时代不同的创作方法底怎样不同，为了坚持并且发展鲁迅底传统，路翎是付出了他底努力的"③。路翎在《罗大斗的一生》中，就采用了一个题记，引用拜伦的诗句："他是一个卑劣的奴才，鞭挞他啊！请你鞭挞他！"④去鞭挞那异化的丑恶人性，用"罗大斗"接棒"阿Q"，去严厉地警醒世人，去真诚地擎起鲁迅精神的大旗。

---

① 路翎:《罗大斗的一生》，见《路翎文集·第四卷》，安徽文艺出版社1995年版，第142页。

② 路翎:《罗大斗的一生》，见《路翎文集·第四卷》，安徽文艺出版社1995年版，第173页。

③ 胡风:《〈财主底儿女们〉序》，见《路翎文集·第一卷》，安徽文艺出版社1995年版，第5页。

④ 路翎:《罗大斗的一生》，见《路翎文集·第四卷》，安徽文艺出版社1995年版，第139页。

结　语

　　路翎的现代小说创作，继承了新文学暴露的优秀传统。他的小说从不避讳人性的丑恶，真实大胆地暴露、描写、反思、批判异化的丑恶人性。在创作过程中，将人性的异化与复杂的社会关系、变迁的社会环境、黑暗的社会现实相连接，呈现的是社会关系、社会环境、社会现实对人性的异化。"罗大斗"的人性，在半封建半殖民地中国这片特殊土壤中，在传统与现代、农业与工业、乡村与都市、愚昧与文明的对立中，逐渐扭曲、变形、异化。这个异化的过程和异化的根源是路翎更为看重与着力探索的，是为路翎的社会精神史的有力书写所服务的。

结　语

　　江苏现代小说是中国现代小说的重要一翼，深深烙印着时代的创作印痕——在现实主义主潮下，现实主义与现代主义杂糅、社会问题透视与个人情感抒发胶葛、写实与写意并置，由此呈现出多元共存、相互争鸣的特质。

　　在此基础上，江苏现代小说又有浓郁的"江苏作风"和"江苏气派"，赓续了本地的文化资源与文学传统。既有苏北风貌的全景呈现，又有苏南风情的独到展示。江苏景物的观照、风土人情的关注、方言土语的融入，彰显了江苏文学独特的地方色彩。从整体上看，江苏现代小说，在语言表述、人物形象、艺术风格、审美特质、主题内蕴等多个维度上均有着较大的突破与发展，拓宽了社会题材，掘进了心理深度，表现出了一种广阔性、多元化、民族化、现代化相杂糅的特质，在中国现代文学的发展进程中占据了重要地位。

　　通过回溯阐释江苏现代小说十三家的创作，尤其能够发掘出一批在中国现代文学史上被遮蔽、被遗忘、被忽视的江苏籍小说家，如朱自清、陈瘦竹、陈白尘以及陶晶孙、滕固、顾仲起、罗洪、谭正璧、程造之、鲍雨、韩北屏等人。这些作家在中国现代文学史上或是将视角集中于他们的其他文体形式写作，而忽略了小说撰写；或是难寻其迹、一笔带过，他们在中国现代小说史乃至中国现代文学史上的地位与其创作贡献并不匹配。文学史上的朱自清多以散文家和文学理论家的面貌出现，陈白尘、陈瘦竹则主要作为戏剧家、戏剧理论家为学界熟知，由此遮蔽了小说家的身份，也带来了后世研究的偏向。程造之的"长篇抗战三部曲"系列——《地下》《沃野》《烽火天涯》，呈现了从乡村到都市的社会世相及时代风貌。尤其以苏北盐垦史为背景创作的

《沃野》，可谓小说界的"苏北盐垦史百科全书"，以一己之力填补了此方面的空白。罗洪、谭正璧则是最为多产的江苏籍作家之一，二人撰写的现代小说如恒河沙数、不胜枚举。以往学界多关注谭正璧的历史新编小说，却忽略了其大量的现实写作。20世纪40年代，罗洪、谭正璧、程造之、鲍雨、韩北屏创作了诸多的现实题材小说，在大时代的背景下，描写、呈现社会世相，剖析、暴露人性和国民性，思考人生、历史、生命、命运等哲理问题。

综上所述，江苏现代小说研究在资料的收集整理和艺术的论述阐释等方面都还具有着诱人的前景，相信在不短的一段时间里，江苏现代小说都会是现代文学研究的一座有待开掘的富矿。对其深入的阐释论述，对中国现代文学研究来说也是有益的丰富和补充。

后　记

　　2019年12月，恩师张光芒先生让我加入了江苏新文学史小说卷的撰写团队。在以往的研究生涯中，我主要倾向于中国现代诗剧和散文诗研究，对于小说的研究十分欠缺。恩师为了提升我的学术素养、拓展我的研究领域，给予了我这次宝贵难得的学习机会，让我参与了江苏新文学史小说卷的撰写工作。通过参与撰写江苏新文学史小说卷的工作，极大拓展了自我的研究视野和研究领域。为了不辜负恩师的无私提携与悉心指导，我收集购买了大量的第一手资料，刻苦阅读、认真撰写，对江苏现代小说的创作终有了一个较为全面整体的把握，还发现了许多文学史上被遮蔽、被遗忘、被忽视的江苏籍作家作品。窃以为应该让这些作家作品得到学界重新的审视评价，重回大众的视野，本书就以此为基础撰写而成。我相信仍然有众多的作家作品尘封在历史长河之中，有待进一步的深入发掘。

　　在进站学习后，我感到自己的学术水平得到了提升、学术视野得到了开拓，这源于恩师张光芒先生对我的悉心指导。恩师在百忙之中，经常抽出时间与我谈心交流，从生活到学习、从工作到人生，指导我的学习和研究，指导我如何做人做事。尤其在我迷茫困惑之时，指引我走出荆棘之丛，使我更加坚定了人生前进的方向。在恩师的帮助下，我的理论水平和写作水平得到了长足的进步。恩师对文学史的撰写尤其是本书的写作进行了细致的指导、审阅，对写作中出现的种种问题进行了悉心的指导、解答。整个写作过程是在老师的爱心、耐心、严谨、严格的指引、帮助下，顺利完成的。衷心感谢恩师的谆谆教导和辛勤付出！

　　其次，要感谢我的工作单位青岛大学与所在国际教育学院，给我这个外出学习的机会。学院工作繁杂，学院的领导与师友们分担了我的工作重担，让我安心学习。最后，要感谢我的家人，尤其是我的妻子，帮我照顾孩子与家庭，让我免除后顾之忧。在我漫长的求学生涯中，妻子一直默默支持，没有她的鼓励与支持，我也无法在学习的道路上走得如此坚定和踏实。